Us against the World
Alisha Reed

D1699565

ALISHA REED

US AGAINST THE WORLD

ROMAN

1. Auflage 2021

Copyright © 2021 Alisha Reed
Instagram: www.instagram.com/alisha.reed_
Covergestaltung & Satz: Alisha Reed

Herstellung und Verlag: BoD - Books on Demand, Norderstedt

ISBN: 978-3-7543-1943-7

Dieser Roman ist auch als E-Book erhältlich.

Bibliografische Information der Deutschen Nationalbibliothek: Die
Deutsche Nationalbibliothek verzeichnet diese Publikation in der
Deutschen Nationalbibliografie; detaillierte bibliografische Daten
sind im Internet über dnb.dnb.de abrufbar.

Liebe Leserinnen und Leser,

Us against the World enhält Elemente,
die triggern können.

Deswegen erhaltet ihr auf Seite 321 eine Triggerwarnung.

Für alle, die ausbrechen wollen.
Für alle, die anders sind.
Für diejenigen, die ein Abenteuer erleben wollen.
Lasst euch darauf ein.

PLAYLIST

xov - lucifer
chvrches & matt berninger - my enemy
the all-american rejects - i wanna
machine gun kelly & camila cabello - bad things
xov - guns & ammunition
bassnectar feat. w. darling - you & me
imagine dragons - shots (acoustic / live)
niykee heaton - infinity
blackbear - hot girl bummer
hey violet - queen of the night
kid dudi - erase me
quarterhead - habits
carlie hanson - side effects
kummer - bei dir
fall out boy - miss missing you
eden - drugs
hazlett - monsters
tommee profitt - in the end (mellen gi remix)

KAPITEL 1

- DER UNBEKANNTE -

»Gehen wir mal wieder feiern?« Ich streckte meine Beine über die Bettkante und wackelte mit den Zehen. Sie waren eingeschlafen und fingen nun langsam an zu kribbeln.

»Du willst feiern gehen?«

Meine beste Freundin Nadine, die gerade den Kuchen verspeiste, den sie eigentlich mir mitgebracht hatte, hielt inne und blickte mich an. Sie klang ehrlich verwundert.

Gut, ich konnte ihr es nicht übelnehmen, aber genervt war ich trotzdem. Ich wollte einfach, dass sie sich darüber freute und das Thema damit abgehakt war. Aber natürlich war das nur eine Wunschvorstellung.

»Bist du sicher, das geht mit deinem Arm?«, fragte sie und beäugte ihn skeptisch.

»Mit meinem Arm ist alles in Ordnung«, zischte ich.

Ich konnte es wohl selbst am besten einschätzen. Schließlich steckte der Unterarm nicht mal mehr in einem Gips. Manchmal hatte ich noch Schmerzen, aber es wurde langsam. Auch meine Finger konnte ich wieder bewegen.

»Nimm es mir nicht übel, aber ich weiß nicht, ob du bereit dafür bist«, sagte sie zögerlich und blickte mich mitfühlend an. »Ist ja auch kein Wunder nach der Sache. Ich meine, du wolltest die ganze Zeit doch nicht mal das Haus verlassen. Woher der plötzliche Sinneswandel?«

Okay, sie hatte Recht. Ich hatte eine scheiß Zeit hinter mir. Aber war es zu viel verlangt, dass ich endlich nach vorne blicken wollte? Konnte sie einmal aufhören, mich jede Sekunde daran zu erinnern, was passiert war? Ich musste einfach mal raus. So langsam fiel mir die Decke auf den Kopf. Ja, die letzten Monate hatte ich mich hier verkrochen, aber nur weil es nicht anders ging. Zu sehr schnürte mir die Angst die Kehle zu, sobald ich allein das Haus verließ. Die plötzlichen Panikattacken, die mich dabei heimsuchten, sprachen für sich.

Heute Abend würde ich aber nicht allein sein. Und es kotzte mich so dermaßen an, dass jeder in meiner Umgebung mich behandelte, als wäre ich ein rohes Ei oder ein Pflegefall. Ich war immer noch ich und musste endlich weiterleben. Aber wie sollte das gehen, wenn jeder ständig darüber reden wollte? Wie sollte das gehen, wenn ich in der Gegenwart leben wollte, aber alle mich ständig an die Vergangenheit erinnerten?

Ein bitterer Geschmack breitete sich auf meiner Zunge aus und ich presste meine Handknöchel auf die Augen, um die aufkommenden Tränen aufzuhalten.

»Weißt du was? Vergiss es bitte und geh einfach. Danke für den Kuchen«, presste ich hervor.

»Was ist denn plötzlich los mit dir?«, hörte ich Nadines Stimme nahe bei mir.

Ich hatte keine Lust, sie anzusehen. Vielleicht verhielt ich mich ein bisschen unfair ihr gegenüber. Im Grunde meinte sie es nur gut, aber meine Geduld war einfach am Ende.

»Ich brauche niemanden um mich, der mich ständig infrage stellt. Wie soll ich es da schaffen, nach vorne zu blicken?«, erwiderte ich so selbstbeherrscht wie möglich.

»T-tut mir leid«, stotterte sie, »das wollte ich nicht. Ich will doch nur, dass es dir besser geht.«

Rasch stand sie auf, murmelte eine Verabschiedung und kurze Zeit später lag ich alleine in meinem Zimmer.

Großartig, ich hatte sie vergrault. Aber auf diese Art von Gesellschaft konnte ich gerade verzichten. Nadine konnte es nicht mal mit mir ausdiskutieren, wie sie es sonst tun würde, sondern musste direkt klein beigeben. Weil ein Streit mir bestimmt nicht guttun würde. Ich rollte mit den Augen und verpasste meinem Kissen einen Schlag. Es war wirklich nicht einfach. Dabei wollte ich doch nur das Beste aus meiner Situation machen.

Die Erinnerungen an das Geschehene, die Angst als mein ständiger Begleiter, egal wohin ich ging, die endlosen Therapiestunden, um das Ereignis zu verarbeiten und nicht zuletzt die vielen Stunden beim Physiotherapeuten, die mir dabei helfen sollten, meine Finger in der rechten Hand wieder bewegen zu können, waren schlimm genug. Ich musste endlich aus dieser Endlosschleife ausbrechen.

Hätte ich mich vor Kurzem bei jemandem vorstellen müssen, hätte das folgendermaßen ausgesehen:

»Hallo, ich bin Dalia Sommer und ich wurde vor vier Monaten ausgeraubt.«

Für die meisten mochte das vielleicht blöd klingen, aber es war die Wahrheit. Denn es war genau das, was mich die letzten Monate definiert – ja, sogar mein ganzes Leben bestimmt hatte.

All die Mühen, die ich hineininvestiert hatte, um wieder normal leben zu können und für was? Hier saß ich nun vier Monate später und musste mir immer noch anhören, ich wäre nicht bereit dafür war, einen Abend wegzugehen. Nicht nur meine Freundin Nadine verhielt sich so übervorsichtig, auch meine Eltern betüdelten mich den ganzen Tag und ließen mir nicht den Freiraum, den ich brauchte, um zu atmen.

Vor dieser Zeit war ich zwar ursprünglich auf Wohnungssuche gewesen, aber dieser Plan war verständlicherweise auch erst mal auf Eis gelegt. Meine Eltern bestanden darauf, dass ich vorerst bei ihnen wohnen blieb, damit sie für mich da sein konnten. Ja, ich hatte tolle Eltern und war ihnen auch unglaublich dankbar dafür, dass sie sich so gut um mich gekümmert hatten, aber mir war einfach alles zu viel. Irgendwann war dieser Punkt eben erreicht.

Das Klingeln einer Mitteilung riss mich aus meinen Gedanken. Ich griff nach meinem Handy, das neben mir auf dem Bett lag und hielt es über mich, um den eingegangenen Text von Nadine zu lesen.

Sorry nochmal für vorhin. Lass es mich wiedergutmachen. Soll ich dich um 21 Uhr abholen?

Endlich mal eine gute Nachricht. Ein zufriedenes Lächeln stahl sich auf mein Gesicht und ich schickte ihr einen Daumen hoch. Heute wollte ich wieder mutig sein. Der Anfang eines neuen Lebensabschnitts stand bevor und in Gedanken plante ich schon ein Outfit, das zeigen sollte: *Hier bin ich!*

Ein Klopfen riss mich aus meinen Gedanken.

»Ja?«, seufzte ich und wusste bereits genau, wer mein Zimmer betreten würde.

Meine Mutter kam hereingeschlichen. Sie tappte immer so leise durchs Haus, als würde sie keine Geräusche verursachen wollen. Der Grund dafür war mir schleierhaft.

»Ich habe dir Suppe gekocht«, verkündete sie lächelnd.

So lieblich wie möglich versuchte ich es zu erwidern.

»Danke, ich werde später essen.«

Sie sah sich im Raum um, als würde sie nach etwas suchen, worüber sie mit mir reden könnte. Nachdem alles passiert war, hatten wir sogar sehr viele Gespräche geführt und ich konnte ehrlich mit ihr darüber sein, was mich belastete. In letzter Zeit hatte jedoch kaum noch ein beidseitiger Austausch stattgefunden, was wohl ganz allein auf meine Kappe ging. Da meine Mutter mich total umsorgte und mit ihrer mütterlichen Fürsorge und ihren gutgemeinten Ratschlägen fast erstickte, machte ich irgendwann zu. Ich hatte keine Lust mehr, das gleiche Thema etliche Male wieder aufzurollen und mich rechtfertigen zu müssen, warum ich irgendetwas tun oder nicht tun wollte. Ich war schließlich kein kleines Kind mehr, sondern zwanzig Jahre alt.

Meine Mutter ignorierte leider meinen Widerstand und probierte es jedes Mal aufs Neue. Immer wieder mit dem gleichen mitfühlenden Unterton in der Stimme, den ich inzwischen ausgiebig zu hassen gelernt hatte. Sie sagte, sie wolle nur, dass ich mit ihr über alles redete, aber wenn ich dann redete, hatte ich nicht das Gefühl, sie hörte mir richtig zu. Ansonsten hätte sie schon längst etwas an ihrem Verhalten geändert.

Manchmal war es mir egal und ich fuhr sie an. Vermutlich war ich dann viel zu gemein zu ihr, was mir im Nachhinein meistens leidtat. Denn ich wusste, im Grunde meinte sie es nur gut mit mir – auf ihre Weise eben. Leider war mein Vater da nicht viel anders.

»Nadine war vorhin hier, oder?« wollte sie wissen.

»Ja, sie hat mir Kuchen vorbeigebracht«, erklärte ich.

»Wie lieb von ihr, dass sie sich so Gedanken macht«, sagte meine Mutter entzückt.

»Ein bisschen weniger Gedanken machen würde aber keinem von euch schaden«, waren meine Worte schneller draußen, als ich darüber nachdenken konnte.

Trotzdem bereute ich sie nicht.

»Ich werde mich niemals dafür entschuldigen, mich um dich zu sorgen, Schatz«, erklärte sie eindringlich.

»Heute Abend gehe ich mit Nadine feiern«, überging ich ihre Aussage.

»Aha«, machte meine Mutter.

Wenn sie diesen Laut machte, dann konnte man sich sicher sein, dass sie immer noch etwas hinterhersetzte. Ich sollte mit meiner Vermutung recht behalten.

»Ihr zwei Mädels? Ganz allein? Da kann doch sonst was passieren!«

Ich wusste es. Am liebsten hätte ich zurückgezickt, doch ich zwang mich, ruhig zu bleiben.

»Mama, früher sind wir immer zu zweit ausgegangen und es hat dich nie interessiert. Ich bin alleine ein- und ausgegangen und du wusstest nicht mal, dass ich nicht da war. Warum macht das plötzlich einen Unterschied?«

Ich blickte sie fest an.

»Weil letztes Mal etwas passiert ist und mir das vor Augen gehalten hat, wie schnell so etwas gehen kann. Ich bin vor Sorge fast umgekommen. Ich möchte einfach nicht, dass du dich nochmal so einer Gefahr aussetzt«, antwortete sie ebenfalls mit Nachdruck.

Sorge, Sorge, Sorge. Das häufigste Wort in ihrem Sprachgebrauch. Als würde die Sorge um mich ihr ganzes Leben bestimmen. Fragte sich nur, ob sie nicht auch mal zur Therapie sollte. Wie sollte das denn in Zukunft weitergehen?

»Mach die Augen auf, Mama. Die Gefahr lauert überall. Ob wir versuchen, sie zu vermeiden oder nicht. Wir sind nie sicher. Man hat nur die Wahl, ob man hier drin sein ganzes Leben vorbeiziehen lässt oder wenigstens die Zeit nutzt, die einem gegeben wurde. In der Hoffnung und mit dem Vertrauen, dass alles gut geht. Bei dir sieht es doch nicht anders aus.«

»Ich weiß. Ich weiß ja. Aber du bist nun mal mein kleines Mädchen, verstehst du? Was vorgefallen ist, war schon schlimm genug. Ich habe einfach Angst davor, so etwas nochmal zu erleben.«

Ich sah, wie ihre Hand leicht zitterte und biss meine Zähne zusammen. Irgendwie rührte es mich schon. Irgendwo tief in meinem Inneren. Ich musste sie einfach beruhigen.

»Statistisch gesehen ist die Wahrscheinlichkeit, jetzt nochmal so etwas zu erleben, aber eindeutig zu gering, um darüber nachzudenken. Man könnte eher sagen, ich bin jetzt erst mal für die nächsten Jahre immun«, scherzte ich.

Je länger ich jedoch über meine Aussage nachdachte, desto mehr gefiel sie mir. Vielleicht konnte mir jetzt nichts mehr so schnell etwas anhaben. Ein gutes Zeichen für den heutigen Abend. Ich war bereit, ihn auszukosten.

Einige Zeit später löffelte ich meine Suppe und ließ ein letztes Mal Revue passieren, was geschehen war. Dann war es Zeit, nicht mehr an dem festzuhalten, was mich seit vier Monaten so stark belastet hatte, sondern stattdessen nach vorn zu blicken.

Ich dachte zurück an den Abend, der alles verändert hatte. Die nächtlichen Straßen Kölns lagen dunkel vor mir. Ich erinnerte mich nicht mehr, wie viel Uhr wir hatten, aber es war schon relativ spät.

Das Treffen mit Nadine hatte länger gedauert, als gedacht, weil wir uns in die Haare gekriegt hatten. Es nervte mich, dass immer alles nach ihrer Nase gehen musste und sie der Ansicht war, Geld könnte alles im Leben regeln. Umso froher war ich, dass meine Eltern nicht so raushingen ließen, dass sie viel Geld besaßen. Ich mochte Nadine ja, aber in diesen Punkten wollte ich niemals so werden wie sie.

Schließlich hatte ich genervt ihre Wohnung verlassen. Mehr schlecht als recht hatten wir uns geeinigt, dass wir eben nicht einer Meinung waren. Ich hatte mir meine Kopfhörer in die Ohren gestopft und hörte seitdem so laut Musik, dass ich um mich herum nichts anderes mehr wahrnahm. Noch in Gedanken vertieft, lief ich in Richtung U-Bahn-Abgang. Die Nächte waren immer noch relativ kalt und ich erfror halb in meiner leichten Jacke. Schließlich hatte ich nicht geplant, so spät noch unterwegs zu sein.

Nichtsahnend machte ich einen weiteren Schritt, bis plötzlich ein Ruck durch meinen Körper ging und ich merkte, wie etwas an meiner Tasche zerrte. Mein Herz sprang mir vor Schreck fast aus der Brust, so schnell und stark hämmerte es auf einmal. Erschrocken drehte ich mich um und klammerte meine Tasche fest an mich, als ich sah, wie eine dunkle Gestalt daran zerrte. Sie rief irgendetwas, doch ich hatte meine Kopfhörer im Ohr und verstand kein Wort.

Der Rest ging unglaublich schnell. Im Nachhinein wusste ich gar nicht mehr genau, wie alles passierte. Ich bekam nur noch mit, wie die Gestalt mir mit der Rückhand einen Schlag ins Gesicht verpasste und ich mir vor lauter Entsetzen und dem Schock darüber, die Tasche von ihr entreißen ließ. Durch den harten Schlag verlor ich mein Gleichgewicht, taumelte nach hinten und stolperte über den Treppenabgang direkt hinter mir.

Bevor ich auf den Treppenstufen aufschlug, versuchte ich, mich noch irgendwie mit meinem Arm abzufangen, doch ich hörte nur ein lautes Knacken, spürte unerträgliche Schmerzen, die durch meinen Körper schossen und merkte, wie ich mich mehrmals überschlug ... Dann wurde alles um mich herum schwarz.

Überall heulende Sirenen. Der ohrenbetäubende, schrille Ton und gleißendes Blaulicht um mich herum. Das Ruckeln des Rettungswagen, in dem ich lag, holte mich aus meiner Bewusstlosigkeit. Die folgenden Stunden bekam ich wie durch einen Schleier mit. Sanitäter, die mir versicherten, alles würde wieder gut werden. Mein Arm, der höllisch wehtat – und wieder Bewusstlosigkeit und Leere, in die ich fiel.

Im Krankenhaus war ich wieder bei Bewusstsein, aber irgendwie auch nicht. Zwar bekam ich alles mit, aber verarbeiten konnte ich es nicht. Ärzte erklärten mir etwas, aber ich verstand nicht, was sie mir sagten. Es wurden mehrere Behandlungen durchgeführt und meine Eltern waren bei mir. Meine Mutter weinte und hatte schreckliche Angst um mich, mein Vater war ungewöhnlich still.

Schließlich nahmen sie mich mit nach Hause. Mein Arm steckte in einem Gips, fixiert an meinem Körper. Ich erfuhr erst später, warum. Ich hatte mir einen Unterarmbruch zugezogen. Die Speiche war gebrochen, scheinbar einer der häufigsten Brüche, verursacht durch den Sturz auf den ausgestreckten Arm. Ich hatte Glück, sagten sie mir. Es war nicht mal eine Operation erforderlich. Der Bruch wurde gerichtet und ich sollte für die nächsten Wochen einen Gips tragen und meinen Arm keinerlei Belastungen aussetzen.

Ich selbst wusste nicht wirklich, wie mir geschah und hatte noch nicht realisiert, was mir genau widerfahren war. Am gleichen Tag fand schon die Vernehmung durch die Polizei statt. Sie wollten genau wissen, ob ich die Person gesehen hatte und sollte sie beschreiben. Das konnte ich nicht. Das Ganze war viel zu schnell gegangen. All das kam mir noch viel zu unwirklich vor. Ich sollte genau in mich gehen und meine Erinnerungsfetzen sortieren.

Schließlich konnte ich doch eine Beschreibung abgeben, auch wenn es sich eher auf die Kleidung der Person beschränkte. Sein Gesicht hatte ich durch die Kapuze nicht wirklich gesehen. Ein grobes Phantombild konnte angefertigt werden, welches kurze Zeit später veröffentlicht wurde. Jedoch erfolglos. Ich hatte schon längst die Hoffnung aufgegeben, dass der Täter gefasst werden würde. Das konnte mir natürlich nicht die Angst nehmen, die ich seit jeher verspürte und die mich daran hinderte, das Haus allein zu verlassen.

Nach dem Vorfall wollte ich mit niemandem darüber reden. Ich tat einfach so, als wäre ich darüber hinweg. Doch mich selbst konnte ich nicht täuschen. Immer häufiger wurde ich von Panikattacken heimgesucht, was dazu führte, dass ich das Haus am liebsten gar nicht mehr verlassen wollte. Meinen Eltern fiel auf, dass etwas mit mir nicht stimmte. Regelmäßig wurde ich von Erinnerungen an die Tat heimgesucht. Es war eine schlimme Zeit, voller innerer Unruhe, vergossener Tränen und der Ungewissheit, was mit mir nicht stimmte.

Hinzu kam unvorstellbare Panik, weil ich meine Finger am rechten Arm nicht mehr bewegen konnte. Es war schon anstrengend und nervenaufreibend genug, dass der Arm im Gips steckte und ich als Rechtshänderin plötzlich alles mit links lernen musste. Aber als der Arzt mir dann eröffnete, ich hätte wohl Nervenschäden davongetragen, die dazu führten, dass ich die Finger vorübergehend nicht mehr bewegen konnte, warf es mich nochmal um ein ganzes Stück zurück. Irgendwann erlitt ich aufgrund der gesamten Situation einen Zusammenbruch.

Meine Eltern entschieden für mich, dass es so nicht mehr weitergehen konnte und kontaktierten einen Psychotherapeuten. Dafür war ich ihnen bis zum heutigen Tage dankbar. Nach jeder Sitzung mit ihm ging es mir besser. Er half mir Stück für Stück dabei, dieses schreckliche Ereignis zu verarbeiten. Ich lernte, dass es keine Schwäche war, mir Hilfe zu holen, sondern das einzig Richtige, was ich in meiner Situation hatte tun können.

Ich würde lügen, würde ich sagen, es war einfach. Es war die schwierigste und härteste Zeit meines Lebens. Aber es wurde mit jedem Tag, der verstrich, besser. Die Panikattacken und die Erinnerungen, die mich heimsuchten, wurden seltener. Die Einschränkungen der verletzten Nerven meines Arms konnten durch etliche Bewegungsübungen beim Physiotherapeuten gelindert und nach und nach geheilt werden, worüber ich unendlich erleichtert war.

Einzig mein Sportstudium und den Sport für sich musste ich eine Zeitlang auf Eis legen, was mir wirklich das Herz brach, da Sport praktisch mein Leben war. Ab einem bestimmten Punkt hätte ich zwar wieder anfangen können, langsam Sport im Fitnessstudio zu machen, aber dazu hätte ich das Haus verlassen müssen und davor sträubte sich etwas in meinem Inneren.

Der Therapeut, ein alter Freund der Familie, der bis dato immer zu uns nach Hause gekommen war, fand, es war irgendwann an der Zeit, auch dieses Problem anzugehen und wir entwickelten verschiedene Strategien, die mir dabei helfen sollten.

So schaffte ich es zumindest, zu zweit mit jemandem hinauszugehen und einfache Dinge wie Einkäufe zu erledigen. Das war immerhin ein Fortschritt. Bislang hatte ich mich erst wenige Male allein hinausgetraut, aber immer nur am helllichten Tag in belebten Straßen. Vor einigen Tagen war ich zum ersten Mal abends nur für mich draußen spazieren gewesen und es war erstaunlicherweise mehr als okay gewesen. Ich hatte es sogar genossen. Wahrscheinlich war es gut gewesen, dass meine Mutter an dem Tag erst später von der Arbeit gekommen war und es nicht mitbekommen hatte.

Deswegen war ich mir auch sicher, ich würde es heute Abend hinkriegen. Mein Therapeut sagte mir öfter, wie bewundernswert er es fand, dass ich ab einem bestimmten Zeitpunkt unglaublich positiv in die Zukunft sah und den Willen hatte, wieder ins normale Leben zurückzufinden. Er riet mir sogar dazu, mehr draußen zu unternehmen, weil er fand, ich sei bereit dafür. Ich schätzte seine Meinung und erkannte daher umso mehr, wie meine Eltern und Freundinnen mich durch ihre Übervorsichtigkeit zurückhielten.

Das Thema hatte ich nun schon ausgiebig genug durchgekaut. Meine Geschichte war Vergangenheit und ich wollte mich nicht länger über sie definieren. Ich war so viel mehr als das Mädchen, das von Angst geprägt durchs Leben ging. Heute Abend war die Gelegenheit, es mir selbst zu beweisen.

Es klingelte an der Haustür und ich rief meinen Eltern aus der obersten Etage zu, ich würde aufmachen. Nadine war wie immer überpünktlich. Obwohl ich eigentlich noch ein paar Minuten brauchte, wollte ich die Treppe hinunterlaufen, um ihr die Tür zu öffnen. Genervt stellte ich fest, dass meine Mutter Nadine bereits überaus freundlich empfing.

Ihre ersten Sätze, die sie an sie richtete, waren, Nadine solle gut auf mich aufpassen und wir sollten vorsichtig sein. Sie sagte es ihr und nicht mir, warum auch immer. Vielleicht, weil sie froh war, dass ich eine Freundin wie Nadine hatte, die in ihren Augen perfekt war. Höflich, zuverlässig und anständig. Ein guter Einfluss. Alles Dinge, die ich manchmal als anstrengend empfand.

Eigentlich mochte ich meine Freundin, aber vielleicht lag es auch einfach daran, weil wir uns schon seit Schulzeiten kannten und viel zusammen erlebt hatten.

»Mama, es reicht!«, rief ich meiner Mutter von oben zu, als ich hörte, wie sie weiter auf Nadine einredete und ihr fast schon ein schlechtes Gewissen machte, weil wir heute Abend ausgehen wollten.

»Nadine, komm einfach nach oben«, setzte ich hinterher, während ich ein letztes Mal meine ewig langen Haare durchkämmte.

Ich konnte mich einfach nicht von dem ausgewaschenen Look trennen. Am Ansatz war meine Naturhaarfarbe zu sehen, ein dunkles aschblond, das nach unten hin langsam in ein immer heller werdendes warmes Honigblond verlief. Es wirkte so, als wäre das hellere Blond schon etwas rausgewachsen, dabei war der Ansatz beim Färben mit Absicht entstanden.

»Bis dann, Frau Sommer, hat mich gefreut, Sie mal wiederzusehen«, erklangen Nadines Worte, die mich die Augen verdrehen ließen.

Ich hatte sie mit schimmerndem goldenem Lidschatten betont und die Wimpern stark getuscht, um das Dunkelblau in meinen Augen gut zur Geltung zu bringen. Die Iriden wurden nach innen immer heller und endeten in einem hellen Braun.

Meine Freundin erschien im Türrahmen und blieb stehen, als sie mich erblickte.

»Wow, so habe ich dich lange nicht mehr gesehen!«

»Gut, oder nicht?«, fragte ich kleinlaut.

»Natürlich gut! Du siehst umwerfend aus. Und voller Energie irgendwie.«

»Danke«, erwiderte ich verlegen.

Es schien so, als würde sie mich doch irgendwie verstehen, zumindest manchmal.

Zwar hatte ich mich nicht besonders herausgeputzt, aber bis auf den Schlabberlook hatte ich in letzter Zeit selten irgendetwas anders getragen. Daher wirkte die schwarze Jeans in Lederoptik und das schulterfreie rostrote Oberteil zusammen mit etwas Schmuck beinahe außergewöhnlich. Ich warf meine Lederjacke in Taupe über, nicht sicher, ob ich sie brauchen würde und schnappte meine schwarze Tasche vom Hocker.

»Ready?«, fragte Nadine überflüssigerweise.

»Ready!«, antwortete ich trotzdem lächelnd und wir verließen das Haus.

Natürlich musste ich mich vorher noch von meinen Eltern verabschieden, aber sobald ich sie und das Grundstück hinter mir gelassen hatte, fühlte ich, wie ich selbstbewusster wurde. Mit leicht schwingenden Hüften lief ich neben Nadine her und wusste instinktiv, dass ich heute etwas erleben wollte.

Wir fuhren mit der Bahn zu den Ringen, wo sich die größte Auswahl an Clubs und Bars befand. In wenigen Minuten waren wir in der Innenstadt. Mit Nadine an meiner Seite fühlte ich mich keineswegs ängstlich. Ich wusste nicht, ob es an ihr oder der therapeutischen Arbeit lag, aber ich begrüßte dieses Gefühl.

Unseren Abend ließen wir mit Cocktails in einer gemütlichen Bar anklingen. Es war ungewohnt, abends wieder unterwegs und auf einmal den vielen Einflüssen von außen ausgesetzt zu sein. Die laute Musik, das Stimmengewirr, die leuchtenden Neonlichter. Deswegen verzichtete ich auf den Alkohol. Es war sowieso nie ganz meins gewesen. Noch nie hatte ich verstanden, wie man so viel trinken konnte, dass man jedes Wochenende abstürzte. Wo blieb da der Spaß? Gegen einen Drink ab und zu war ja nichts einzuwenden, aber ich setzte nun schon länger lieber auf meine klaren Sinne.

Nadine dagegen gönnte sich nun schon ihr zweites Getränk.

»Hast du es vermisst?«, wollte sie wissen, während sie zügig den nächsten Schluck nahm.

»Mehr als ich gedacht hätte«, gab ich zu. »Wo sind deine Leute eigentlich?«

»Sie wollten noch kommen. Ich soll ihnen schreiben, wo wir nachher sind«, antwortete sie.

Frustriert atmete ich aus. Das hatte mir gerade noch gefehlt. Nadine war okay, aber ihre Freunde, die sie von ihrem Studiengang kannte, hatte ich immer spaßbefreit und verklemmt kennengelernt. Ich war auch nicht gerade ein Paradebeispiel für lockere Ausgelassenheit, aber sie übertrafen alles. Gerade heute hatte ich wirklich keine Lust auf ihre Gesellschaft und überlegte schon fieberhaft, wie wir sie loswerden konnten. Ansonsten würde der Abend ein Reinfall werden, das war gewiss.

Schließlich bezahlten wir, verließen die Bar und liefen in Richtung Clubs.

»Wo willst du hin?«, fragte meine Freundin verwundert, als ich an unseren bekannten Clubs vorbeilief und geradewegs auf etwas ganz Bestimmtes zusteuerte.

»Ins Crystals«, meinte ich, als wäre es keine große Sache. Dabei wusste ich, Nadine würde sich gehörig dagegen sträuben.

»Spinnst du jetzt? Was willst du denn da?«, entgegnete sie wie erwartet fassungslos.

»Na, feiern, was sonst? Ich brauche mal etwas anderes«, erklärte ich ruhig.

»Aber doch nicht diesen Assi-Club!«, regte Nadine sich auf.

Ja, das Crystals war nicht die typische Location, in die ich gehen würde. Es gehörte zu den weniger gut angesehenen Clubs, weil es hieß, das Klientel sei fragwürdig.

Genau deswegen wollte ich dort hin. Ich brauchte etwas Abwechslung und wollte aus unserem normalen Ablauf ausbrechen. Außerdem hoffte ich so, Nadines lästige Freunde loszuwerden. Und vielleicht wollte ich es auch mir selbst beweisen. Beweisen, dass ich alles tun konnte und mir gleichzeitig nichts mehr etwas anhaben konnte.

Entschieden legte ich eine Hand auf ihren Arm.

»Ich will etwas Neues versuchen. Bitte, komm einmal mit mir mit. Lass es uns ausprobieren. Gehen können wir im Notfall immer noch«, redete ich auf meine Freundin ein.

Vermutlich war es ihr schlechtes Gewissen, denn überzeugt, geschweige denn begeistert, sah sie nicht aus. Aber zu meiner Überraschung stimmte sie tatsächlich zu.

»Ich tue das nur deinetwegen, okay? Normalerweise würden mich keine zehn Pferde in diesen Club bekommen.«

Mich normalerweise auch nicht. Ich war nie die Unvernünftige gewesen. Aber irgendetwas in mir wollte heute Abend ein kleines bisschen rebellisch sein und dagegen wollte ich mich nicht wehren.

Der Türsteher musterte uns ausgiebig, bevor er uns schließlich mit einem Kopfnicken in das Innere des Clubs ließ. Je näher wir der Tanzfläche kamen, desto verheißungsvoller roch es nach nach dem verflüchtigten Dampf von Nebelmaschinen, vermischt mit dem Schweiß der tanzenden Menschen. Ich spürte, wie mich tausend kleine Nadeln unter meiner Haut zu pieksen schienen. Leben floss in meine Gliedmaßen und der Drang, auf die Tanzfläche zu stürmen und all das, was ich unterdrückt hatte, endlich herauszulassen, wurde größer.

Wir zwängten uns durch die nah beieinanderstehenden Körper, bis wir einen freien Fleck fanden, an dem wir bleiben konnten. Erneut überforderten mich die überschwemmenden Reize und ich musste mich erst mal sammeln.

Für einen Moment versuchte ich, die hin- und herschießenden Lichter und all die Körper, die sich schnell zu den harten Beats bewegten, auszublenden, indem ich meine Augen schloss und nur der Musik lauschte. Nach und nach spürte ich, wie sie Besitz von mir ergriff und begann, mit leicht fließenden Bewegungen dazu zu tanzen. Es war ungewohnt für meinen Körper, wieder solche Bewegungen zu vollführen, aber er schien sich daran zu erinnern. Daran, wie gut es sich schon immer angefühlt hatte.

Natürlich blieben wir nicht lange allein. Zwei Männer gesellten sich zu uns, die mich jedoch nach kurzer Zeit bereits so sehr störten, dass ich mit Nadine die Flucht ergriff. Sie hatten uns aufdringlich angetanzt und waren anscheinend blind dafür, dass wir keine Lust auf sie hatten. Besonders meine Freundin hatte sie fast schon mit angeekeltem Gesichtsausdruck angeschaut.

Klar, die wenigstens Männer hier entsprachen ihrem Beuteschema. Sie stand entweder auf die blonden Muttersöhnchen oder auf Ärzte und Akademiker, bei denen man das Geld schon förmlich riechen konnte. Ich schätzte, danach konnte man hier länger suchen.

Wir liefen zur Bar und Nadine maulte währenddessen: »Das hier ist echt nichts für mich. Keine Ahnung, warum du mich in diesen Club geschleppt hast, aber wir hätten einfach dahin gehen sollen, wo wir immer feiern. Guck dir den Laden doch mal an.«

»Du kannst von mir aus sechs Tage die Woche in deinen Schicki-Micki Clubs tanzen gehen, aber ich will einmal nach vier Monaten, dass du mit mir hierhingehst. Das ist ja wohl nicht zu viel verlangt«, konterte ich scharf.

Nadine blickte mich verdutzt an und wusste wieder mal nicht, wie sie reagieren sollte. Also drehte sie sich dem Barkeeper zu und bestellte Wodka Orange.

»Für mich bitte eine Cola«, verlangte ich.

Während wir auf unsere Getränke warteten, beobachtete ich aus dem Augenwinkel, wie Nadine wild auf ihrem Handy herumtippte.

»Die anderen sind auch jeden Moment da, obwohl sie wegen der Location etwas irritiert sind«, rief mir Nadine über die Musik hinweg zu.

»Super!«, erwiderte ich ironisch, ohne dass es ihr auffiel und nahm meine Cola entgegen.

Nadine leerte ihr Getränk fast in einem Zug und suchte mit ihren Augen die Menge vor uns ab.

»Da sind sie!« Auffällig winkte sie und kurze Zeit später gesellten sich ihre vier Freunde, drei Mädels und ein Typ, zu uns.

Sofort merkte ich wieder, dass ich nichts mit ihnen anfangen konnte. Gerümpfte Nasen und verwirrte Blicke ihrerseits. Die Arme vor der Brust verschränkt. Sie passten etwa so gut in die Umgebung wie ein zappelnder Fisch an Land. Ich hatte sowieso das Gefühl, unsere Meinungen voneinander beruhten auf Gegenseitigkeit.

So klinkte ich mich aus ihrem Gespräch aus und war sauer, weil Nadine mich so hängen ließ und sich angeregt mit den anderen über irgendwelche Belanglosigkeiten unterhielt. Mit jeder voranschreitenden Minute sah ich meinen vielversprechenden Abend weiter in die Ferne rücken. Mir war zum Heulen zumute. Toller Neuanfang. So verloren hatte ich mich lange nicht mehr gefühlt.

Keinen blassen Schimmer zu haben, wo man dazugehörte. Nicht zu Nadine und ihren verklemmten Freunden, aber irgendwie auch nicht allein in die tanzende Menge. Wer war ich eigentlich und wohin passte ich? Die Frage spukte in meinem Kopf herum, ich wusste jedoch keine Antwort darauf.

Plötzlich stieg mir alles zu Kopf. Ich wollte nur noch raus an die frische Luft, um wieder durchatmen zu können. Also ließ ich die anderen, ohne ein Wort zu sagen, hinter mir und setzte mich in Bewegung. Sie hielten mich weder auf, noch bemerkten sie es überhaupt. Zügig ging ich zurück in den Außenbereich. Gerade scherte es mich nicht mal, dass ich allein unterwegs war.

Die kühle Nachtluft empfing mich und als ich ausatmete, merkte ich, wie die Anspannung etwas von mir abfiel. Ich hatte wohl Glück, denn momentan waren nicht viele Leute draußen vorm Club. Bis auf die dröhnenden Bässe hinter den geschlossenen Türen war es relativ still.

Zum ersten Mal sah ich mich um und nahm direkt wahr, wie nicht weit von mir entfernt ein Typ stand und rauchte. Er war dunkel gekleidet und hatte eine Kapuze auf, die seine Gesichtsumrisse verhüllte. Er musste mich schon länger beobachtet haben und auch jetzt, als ich ihn bemerkt hatte, scheute er sich nicht davor, mich weiter anzusehen. Sein Blick strahlte etwas aus, das ich nicht ganz deuten konnte, aber wegschauen konnte ich auch nicht.

Verwegen sah er mich an, zog ein letztes Mal an der Zigarette und schnickte den glühenden Stummel auf den Boden. Es war, als würde ich die Gefahr und das Abenteuer wittern. Als würde es mich anlocken. In meiner Trotzreaktion und einem gedanklichen Mittelfinger an all die Menschen, die anscheinend dachten, ich wäre nicht mehr allein überlebensfähig, machte ich zögerlich ein paar Schritte auf ihn zu.

Noch immer konnte ich seine Gesichtszüge nicht eindeutig erkennen. Die schwarze Kapuze warf dunkle Schatten auf sein Gesicht und der schwarze Dreitagebart tat sein Übriges.

Ja, er wirkte unheimlich und nicht wirklich vertrauenswürdig auf mich, aber es war viel mehr als das.

Der Typ griff in seine hintere Hosentasche und holte ein Kippenpäckchen hervor, ohne mich aus den Augen zu lassen. Stumm streckte er mir das offene Päckchen hin.

»Nein, danke«, erwiderte ich mit kratziger Stimme, woraufhin er sich noch eine Kippe nahm und sie mit einer Hand vor dem Wind abschirmend anzündete.

»Öfter hier?«, fragte er beiläufig, während er den ersten Zug nahm.

Das war wohl Nummer eins der schlechtesten und unkreativsten Anmachsprüche überhaupt, aber bei ihm wirkte es so authentisch, dass ich es ihm sofort abkaufte. Ich schüttelte den Kopf, dann nickte ich. Oh Mann, was war bloß los mit mir? Warum bekam ich keinen Ton heraus? Ich räusperte mich.

»Früher ja, aber schon lange nicht mehr.«

»Warum? Zu fein für den Scheiß hier?« Seine Augen fixierten mich.

»Nein«, beeilte ich mich zu sagen. »Ist einfach viel passiert, schätze ich.«

Das konnte man wohl so sagen.

»Ich weiß genau, was du meinst.«

Wusste er das? Er lehnte sich an die schmuddlige Hauswand und blickte hoch in den Nachthimmel. Kurz verfiel er in Schweigen, als würde er sich an etwas erinnern, bevor er weiterredete.

»Aber heute sind wir beide hier und das heißt wohl etwas, oder?«

Ich war mir nicht ganz sicher, worauf er hinauswollte, aber es gefiel mir. Er sollte ruhig weiterreden.

»Vielleicht«, brachte ich also nur hervor.

»Hast du Lust, woanders hinzugehen?«, fragte er unvermittelt und sah mich plötzlich an. Geschwungene Wimpern. Schokoladenbraune Augen. Sie wirkten klar. Vermutlich hatte er nicht mal etwas getrunken.

»Wohin?«

Was tat ich hier? Ich ließ mich von einem Fremden in ein Gespräch verwickeln, der irgendwie nach Ärger aussah und mich dabei jegliche angewöhnte Vorsicht vergessen ließ. Mein Herz klopfte vor Aufregung etwas schneller. Hatte ich nicht genau das heute herausgefordert?

Er nickte in Richtung Straße. »Zu mir.«

Empört lachte ich auf und ignorierte das Ziehen in meiner Magengegend. »Wie bitte?«

War das gerade sein Ernst? Er sah nicht so aus, als würde er so etwas nur aus Spaß sagen. Und warum schrie alles in mir danach, mit ihm mitzugehen, als hätte ich nur darauf gewartet? So war ich doch gar nicht. Dabei hatte ich vorhin gar nicht mehr gewusst, wer ich war. Vielleicht war es an der Zeit, es herauszufinden?

»Mach kein Drama daraus. War doch nur eine Frage«, erwiderte er leicht amüsiert und musterte mich. »Hätte gedacht, du bist lockerer drauf. Außerdem bist du zu mir rübergekommen, oder nicht?«

Er hatte recht. Was hatte ich mir überhaupt dabei gedacht? Beschämt sah ich an ihm vorbei. Einen kleinen Funken Mut hatte ich immerhin gehabt. In mir drin schlummerte noch schwach der Wille, »Scheiß drauf« zu sagen und einfach mit ihm mitzugehen. Aber meine Vernunft siegte. Wie immer. So jemandem wie ihm sollte man besser nicht vertrauen.

»Vergiss es«, murmelte ich also und drängte mich schnell an ihm vorbei zurück ins Innere des Clubs.

»Hey«, hörte ich ihn noch hinter mir herrufen.

Kurz verlangsamte ich meine Schritte, unentschlossen, ob ich stehen bleiben sollte. Doch dann biss ich auf meine Lippe und entschied mich fürs Weitergehen. Er und diese Unberechenbarkeit waren nichts für mich und ich nichts für ihn. Ich war einfach kein Mädchen für eine Nacht.

Die stickige verschwitzte Luft empfing mich und hüllte mich direkt wieder ein. Sofort wünschte ich mich zurück zu dem Unbekannten nach draußen.

Warum nur war ich so angetan von ihm? Ich kannte ihn doch gar nicht. Wir hatten bloß ein paar Worte miteinander gewechselt. Und warum hatte ich das Gefühl, das Falsche getan zu haben, als ich ihn draußen stehengelassen hatte?

KAPITEL 2

- ZIMT UND RAUCH -

In dem Gedränge der Tanzfläche konnte ich Nadine und ihre Freunde nicht ausmachen, was mich nicht weiter störte. Ich konnte auch allein bleiben und für mich tanzen. Wahrscheinlich war es sowieso besser, als mir die anklagenden und wertenden Blicke ihrer Freunde anzutun, wenn ich etwas körperbetonter tanzte. Wer hatte auch bitte Spaß dabei, nur stocksteif vom einen auf den anderen Fuß zu tänzeln, wie sie es taten?

Ich schob mich durch die Menge hindurch, bis ich in der Mitte der Menschen ankam und mich dort wohl genug fühlte, um mich gehen zu lassen. Kaum zu glauben, wie ich mich das vor einiger Zeit niemals getraut hätte. Doch jetzt hatte ich ein ganz anderes Problem. Ich musste unbedingt den Unbekannten aus meinem Kopf bekommen. Immer selbstbewusster kreiste ich meine Hüften zu den R&B-Sounds und geriet unter den zuckenden Lichtern fast in eine Art Trance-Zustand, in dem ich alles andere um mich herum vergaß.

Als das Lied endete und das etwas langsamere *Lucifer* von *XOV* durch die riesigen Boxen ertönte, schloss ich die Augen und hob meine Arme leicht in die Höhe. Meine Hände bewegten sich wie von selbst zum Rhythmus der Musik, bis ich plötzlich jemanden hinter mir spürte. Eine Aura, die mich von der ersten Sekunde an gefangen nahm. Ohne mich umzusehen wusste ich instinktiv, wer dort wenige Zentimeter von mir entfernt stand und mich beobachtete. Unter seinen Blicken fühlte ich mich genauso unter Strom, wie wenige Minuten zuvor draußen vor dem Club.

Ich öffnete die Augen, nahm die tanzenden Menschen um mich herum wieder wahr und merkte, wie mein Herz um einiges schneller schlug als der Beat. Bevor ich endgültig den Mut fand, mich umzudrehen, spürte ich eine federleichte Berührung auf meiner Haut. Im nächsten Augenblick fuhren seine Hände schon meine nackten Arme entlang und verursachten dort eine prickelnde Gänsehaut. Er streifte mit den Händen über meine Hüfte und legte sie dort ab. Dann zog er mich leicht fordernd ein Stück zu sich ran, sodass ich die Hitze spüren konnte, die von ihm ausging.

Es war verrückt, aber am liebsten wollte ich mich ihm und der Wärme, die sich nun auch in mir aufbaute, hingeben. Doch ich traute mich nicht, mich enger an ihn zu pressen. Stattdessen drehte ich langsam meinen Kopf zur Seite, nur um sicherzugehen, dass ich mich nicht getäuscht hatte. Mein Gesicht war auf Höhe seines Kinns und sein Bart kitzelte leicht an meiner Stirn.

Er senkte seinen Kopf und flüsterte in mein Ohr: »Entspann dich. Lass dich einfach fallen.«

Seine heisere Stimme so nah an meinem Ohr zu spüren, jagte mir einen weiteren Schauer über den Rücken und brachte mich dazu, meinen Kopf nach hinten gegen seine Schulter zu lehnen. Ich hatte keine Ahnung, was ich hier eigentlich tat, aber solange ich nicht darüber nachdachte, konnte ich auch nicht zu dem Schluss kommen, dass es ein Fehler war. Lieber kam ich seiner Forderung nach. Fallen lassen klang genau nach dem, was ich brauchte.

Wir bewegten uns in einer Einheit zu dem Lied, einem

magischen Aufeinandertreffen von warmen Berührungen, die mich alles andere vergessen ließen. Die tanzenden und springenden Leute um uns herum blendete ich aus, denn wir hatten einen eigenen Takt. Wie in Zeitlupe. Ich spürte jeden einzelnen Stich, der durch meinen empfindlichen Körper fuhr, wenn er mich ganz bedacht an den harmlosesten Stellen berührte. Gleichzeitig fragte ich mich, wie ich mich ihm so nah fühlen konnte. Es war das Unbekannte, Geheimnisvolle, was mich so faszinierte und mit einer unglaublichen Kraft anzog.

Schließlich drehte ich mich zu ihm um, denn ich musste ihn unbedingt sehen. Er war seine Kapuzenjacke losgeworden und zum ersten Mal hatte ich die Gelegenheit, sein Gesicht und seinen Körper richtig zu betrachten. Ein Anblick, bei dem mir augenblicklich heißer wurde.

Das schwarze T-Shirt, das er trug, spannte sich um seinen muskulösen, aber dennoch nicht übertrieben breiten Oberkörper und ließ an seinem rechten Arm unter dem kurzen Ärmel ein Tattoo hervorblitzen. Sein Dreitagebart war mir vorhin schon aufgefallen, weil er ihm ein verwegenes, dunkleres Aussehen verlieh. Er verdeckte die etwas schmaleren, schön geformten Lippen jedoch nicht. Lippen, die mich unwillkürlich anzogen. Genau wie seine glänzenden Augen. Sie wirkten ebenso dunkel wie sein an den Seiten kurzrasiertes Haar, das lediglich oben ein Stück länger war. Doch am auffälligsten war das Tattoo, das die olivfarbene Haut seines Halses zierte. Es sah aus wie ein arabisches Schriftzeichen, das unter seinem rechten Ohr platziert war.

Dichte Dunstschwaden waberten aus der Nebelmaschine und erzeugten eine noch magischere Atmosphäre. Umhüllt vom Nebel nutzte er die Gelegenheit, trat einen Schritt auf mich zu, packte mich sanft an den Hüften und zog mich näher zu sich heran. Wir sahen uns einander in die Augen und ich erschrak fast davor, wie stark die Flammen in seinen dunklen Augen loderten. Er begehrte mich, das konnte ich sehen und doch war sein gesamtes Auftreten so undurchsichtig und unvorhersehbar, dass es sich in meinem Innersten vor Aufregung zusammenzog.

Ich wollte nichts mehr, als ihn zu küssen und weil das Gefühl zu stark wurde, brachte ich atemlos ein paar Zentimeter Platz zwischen uns, um mich nicht hinreißen zu lassen.

Der letzte Refrain ertönte, wir passten uns dem schnellen Tempo, das uns umgab an und verschmolzen mit der Masse um uns herum. Mit einem Kopfrotieren ließ ich meine Haare durch die Luft fliegen und mein Hals wurde freigelegt. Er drehte mich zu sich ein, sodass ich mit meinem Rücken beinahe seine Brust berührte. Meine Hüfte umfasste er mit dem Arm und senkte seine Lippen zu meinem Ohr. Obwohl noch ein Hauch Abstand zwischen seinem Mund und mir bestand, hatte ich das Gefühl, mich würden einzelne Stromstöße durchfahren.

Seinen kitzelnden Atem so nah an meinem Hals zu spüren, fühlte sich so intim an, dass eine immer stärker werdende Lust in mir aufstieg. Ich musste fast ein Keuchen unterdrücken, als das Lied schließlich endete und in das Nächste überblendete.

»Sorry für die Sache draußen«, erklang seine Stimme nun an meinem Ohr und ich hörte, dass er dabei grinste.

Er schien seine Wirkung auf mich zu genießen. Ich musste nach diesem Tanz erst mal wieder im Hier und Jetzt ankommen, daher brauchte ich eine Weile um zu antworten. Meine Fingerspitzen kribbelten immer noch.

»Warum auf einmal?«, wollte ich wissen und drehte mich wieder zu ihm um, um seinen Anblick in mir aufzusaugen.

»Irgendetwas an dir ist interessant. Du passt hier eigentlich nicht rein und dennoch bist du hier«, sagte der Unbekannte leise. Ich wusste immer noch nicht seinen Namen.

»Ich wollte heute etwas wagen«, sagte ich ehrlich. »Ich habe gehofft, etwas zu erleben.«

Seine Lippen verzogen sich zu einem wissenden Lächeln.

»Willst du noch mehr erleben?«

Zögerlich nickte ich. Es war unvernünftig. Aber ja, verflucht. Ich wollte!

»Dann lass uns hier verschwinden. Und keine Angst, ich entführe dich nicht zu mir. Noch nicht.« Seine Augen blitzten auf und bewirkten, dass mein Herz einen Sprung tat, nur um dann etwas schneller weiter zu schlagen als vorher. Was hatte er mit mir vor?

Ich folgte ihm durch die Menschen hindurch in Richtung Ausgang. An der Garderobe holten wir unsere Jacken. Er schlüpfte in seine schwarze Lederjacke, die ihm ein noch unheimlicheres Aussehen verlieh und wir verließen den Club. Keinen einzigen Gedanken mehr verschwendete ich an Nadine und ihre Freunde. Das, was ich hier tat, war vielleicht unvernünftig und dumm. Aber zum ersten Mal nach all diesen Monaten fühlte es sich wieder richtig an, als würde ich leben.

Schnellen Schrittes lief ich neben ihm her. Er hatte wieder seine Kapuze aufgesetzt und die Hände in den Jackentaschen vergraben.

»Was hast du vor?«, fragte ich und spürte, wie kribbelnde Nervosität in mir aufstieg.

»Wirst du gleich sehen«, erklärte er kurz angebunden und für einen Moment zweifelte ich daran, ob es eine gute Idee gewesen war, ihm zu folgen.

Er könnte mich umbringen und irgendwo vergraben und niemand würde es mitbekommen. Doch dann rief ich mir in der Erinnerung, dass mein Pech für die nächsten zwei Jahre sicherlich aufgebraucht war und ich mich nicht so anstellen sollte. Ich hatte lange genug das wahre Leben verpasst.

Seine lässige Stimme riss mich aus den Gedanken: »Kannst du schnell laufen?«

Überrumpelt sah ich ihn an und stammelte: »Ja, schätze schon. Immerhin habe ich keine hohen Schuhe an.«

»Was ein Glück«, erwiderte er.

»Warum ist das mit dem Laufen wichtig?«, hakte ich nach. Meine Neugier war geweckt.

Er überging jedoch meine Frage und antwortete stattdessen: »Behalte das im Hinterkopf. Du könntest es gleich brauchen.«

»O-okay.« Was zur Hölle hatte er vor? Und wollte ich überhaupt ein Teil davon sein?

Oh Mann, Dalia, wo hast du dich da nur reingeritten? Wahrscheinlich ist das Ganze doch eine Nummer zu groß für dich.

Mir egal, ich würde das jetzt durchziehen. Einen Rückzieher wollte ich nicht mehr machen.

Die Straßen waren menschenleer und als wir durch eine Unterführung liefen, blieb er plötzlich stehen. Fragend sah ich ihn an, doch er holte nur wortlos vier kleine Spraydosen heraus. Wo hatte er die denn die ganze Zeit versteckt gehabt?

»Graffiti?« Ich blickte ihn mit großen Augen an.

»Ich hoffe, du bist künstlerisch begabt«, sagte er nur schulterzuckend.

Die Idee reizte mich. Wenn ich so zurückdachte, hatte ich bisher noch nie etwas Verbotenes getan. Hoffentlich würde uns niemand entdecken.

»Und was ist, wenn wir erwischt werden?«, sprach ich meine Befürchtung laut aus.

Er kam näher zu mir und strich mir eine Strähne hinters Ohr. »Lass dich einfach nicht erwischen.«

Ich schluckte. Mein Herz schien heute gar nicht mehr zur Ruhe zu kommen. Mit schwitzigen Handflächen nahm ich eine der Spraydose entgegen, die er mir in die Hand drückte, nachdem er sie ausgiebig geschüttelt hatte.

»Einfach drauflos sprühen?«

Er nickte und umschloss meine Hand mit seiner. Mir fiel auf, dass sein Handrücken tätowiert war, konnte jedoch nicht erkennen, mit welchem Motiv. Ein Kribbeln fuhr von meiner Hand durch meinen Arm bis in meinen Bauch hinein.

»Einfach oben drücken.«

Er drückte mit seinem Zeigefinger meinen hinunter und sprühte einen blauen Punkt an die Wand. Dann löste er seinen Griff wieder. Fast vermisste ich seine wärmende Hand auf meiner.

Nachdem ich mich mehrmals übervorsichtig umgesehen hatte, ob nicht doch ein Auto angefahren kam, gab ich mir einen Ruck, hob die Dose und sprühte los. Viel zu laut hallte das fast schon zischende Geräusch von den Wänden der Unterführung wider.

Es hatte seinen Reiz, auch wenn ich nicht sonderlich begabt war. Schließlich war es das allererste Mal, dass ich so etwas tat. Kaum war ich fertig und trat einen Schritt zurück, betrachtete er abwägend, was ich vollbracht hatte.

»Gar nicht so schlecht.«

»Du bist kein guter Lügner«, winkte ich ab.

»Naja, es hat Potenzial«, überlegte er, was mich unweigerlich auf die Frage brachte, wie oft er das mit dem Sprayen eigentlich tat.

»Tob dich gerne an meinem Kunstwerk aus«, meinte ich.

Auffordernd streckte er seine Hand aus und ich warf ihm beide Dosen, die ich benutzt hatte, zu. Er fing sie lässig auf und machte sich an die Arbeit. Interessiert beobachtete ich, was nun passieren würde.

Das klackende Schütteln und Sprühen unterbrach die Stille in dem abgelegenen Tunnel. Er sah so anmutig aus, seine Bewegungen so gekonnt und flink, dass ich nur staunend dabei zusah, wie er aus dem kargen Wort, was ich an die Steinwand gesprayt hatte, nun wirklich etwas Kunstvolles schaffte. Gebannt starrte ich darauf.

»Wow, du hast es drauf«, murmelte ich.

Das Wort »*breathe*«, das ich in blauen Kleinbuchstaben in einem leichten Bogen verlaufend an die Wand gebracht und schwarz schattiert hatte, war kaum noch wiederzuerkennen.

Er hatte die Lettern einzeln schwarz umrandet und meine Schattierungen so ausgebessert und verziert, dass es fast wie eine strukturierte Fläche wirkte. Als Lichtreflexe hatte er weiße Akzente gesetzt und die blauen Buchstaben verliefen nun nach unten hin in weichem Übergang in ein zartes Rot.

Gerade sprühte er mit der schwarzen Farbe los und ich machte ein Bild von dem Graffiti, um eine Erinnerung für mich zu haben, als plötzlich der Motor eines Autos zu hören war. Vor Schreck ließ ich fast das Handy zu Boden fallen.

Panisch rief ich ihm zu: »Da kommt jemand!« Meine Stimme überschlug sich fast.

Blitzschnell hörte er mit Bemalen auf und ließ die Dosen in seiner Jacke verschwinden. Das Auto blieb mit quietschenden Reifen neben uns am Bordstein stehen.

»Hey, was machen Sie da?«, rief jemand aus der geöffneten Scheibe heraus. »Ich rufe die Polizei!«

»Schnell, komm mit!« Der mir inzwischen nicht mehr ganz so Unbekannte reagierte um einiges schneller als ich.

Während ich wie paralysiert stehen geblieben war, packte er ohne eine Sekunde zu zögern meine Hand und zog mich hinter sich her.

Hatte ich vorher gedacht, mein Herz würde schnell pochen, so hämmerte es nun fest in meiner Brust. Das Adrenalin schoss durch meinen Körper, als ich hinter der dunklen Gestalt hinterherstolperte, ohne eine Ahnung zu haben, wo wir hinrannten. Hauptsache weg, Hauptsache nicht erwischt werden.

»Jetzt weißt du, warum das Laufen wichtig ist«, rief er mir zu.

Mit einem Arm in meinem Rücken zog er mich mit sich. Ich war ihm wirklich dankbar dafür, dass er mich nicht einfach zurückließ.

»Ich will keinen Ärger mit der Polizei«, keuchte ich, während wir dunkle Gassen entlangstürmten.

Obwohl wir im Begriff waren, erwischt zu werden und ich verdammt aufgeregt war, hätte ich einen befreiten Schrei ausstoßen können. Es musste das Adrenalin sein, das mich in diese Art von Rausch versetzte.

»Halt durch«, trieb er mich weiter an und ich biss fest die Zähne zusammen.

Auf einmal bog er ab und zog mich in einen Hinterhof.

»Was hast du vor?«, japste ich zwischen zwei rasselnden Atemzügen, als wir auf ein großes Gebäude zusteuerten.

»Ich wohne hier«, brachte er hervor, als wir an der Haustür ankamen. »Drinnen sind wir sicher.«

Sollte ich ihm folgen? Gerade war ich nicht in der Lage, mir darüber Gedanken zu machen. Dafür war ich zu erledigt. Die Luft brannte in meinen Lungen wie Feuer und meine Beine gehorchten mir kaum noch. Meine Ausdauer nach einigen Monaten Pause war katastrophal geworden, was ich nicht erwartet hätte. Aber ich konnte nicht mehr.

Ich musste sofort eine Pause einlegen.

Mit flinken Bewegungen hatte er die Tür aufgeschlossen und wir liefen rasch ins Innere des Gebäudes, direkt auf den Aufzug zu, der sich momentan zum Glück im Erdgeschoss befand. Er riss die Tür auf und wir stürzten hinein.

Sofort sank ich an der Wand des Aufzugs hinab und rang mit der Luft. Er drückte den Knopf vom obersten Stockwerk und ließ sich dann gegenüber von mir die Wand herunterrutschen.

»Wir haben es geschafft«, erklärte er leicht atemlos, aber triumphierend.

Ein breites Grinsen machte sich auf seinem Gesicht breit. Befreit lachte ich auf und lehnte meinen Kopf nach hinten. »Das war unglaublich.«

Wir waren entkommen! Erleichterung ergriff Besitz von mir und verschaffte mir zu einem noch größeren Hochgefühl. Auch wenn meine Glieder schwer waren und meine Kehle sich wund anfühlte, spürte ich überall in mir Leichtigkeit.

Mein Fluchtpartner hatte immer noch seine dunkle Kapuze auf. Die Beine leicht angewinkelt und die Arme darauf abgelegt, saß er ruhig da und beobachtete mich mit seinem Blick, der unweigerlich Spannung erzeugte. Währenddessen setzte sich der Aufzug in Bewegung und wir fuhren Stockwerk für Stockwerk nach oben.

Plötzlich richtete er sich auf, rutschte auf Knien zu mir rüber und keilte meinen Kopf zwischen seinen Händen ein, die er zu beiden Seiten gegen die Wand lehnte. Das Verlangen in seinen Augen nahm mich mit einem Mal gefangen. Ehe ich mich versah, hatte er seine Lippen auf meine gepresst und ließ meinen erhitzten Körper endgültig in Flammen aufgehen. Mein Puls, der gerade dabei gewesen war, sich zu beruhigen, lief direkt wieder zu Hochtouren auf. Der Kuss war überwältigend und aufregend und aus irgendeinem Grund hatte ich nicht erwartet, dass seine Lippen so weich waren.

Im nächsten Moment löste er sich wieder von mir, weil er bemerkte, dass ich etwas überfordert war. Die aufkommenden Reaktionen auf den Kuss in meinem Inneren, der Umstand, dass wir gerade gefühlt durch halb Köln gerannt waren und ich deswegen zwischen seinen Küssen immer noch kaum Luft bekam – alles ging so wahnsinnig schnell.

»Soll ich mich zurückhalten?«, fragte er heiser.

Ich nickte atemlos. »Ich weiß ja nicht mal, wie du heißt«, erklärte ich mit brüchiger Stimme.

Unsere Unterhaltung wurde vom *Pling* der aufspringenden Aufzugtüren unterbrochen. Wir waren angekommen. Vor uns lag wohl seine Wohnung.

Ein neues Gefühl mischte sich unter den Strudel an Empfindungen in mir – Unsicherheit. Was ich geantwortet hatte, war nicht nur so dahergesagt. Ich wusste gar nichts von ihm – außer, dass er künstlerisch begabt, geheimnisvoll und verdammt heiß war. Und mich etwas an ihm so sehr anzog, dass ich bereit war mitzugehen. Zumindest, um ihn näher kennenzulernen. *Ausschließlich, um ihn näher kennenzulernen*, verbesserte ich mich. Ich würde nicht mit ihm schlafen. Selbst wenn sich mein Inneres noch so sehr danach verzehrte.

Zögerlich folgte ich ihm in seine Wohnung und er schloss die Tür hinter mir.

»Tayfun«, antwortete er ruhig, »ich heiße Tayfun.«

»Wie der Wirbelsturm?«, fragte ich ungläubig.

»Ist ein türkischer Vorname«, erklärte er und fügte dann mit einem leichten Grinsen hinzu: »Aber sagt vielleicht trotzdem etwas über mich aus.«

Auch wenn ich ihn dafür nicht gut genug kannte, passte der Name definitiv zu ihm und zu seiner dunklen, unberechenbaren Seite.

»Ich bin Dalia«, stellte ich mich nun auch vor.

»Also Dalia, ...« Er sprach meinen Namen absichtlich etwas tiefer aus. »Du hast dich wirklich zu mir hergewagt.«

»Sieht so aus.« Ich biss mir auf die Lippe.

»Dabei hast du dich am Anfang so dagegen gewehrt.«

Seine Stimme klang belustigt.

»Also war diese Aktion eben geplant, um mich in deine Wohnung zu locken?«, fragte ich herausfordernd, froh darüber, dass ich nicht mehr so sprachlos war, wie am Anfang.

»Ich hätte kein Problem damit, es zuzugeben. Aber ich habe gar nichts davon geplant. Ist nur ein netter Nebeneffekt.«

Er zog Schuhe und Jacke aus und ich tat es ihm nach.

»Ich gehe kurz eine rauchen, schau dich ruhig um«, merkte Tayfun an und verschwand auf dem kleinen Balkon, der gegenüber von uns lag.

Also nutzte ich die Zeit, um mich umzusehen. Er hatte eine kleine Einzimmerwohnung, die mir aber auf Anhieb gefiel, weil sie mit den Backstein- und grauen Betonwänden roh wirkte und aussah wie ein heruntergekommenes Loft. Große Fenster zeigten zur Straßenseite hin und an der Decke verliefen Holzbalken, von denen einige Stützbalken auch bis in den Boden ragten.

Auf der linken Seite befand sich eine kleine Küchenzeile und den restlichen Platz nahmen ein großes Bett, ein Fernseher und ein Kleiderschrank ein. Direkt neben dem Eingang führte eine Tür ins Badezimmer.

Kurzerhand lief ich dort hinein, um mich nach der Anstrengung eben schnell frisch zu machen und mich etwas mit kaltem Wasser abzukühlen. Danach kehrte ich zurück in den Wohnbereich.

Super, stellte ich fest. Es gab keine Couch, auf die ich mich setzen konnte, nur das Bett.

Nach kurzem Überlegen machte ich Anstalten, Tayfun auf den Balkon zu folgen, doch dann sah ich, wie er seine Zigarette ausdrückte und zurück in die Wohnung stapfte.

»Du hast es schön hier«, bemerkte ich und stand dabei etwas unsicher mitten im Raum.

»Danke«, antwortete er nur, griff nach der Fernbedienung und ließ Musik laufen.

Dann schaltete er die Lampen über uns aus und das dunkle Ambientelicht hinter dem Fernseher ein. Verstohlen betrachtete ich seine Rückenansicht, seine schwarze zerrissene Jeans und die breiten Schultern, während er zu seinem Bett schlenderte und sich darauf setzte.

»Komm her«, meinte er mit einem Kopfnicken zu dem freien Platz neben sich.

Ich schluckte und spürte wieder, wie sich ein Ziehen in meinem Bauch breitmachte. Schnell versteckte ich meine Hände in den hinteren Hosentaschen, um das leichte Zittern zu verbergen. Zum ersten Mal wurde mir wirklich bewusst, dass ich allein mit dem Unbekannten war, den ich vor vielleicht gerade mal einer Stunde im Club getroffen hatte. Allein in seiner Wohnung.

Ich wusste nicht, wer er war oder was seine Absichten waren. Er hatte eine unheimliche Ausstrahlung und wirkte irgendwie gefährlich, aber gleichzeitig gab er mir das Gefühl, ich konnte mich auf ihn verlassen. Als würde er mich auf seine Weise verstehen. Wie sollte das gehen, nach so kurzer Zeit?

Im Raum herrschte diese ganz bestimmte Spannung, wie vor dem ersten Kuss. Eine Atmosphäre, bei der ich genau wusste, früher oder später würde etwas zwischen uns passieren.

Ich gab mir einen Ruck, ignorierte die zweifelnden Stimmen in mir und setzte mich doch neben ihn. Meinen Rücken lehnte ich an das Kopfteil des Bettes und sah Tayfun an. Ich würde ihn einfach in ein Gespräch verwickeln, das würde die Spannung etwas herausnehmen und meine verruchten Gedanken etwas abkühlen. Außerdem war ich wirklich interessiert daran, mehr über ihn zu erfahren.

Jetzt, wo wir beide etwas zur Ruhe gekommen waren, fiel mir erst sein männlicher Duft auf, der mich nach und nach umhüllte und fast in den Wahnsinn trieb. Ich atmete aus und konzentrierte mich auf das, was ich sagen wollte.

»Ich dachte nicht, dass ich das mal sage, aber die Aktion eben hat Spaß gemacht. Auch, wenn ich echt froh bin, dass wir entkommen konnten. Bei dir sah alles so nach Routine aus. Du machst das nicht zum ersten Mal, oder?«

Wie beiläufig legte er seine tätowierte Hand auf meinen Oberschenkel und ich versuchte mir, nichts anmerken zu lassen, aber die prickelnde Berührung traf mich bis ganz ins Innere. Ich konnte mich kaum konzentrieren, so aufregend fühlte es sich an.

»Ich wurde noch nie erwischt. Ist ja auch das Spannende daran. Und nein, ich spraye öfters.«

»Merkt man. Du hast es echt drauf«, musste ich zugeben, als ich daran zurückdachte.

Er holte sein Handy hervor, tippte auf einen Fotoordner und ich registrierte, wie er noch ein Stück näher an mich heranrückte, um mir die dort abgespeicherten Bilder zu zeigen.

»Ich mache normalerweise immer Fotos von den fertigen Werken, ist eine ganz coole Erinnerung.«

Er scrollte durch die Bilder und ich musste zugeben, dass ich beeindruckt war von dem Stil und der Kreativität der Graffitis. Manche Menschen hatten einfach ein unglaubliches Geschick und ein Auge dafür, was toll aussah und gut wirkte.

»Du hast Talent, die sind echt gut«, sagte ich ehrlich. »Ich habe dich vorhin beim Sprayen auch fotografiert.«

Seine Augenbrauen zogen sich zusammen und er musterte mich skeptisch. »Warum?«

Gleichzeitig glitt die Hand, die immer noch auf meinem Oberschenkel lag, ein kleines Stück weiter nach oben und ich musste mich erneut zusammenreißen, um entspannt zu bleiben und mir nicht anmerken zu lassen, was er mit mir anstellte.

»Weil ich fasziniert davon war und eine Erinnerung haben wollte«, erklärte ich.

»Schick es mir mal«, forderte Tayfun mich auf.

Ich kramte mein Handy aus der kleinen Tasche, die ich neben mich aufs Bett gelegt hatte und reichte es ihm, damit er seine Handynummer eintragen konnte. Nachdem ich das Bild gesendet hatte, ließ ich mein Telefon wieder verschwinden.

»Wo hast du das gelernt?«, fragte ich weiter.

»Selbst beigebracht«, erwiderte er schulterzuckend.

Mir war schon aufgefallen, dass er nicht unbedingt der redseligste Typ war, dabei sehnte ich mich fast schon danach, ihn mehr erzählen zu hören. Seine Stimme klang anziehend – dunkel und rau, und ich wollte so gerne mehr davon hören.

Als hätte er meine Gedanken erraten, redete er plötzlich weiter. »Warum bist du vor dem Club auf mich zugekommen?«

Während seiner Frage fing Tayfun an, immer wieder mit seinem Daumen über meinen Oberschenkel zu streichen, was mich völlig aus der Bahn warf. Ich wollte es vermeiden, ihn direkt anzuschauen, aber sein Blick fing mich ein und vereinnahmte mich. Der gleiche Blick wie draußen vor dem Club. Es war das gewesen, was mich auf ihn aufmerksam gemacht hatte.

»Weil du mich so angesehen hast wie jetzt«, antwortete ich und sprach damit meine Gedanken aus. »Das und die Tatsache, dass du nach Gefahr aussahst.«

In seinen Augen, die die Farbe von flüssiger Schokolade hatten, flackerte etwas auf und ich wünschte mir zum ersten Mal die Fähigkeit, Gedanken lesen zu können.

»Du hast recht. Ich bin kein guter Einfluss. Das sollte dir klar sein«, sagte er leise.

All das sprach dafür – sein Hang zu verbotenen Dingen, sein ganzes Auftreten und nicht zuletzt das Tattoo an seinem Hals, was ihn noch härter und gefährlicher wirken ließ.

»Vielleicht ist mir das egal.« Meine Stimme war inzwischen nicht viel mehr als ein Flüstern.

»Sag nicht, ich hätte dich nicht gewarnt.«

Mir blieb keine Möglichkeit, zu antworten, denn Tayfun löste seine Hand von meinem Bein, griff stattdessen in meinen Nacken und küsste mich. Mir entwich ein Seufzen, woraufhin er mit der Zunge in meinen Mund glitt. Er schmeckte nach einer Mischung aus scharfem Zimtkaugummi und Rauch, nach Versuchung und Ärger. Es war genau das, was ich brauchte.

Sein Kuss sagte so viel über ihn aus. Ich merkte, wie viel Erfahrung er hatte. Er wusste genau, welche Bewegungen und Berührungen mich heiß machten, aber mir fiel auch auf, dass er sich zurückhielt. Hinter seiner Fassade schlummerte noch so viel mehr. Das jagte mir ein wenig Angst ein, heizte aber gleichzeitig auch meine Lust weiter auf.

Hitze erfasste meinen Körper nach und nach und machte es fast unerträglich, still sitzen zu bleiben, also legte ich eine Hand auf seine Brust und erkundete die Muskeln darunter. Immer stärker drückte Tayfun seine Lippen auf meine und umspielte meine Zunge verlangender mit seiner.

Dann spürte ich, wie seine andere Hand den Streifen meiner nackten Haut zwischen Oberteil und Jeans berührte. Langsam fuhr er unter mein Oberteil und streichelte meinen Bauch. Und verdammt, es tat so gut! Wann war ich das letzte Mal so berührt worden? Es war sicherlich ein halbes Jahr her. Viel zu lange ... Viel zu lange, um jetzt vernünftig zu sein, oder? Es wäre so leicht, es zuzulassen. Zuzulassen, dass seine Hand, die immer weiter nach oben wanderte, meine Brust berührte ...

Aber wenn es so weit kommen würde, könnte ich für nichts mehr garantieren. Womöglich hätte ich dann keine Willenskraft mehr, ihn zurückzuweisen. Ich wusste ganz genau, wo das unweigerlich enden würde. Und ich war noch nie der Typ für One Night Stands gewesen. Ich war nicht gut in so etwas. Entweder interpretierte ich zu viel hinein oder ich fühlte mich im Nachhinein schlecht, weil ich es getan hatte. So oder so kam nichts Gutes dabei heraus.

Es kostete mich unglaublich viel Überwindung, meine Hand auf seine zu legen und sie aufzuhalten. Sie sanft, aber bestimmt, ein Stück zurück zu schieben und ihm die Grenze aufzuzeigen. Hundertprozentig hatte er sich mehr erhofft, aber er ließ sich nichts anmerken.

Seine Lippen lösten sich nur von meinen, um sie dann immer wieder aufs Neue zu umschließen. Die Hand ließ er dort, wo ich sie hinbefördert hatte und kitzelte lediglich meine Haut mit den Fingern. Diese federleichten Berührungen verursachten ein Ziehen in meiner Mitte – gleichzeitig schön, aber auch quälend.

Immer heftiger stieß ich meinen Atem aus, da unsere Küsse noch an Leidenschaft und Intensität zunahmen. Langsam drückte Tayfun mich nach hinten auf die Matratze und beugte sich über mich. Als er die Lippen erneut auf meine presste und gleichzeitig etwas fester meine Hüfte packte, keuchte ich überrascht auf, ließ es aber geschehen. Ich spürte, wie ihn das anmachte und fragte mich, wie ungezügelt er wäre, wenn er sich nicht zurücknehmen würde. Die Vorstellung machte mich fast verrückt.

Plötzlich rutschte er ein Stück nach unten, verteilte Küsse auf dem freiliegenden Streifen Bauch und legte seine Finger auf den Knopf meiner Jeans, um sie zu öffnen.

Fuck, er versuchte mich wirklich nach allen Regeln der Kunst zu verführen ... Und ich war sowas von versucht, darauf hereinzufallen. Aber ich wollte bei meinem Grundsatz bleiben – warum auch immer. Weil ich mir einredete, es wäre besser für mich. Vielleicht auch, um die Kontrolle zu behalten.

Also biss ich mir auf die Lippe und verfluchte mich innerlich für meine Entscheidung, als ich ihn ein Stück wegschob und meinen Knopf wieder schloss. Resigniert ließ Tayfun seinen Kopf kurzzeitig auf meinen Bauch sinken, richtete sich dann aber ein Stück auf.

»Du machst es mir nicht einfach, oder?« Seine Augen funkelten fast schon belustigt.

»Du wusstest, worauf du dich einlässt. Ich habe dir gesagt, dass ich nicht so bin«, erwiderte ich und versuchte dabei selbstsicher zu klingen.

In Wahrheit war ich immer noch eingeschüchtert von ihm, auch wenn ich ihm das Gegenteil beweisen wollte. Hinter meinem Kopf rasten gerade die Gedanken. Würde er mich nun wegschicken? Würde er versuchen, mich zu überreden oder zu drängen?

Doch alles, was er sagte, war: »Du hast recht, aber ich wollte dich umstimmen. Hätte nicht gedacht, dass du so standhaft bist. Trotzdem bereue ich es nicht, dich mit hergebracht zu haben.«

Seine Stimme klang etwas kratzig, sein dunkler Blick fand meinen. Er verharrte kurz in der Position und ließ sich dann neben mich auf die Matratze fallen.

Wir lagen nebeneinander auf dem Rücken, blickten an die Decke und schwiegen kurz, bis ich die Stille durchbrach.

»Ich bereue es auch nicht.« Wenigstens dieses Mal klang meine Stimme so fest, wie ich es wollte. »Du kamst in meinem langweiligen Leben genau richtig.«

»Warum ist dein Leben langweilig?«, hakte Tayfun nach.

Er klang so, als würde er es wirklich wissen wollen. Als würde es ihm gar nichts ausmachen, dass er heute nicht zum Zug kam. Es überraschte mich irgendwie.

»Ganz ehrlich? Meine Eltern denken, sie müssten mich vor allem, was hier in der Welt passiert, beschützen. Und ich weiß, sie sorgen sich nur um mich, aber ich drehe bald durch.«

Ich hätte nicht gedacht, heute mit ihm so ernste Gespräche zu führen, aber um drei Uhr morgens vertrieb die Dunkelheit auch den letzten Funken Leichtigkeit und die Lust auf irgendwelchen austauschbaren Smalltalk.

»Du wohnst noch bei deinen Eltern?«

Ich nickte. »Gewissen Umständen geschuldet, die jetzt nicht weiter wichtig sind. Aber wenn das so weitergeht, muss ich dringend raus.«

»Sorgen machen war bei mir zuhause nie ein Thema. Bei uns lief das etwas anders, schätze ich. Mein Vater hatte ganz andere Probleme. Und meine Mutter ist sowieso früh abgehauen. Ich kannte sie kaum«, erzählte er plötzlich.

Überrascht sah ich ihn von der Seite an, beeindruckt, dass er mir einfach so nebenbei etwas offenbart hatte. Etwas, was ich eben bei meiner eigenen Geschichte nicht geschafft hatte.

»Willst du damit sagen, ich soll froh sein, Eltern wie meine zu haben?«

»Ich will damit eigentlich nur sagen, dass ich keine Ahnung habe, was gut oder schlecht ist. Eine der vielen Sachen, die meine Eltern mir nicht beigebracht haben.«

Tayfun zuckte mit den Schultern.

»Das tut mir leid«, meinte ich leise.

Ich hasste Standardsätze wie diesen, aber ich wollte nicht weiter nachbohren. Am liebsten hätte ich ihn ausgefragt, hätte gefragt, was genau mit seinen Eltern los war, aber ich wollte nicht aufdringlich sein. Dafür kannten wir uns viel zu wenig. Es war schon ungewöhnlich genug, welche Wendung das Gespräch genommen hatte.

»Hab's überlebt. Ich habe früh angefangen, selbst meine Entscheidungen zu treffen und bin schon vor acht Jahren ausgezogen«, erzählte er. Auch wenn es gelassen klingen sollte, entging mir der bittere Unterton nicht.

»Wie alt warst du da?«, fragte ich.

»Siebzehn.«

»Ich kann mir gar nicht vorstellen, wie das gewesen sein muss«, gab ich zu, »Das ist wirklich früh.«

»Und eine Ewigkeit her«, ergänzte er knapp und ich merkte, dass das Thema damit für ihn beendet war.

Im Hintergrund lief gerade ein neues Lied an. Die meiste Zeit über hatte ich die Musik offensichtlich ausgeblendet. Doch jetzt, so gedankenverloren wie ich dalag, nahm ich sie umso deutlicher wahr.

Es lief *My Enemy* von *Chvrches & Matt Berninger*, was die melancholische Stimmung noch unterstrich. Ich beobachtete, wie sich Tayfuns Brust hob und senkte. Es war wirklich schon spät. Eigentlich sollte ich langsam heim.

»Vielleicht sollte ich jetzt gehen«, sprach ich den Gedanken, den ich eben gehabt hatte, laut aus. Dabei wollte ich eigentlich gar nicht gehen. Ich wollte, dass er mich aufhielt. Ich wollte mich noch nicht von ihm und meiner kleinen nächtlichen Flucht in ein anderes Leben verabschieden. Und das tat er auch – mich aufhalten. Anders als ich gedacht hätte.

Er zog mich erneut zu sich heran und küsste mich. Ließ mich meine wirren Gedanken von eben vergessen und komplett in den Moment eintauchen. Und das war auch das, was wir den Rest der Nacht taten. Es war ein Zustand zwischen Halbschlaf und Wachsein, heißen Küssen und seinen Lippen auf meinen, bis uns endgültig die Augen zufielen.

KAPITEL 3

- DER TAG DANACH -

Das tiefstehende Licht, das durch die Balkontür schien, weckte mich am frühen Morgen. Ich brauchte eine Weile, um meine Orientierung wiederzufinden und blinzelte noch verschlafen in dem viel zu hellen Raum, der uns umgab. Nach und nach realisierte ich erst, was gestern geschehen war.

Ich hatte es definitiv nicht geträumt. Tayfun lag nah an meinem Rücken und sein Körper wärmte mich. Einen Arm hatte er um meinen Oberkörper geschlungen und hielt meine Hand.

Verwirrt betrachtete ich unsere Haut, die im Morgenlicht golden schimmerte. Seine kräftige Hand, die schräg mit meiner verschlungen war. Die verblassten Stempel des gestrigen Clubs auf unseren Handrücken.

Oh ja, es war ein wunderschönes Bild, das sich mir hier in seinem kleinen Loft an diesem Samstagmorgen bot. Unweigerlich führte es dazu, dass sich ein seltsam warmes Gefühl in mir breit machte. Für mich war es gleichermaßen erschreckend und faszinierend. Ein Gefühl, das ich in Anwesenheit dieses Mannes auf keinen Fall spüren sollte.

Denn langsam, aber sicher stieg eine brennende Frage in mir auf: Was zur Hölle hatte ich mir gestern gedacht?

Wer war ich und wo war die eigentliche Dalia hin? So unvernünftig wie gestern war ich, solange ich zurückdenken konnte, in meinem ganzen Leben nicht gewesen.

Das Problem war: Das hier war nichts von den Dingen, die man am nächsten Tag bereuen konnte, weil man schlicht und einfach zu viel getrunken hatte – Kontrollverlust und gesteigerte Risikobereitschaft inklusive. Denn ich wusste besser als jeder andere, dass ich keinen Schluck Alkohol zu mir genommen hatte. Oh nein, hierfür trug ich voll und ganz die Verantwortung.

Eine unerklärliche Panik kroch in mir hoch und ich verspürte plötzlich das dringende Bedürfnis, von hier abzuhauen. Trotzdem zwang ich mich, ruhig zu bleiben. Ich hatte Angst, andernfalls Atemnot heraufzubeschwören oder fast noch schlimmer – Tayfun zu wecken. Ich war absolut nicht bereit dafür, mich mit ihm auseinanderzusetzen.

Also musste ich schleunigst von hier verschwinden, ohne dass er es merkte. Behutsam löste ich mich aus seiner Umarmung und kletterte vorsichtig aus dem Bett. Ich schaffte es aber nicht aufzustehen, ohne nochmal einen Blick zurück auf ihn zu werfen.

Er sah so verboten gut aus, auch wenn ihn im Schlaf keine gefährliche Aura umgab. Stattdessen wirkten seine Gesichtszüge ungewohnt entspannt. Eine Sichtweise, die ich bisher nicht auf ihn erhaschen konnte. Ich zwang mich, meine Augen von ihm abzuwenden, fischte meine Hose vom Boden, der ich mich vorm Schlafen noch entledigt hatte und stieg hinein.

Gott, jetzt wusste ich, wie man sich nach One-Night-Stands immer fühlte, wenn man schnell verschwinden musste, um einem unangenehmen Frühstück mit der Eroberung von letzter Nacht zu entgehen. Dabei war es bei uns bei Weitem nicht zu etwas gekommen, das man als One-Night-Stand bezeichnen könnte. Wir waren sogar ziemlich unschuldig gewesen, auch wenn unsere Gedanken wahrscheinlich nicht sündhafter hätten sein können.

Aber das war jetzt auch nicht mehr wichtig. Ich hatte nicht mit ihm geschlafen und schickte ein Stoßgebet zum Himmel, weil ich gestern in meiner geistigen Umnachtung wenigstens eine Sache richtig gemacht hatte.

Vorsichtig, um keinen Mucks zu machen, klaubte ich meine Tasche und Jacke vom Boden auf. Dann schlüpfte ich in meine Schuhe und machte, dass ich wegkam.

Komischerweise kostete es mich mehr Überwindung, als ich dachte, die Wohnungstür hinter mir zuzuziehen und in den Aufzug zu steigen. Als er ruckelnd nach unten fuhr, erinnerte ich mich an unseren ersten Kuss, den Tayfun mir nach unserer Flucht genau hier auf dem Boden gegeben hatte. Vollgepumpt mit Adrenalin.

Wie verrückt die gesamte Situation war, die ich erlebt hatte ... Fast schon unwirklich kam es mir vor, wie wir im Club miteinander getanzt hatten, wie wir die Unterführung vollsprayten und anschließend zu ihm nach Hause abhauten. Sogar seine Berührungen fühlten sich weit entfernt an, auch wenn ich sie noch leicht auf meinem Körper fühlte.

Draußen erfasste eine Brise Wind meine Haare und plötzlich meinte ich, einen Hauch von Zimt zu riechen. Heftig schüttelte ich den Kopf und alle meine Gedanken an ihn ab. *Verrückt.*

Während ich übermüdet durch die Straßen lief, die langsam erst zum Leben erwachten, checkte ich zum ersten Mal wieder mein Handy. Fünf Anrufe in Abwesenheit von Nadine, zehn von meinen Eltern. *Verdammt.* Wie hatte ich gestern vergessen können, wenigstens Nadine eine Nachricht zu schreiben und meinen Eltern vorzulügen, ich würde bei ihr übernachten? Dass sie vermutlich vor Sorge umkamen, war so sicher wie das Amen in der Kirche.

Fluchend öffnete ich zuerst die Nachrichten von meiner Freundin.

Wo bist du? Wir wollen langsam gehen.
Dalia?
Hallo?
Dalia, alles gut?
Verdammt, wo bist du?
??????????
WO BIST DU?
???

Ich rollte mit den Augen. Sie hätte gestern einfach auch mal mit mir reden sollen, anstatt mit ihren langweiligen Freunden abzuhängen und mich links liegen zu lassen. Vielleicht wäre es dann gar nicht erst so weit gekommen.

Okay, das war unfair, denn sie sorgte sich zurecht. Es wäre das Mindeste gewesen, ihr zu schreiben, dass ich woanders übernachtete und es mir gut ging. Oder ihr zumindest vorzulügen, ich wäre schon heimgegangen. Aber wahrscheinlich hatte sie meine Eltern schon kontaktiert und wusste, ich hatte die Nacht nicht daheim verbracht.

Also, wie wäre es mit der Wahrheit? Vielleicht würde es sogar guttun, mich jemandem mitzuteilen.

Hey Nadine, tut mir echt leid. Ich hätte dir gestern schreiben müssen, wo ich bin. Habe jemanden kennengelernt und bin mit ihm heimgegangen. Aber keine Angst – ich war anständig. Kann natürlich trotzdem verstehen, wenn du sauer bist. Du hast dir bestimmt Sorgen gemacht.

Die Nachrichten von meiner Mutter öffnete ich erst gar nicht. Ich rief direkt zuhause an, schließlich musste ich Schadensbegrenzung betreiben, bevor meine Eltern nachher noch die Polizei riefen. Zutrauen würde ich es ihnen.

»Dalia, geht es dir gut?«, kreischte die Stimme meiner Mutter in den Hörer.

Meine Güte, wir hatten doch gerade mal zehn Uhr morgens. Hatte sie etwa heute Morgen nur darauf gewartet, in mein Zimmer zu stürmen, um zu schauen, ob ich noch lebte?

»Beruhig dich, Mama«, fuhr ich sie an und massierte meine Schläfen, da ich von ihrer schrillen Stimme sofort Kopfschmerzen bekam.

»Wo bist du?«, tönte es anklagend durch den Hörer – immer noch viel zu laut.

»Ich lege jetzt auf, hörst du? Gleich bin ich zuhause, dann können wir reden. Es ist alles gut.«

Hastig drückte ich den roten Hörer und beeilte mich, heimzukommen. Auch wenn es mir mit jedem Schritt, den ich in Richtung zuhause tat, weiter die Kehle zuschnürte. Ironisch, wenn man bedachte, dass es mir vor Kurzem noch so ging, wenn ich alleine in der Stadt unterwegs war. Seit ich aber draußen wieder die Freiheit gespürt hatte, war es nun eher umgekehrt.

Mein Handy vibrierte kurz und in der Erwartung, Nadine hätte mir geantwortet, sah ich auf den Bildschirm. Doch es war nicht sie, sondern Tayfun.

Lust, den Abend zu wiederholen?

Leider erwischte ich mich dabei, wie sich ein dummes Lächeln auf meinem Gesicht ausbreitete und mein Magen sich ein Stück zusammenzog. Warum wollte er mich wiedersehen? Hatte er mich nicht langweilig gefunden?

Es sollte mir egal sein. Bevor ich es mir anders überlegte und antwortete, steckte ich mein Handy zurück und konzentrierte mich auf die zwei wesentlichen Sachen:

Erstens, gestern Nacht war ein Fehler. Und zweitens, ich musste meine Eltern vor einem Nervenzusammenbruch bewahren.

Meine Mutter empfing mich bereits an der Tür. Sie war noch im Bademantel und sah müde und zerzaust aus, was sie noch älter wirken ließ. Augenblicklich bekam ich ein schlechtes Gewissen, weil ich genau wusste, dass es ihr wegen mir schlecht ging.

»Tut mir leid, wie das gelaufen ist«, sagte ich zerknirscht, während ich sie umarmte und ergänzte: »Aber wie du siehst, geht es mir gut.«

Aus wässrigen Augen blickte sie mich an und ich bemerkte, wie ihre Hände zitterten. »Ich habe mir solche Sorgen gemacht. Warum bist du nicht heimgekommen? Nadine war auch beunruhigt, weil sie nicht wusste, wo du bist.«

Langsam wurde mir das Ausmaß meines Handelns erst bewusst. Natürlich war ich niemandem Rechenschaft schuldig, aber ich konnte es absolut nachvollziehen, warum alle wieder Angst um mich hatten. Ich war plötzlich wieder verschwunden gewesen und gerade vor dem Hintergrund, dass ich schon mal auf meinem Heimweg verletzt wurde, war ihre Sorge verständlich. Vermutlich sollte ich mich glücklich schätzen, dass es Leute gab, denen ich so wichtig war.

Umso schlechter fühlte ich mich nun, weil ich sie anlügen musste. Aber ich wusste, es war definitiv die bessere Wahl, als mit der Wahrheit herauszurücken. Vor allem für ihren Gemütszustand.

»Mein Handyakku ist leergegangen, deswegen konnte mich niemand erreichen. Ich habe im Club Freunde von mir getroffen, die ich lange nicht mehr gesehen habe. Weil ich Nadine nicht mehr gefunden habe, bin ich dann mit ihnen noch um die Häuser gezogen. Es war natürlich sehr blöd von mir, dass ich nicht wenigstens Nadine Bescheid gegeben habe«, erklärte ich kleinlaut und hoffte, meine Mutter würde es darauf beruhen lassen.

»Bitte versprich mir, dass das nie wieder vorkommt«, redete sie eindringlich auf mich ein. »Oh Gott, wie soll ich nur jemals wieder ruhig bleiben, wenn jedes Mal, sobald du abends weggehst, etwas passiert?«

Verzweifelt schlug sie die Hände über dem Kopf zusammen. Ich seufzte und nahm ihre Hand daraufhin in meine, um sie zu beruhigen.

»Es ist doch gar nichts passiert. Und in Zukunft werde ich darauf achten, genügend Handyakku zu haben, um Bescheid zu geben, wenn sich mein Plan ändert, okay?«

Eher werde ich darauf achten, nicht nochmal so einen Fehler zu begehen. Wahrscheinlich konnte ich froh sein, dass alles gut gegangen war. Wir waren nicht beim Sprayen erwischt worden und ich war ihm in seine Wohnung gefolgt, ohne dass er über mich hergefallen war oder mich ausgeraubt hatte. Ich hatte meine Lektion gelernt. Doch warum verspürte ich dann immer noch ein Kribbeln in meinem Bauch, wenn ich daran zurückdachte?

Meine Mutter nickte, auch wenn der besorgte Ausdruck in ihrem Gesicht nicht verschwand. »Ich wollte dir gerade Frühstück machen. Hast du Lust auf Rühreier?«

Mein Frühstück konnte ich mir eigentlich wieder alleine zubereiten. Doch ich gab es auf, ihr ein weiteres Mal zu erklären, dass ich meinen Arm ganz normal benutzen konnte und war einfach dankbar, nicht weiter über gestern Abend ausgefragt zu werden. Vielleicht war das Kribbeln, das ich spürte, nur Hunger. Vielleicht brauchte ich einfach nur eine gute Mahlzeit und etwas Ablenkung, um mich von meinen Hirngespinsten zu befreien.

Nach dem Essen verschwand ich in meinem Zimmer. Es war Zeit, mich auszuruhen, denn der wenige Schlaf zeigte langsam seine Wirkung. Gähnend warf ich mich auf mein Bett und schaltete eine Playlist an. *I wanna* von *The All-American Rejects* spielte als erstes und ich kuschelte mich zufrieden in mein Kissen. Inzwischen war ich daran gewöhnt, bei Musik einzuschlafen. Sie lenkte mich ab und hatte mich in den Zeiten voller schlafloser Nächte immer begleitet.

Nadine hatte mir geantwortet. Sie war zumindest nicht richtig sauer auf mich, dafür wollte sie unbedingt erfahren, was für einen Kerl ich kennengelernt hatte, der es schaffte, mich direkt abzuschleppen. Denn genauso gut wie ich wusste auch sie, dass das eigentlich nicht meine Art war.

Trotzdem vertröstete ich sie auf später. Momentan wollte ich mich nicht noch weiter damit beschäftigen. Und doch juckte es mich in meinen Fingern, mein Handy in die Hand zu nehmen. Ich öffnete noch einmal Tayfuns Nachricht, las die wenigen Worte mehrere Male durch und konnte mich nicht davon abhalten, sein Profilbild zu vergrößern, um es zu betrachten.

Es war ein relativ dunkles Schwarzweißbild, das ihn von der Seite zeigte. Wie schon gestern trug er auch darauf eine Kapuze und blickte geradeaus zu etwas außerhalb des Bildrandes. Warum faszinierte mich sein Anblick so?

Es war nicht nur sein Aussehen, sondern auch diese ruhige, aber gleichzeitig gefährliche Aura, die ihn umgab. Etwas, das ich nicht verstand, mich aber gleichzeitig neugierig machte.

Einen kurzen Moment erlaubte ich mir noch, schwach zu sein und mich von meinen Tagträumen davontragen zu lassen, dann legte ich mein Handy beiseite und schloss die Augen, um mir etwas Ruhe zu gönnen.

Nachmittags entschied ich mich nach kurzem Überlegen dafür, ausreiten zu gehen und nahm mein Auto, um ein Stück aus der Stadt rauszufahren. Mein Pferd brauchte dringend wieder Bewegung und die frische Luft würde auch mir guttun. Auch wenn man es nicht glaubte, aber Reiten hatte eine ähnliche Wirkung wie Therapie auf mich. Wahrscheinlich konnte das niemand nachvollziehen, der es noch nicht ausprobiert hatte, aber die Ruhe, die die Tiere ausstrahlten und die tiefe Verbindung, die man zu ihnen spürte, waren so viel wert.

Mein Islandpferdewallach Thor wartete schon am Gatter und begrüßte mich mit einem freudigen Wiehern. Nein, seinen Namen hatte ich ihm nicht wegen des Marvelfilms gegeben oder weil ich Fan von Chris Hemsworth war. Zu der Zeit hatte der Film und der Hype darum noch gar nicht existiert. Ich fand einfach schon immer, dass der Name des nordischen Donnergottes gut zu ihm passte, weil er oft etwas ungestüm war und das Klappern seiner Hufe im Galopp fast wie Donner klang.

Der Gedanke ließ mich grinsen, denn bestimmt verdrehten die meisten die Augen, wenn sie das hörten, doch es war mir egal. Ich liebte meinen Rappen und jedes Mal, wenn ich mein Gesicht in seinem schwarzen Fell vergrub, spürte ich die Vertrautheit zwischen uns. Ich hatte ihn und das Reiten während der Zeit, in der mein Arm verletzt gewesen war, wirklich vermisst.

Nachdem ich Thor ausgiebig geputzt und anschließend getrenst hatte, stieg ich auf eine Bank, zog mich an ihm hoch und schwang ein Bein über seinen Rücken. Normalerweise ritt ich ihn mit Sattel, aber heute hatte ich mal Lust auf etwas anderes. Auf dem schmalen Rücken von ihm zu sitzen und seine Wärme direkt unter mir zu spüren, war immer etwas Besonderes. Ich nahm die Zügel in die Hand und krallte mich zusätzlich noch in seine üppige Mähne, um einen besseren Halt zu haben.

Wir galoppierten über den weichen Waldweg und ich spürte, wie sich Thors Muskeln bei jedem kraftvollen Sprung unter mir anspannten. Der warme Sommerwind peitschte in mein Gesicht und ich duckte mich unter jedem niedrigen Ast hinweg. Die Freiheit übermannte mich und ich wäre am liebsten noch ewig so weitergaloppiert, aber mein Wallach brauchte dringend eine Pause. Ich parierte ihn zum Schritt durch und klopfte ihm lobend den Hals, während er zufrieden schnaubte.

Über uns rauschten leicht die Baumkronen, in denen die Vögel ab und zu zwitscherten. Die Ausflucht in die Natur ließ mich immer weiter entspannen und runterkommen. Zum ersten Mal wanderten meine Gedanken wieder zu Tayfun. Gerade kam es mir gar nicht mehr wie ein Weltuntergang vor, dass ich mich auf ihn eingelassen hatte. Erstaunt über meine Wandlung versuchte ich, in mich hineinzuhorchen, um herauszufinden, woran es lag.

Der Ausritt heute, genauso wie mein Ausgang und das Abenteuer gestern brachten mich dazu, mich endlich mal leicht zu fühlen. Ungebunden und frei. Zuhause hatte ich das Gefühl, keine Entscheidungen alleine treffen zu können und von meinen Eltern bevormundet zu werden. Seit dem Unfall behandelten sie mich wie eine zarte Blume, die bei jeder Bewegung zerbrechen könnte. Und auch Nadine wollte nicht mal mehr mit mir streiten und dachte, sie müsse mich verhätscheln.

Mit Tayfun war es anders gewesen. Er hatte mich nicht geschont. Bei ihm war ich einfach nur eine normale zwanzigjährige junge Frau mit klopfendem Herzen gewesen, die

Spaß daran hatte, mal etwas Unvernünftiges zu tun. Eine Frau, die auch begehrenswert war. Vor was hatte ich heute Morgen eigentlich so eine Panik gehabt?

Vielleicht sollte ich diesem kleinen Funken in mir, der etwas Positives in der letzten Nacht sah, noch eine Chance geben. Schließlich war *das* das richtige Leben, oder? Ich sollte es auskosten.

Lächelnd gab ich Thor die Zügel frei, damit er sich strecken konnte, was er mit einem sanften Schnauben würdigte. Das hatte er sich nach diesem Ausritt auch verdient. Aus meiner kleinen, umgeschnallten Hüfttasche griff ich nach dem Handy und antwortete Tayfun, bevor ich es mir wieder anders überlegte.

Was schlägst du vor?

Zwei Stunden später trafen wir uns an der U-Bahn-Haltestelle nahe meines Wohnhauses. Ich hatte keine Lust, mich erneut vor meinen Eltern rechtfertigen zu müssen, also musste Nadine als Alibi herhalten. Schlimm genug, dass ich in meinem Alter erzählen musste, wohin ich ging, aber nach der Sache heute Morgen konnte ich es auch verstehen.

Die tiefstehende Sonne blendete mich und ich schirmte meine Augen mit der Hand ab, um nach Tayfun Ausschau zu halten.

»Hey.« Seine rauchige Stimme erklang plötzlich hinter mir und ich drehte mich etwas zu schnell herum. Damit hatte ich mich wohl verraten. Meine Aufregung konnte ich jetzt nicht mehr verbergen.

Bei Tag wirkte sein Gesicht nicht ganz so dunkel, wenn auch nicht weniger verwegen. Die dunklen Bartstoppeln schimmerten im Abendlicht und seine Augen blitzten auf.

»Schreckhaft heute?«

Er grinste und ich stand einen Moment da und wusste nicht, wie ich ihn begrüßen sollte. Auch wenn wir uns die halbe Nacht geküsst hatten, war die Überwindung von meiner Seite aus zu groß, es jetzt tagsüber zu tun. Eine Umarmung vielleicht?

Doch Tayfun machte einen Schritt auf mich zu und nahm mir die Entscheidung damit ab. Seine Hand legte sich auf meinen unteren Rücken, er rückte dicht zu mir und drückte mir einen Kuss auf die Wange. Hitze floss von der Stelle, die er berührte, direkt in meinen Körper. Während sein Duft nach Pfefferminz und Zimt mich umhüllte, hielt er mit den Lippen an meinem Ohr inne.

»Hast du mich plötzlich doch vermisst?«

Obwohl es draußen noch angenehm warm war, stellten sich beim Klang seiner Stimme meine Armhaare leicht auf.

Ich räusperte mich, um meine Stimme zu klären, bevor ich antwortete. »Ich hatte gerade nichts Besseres zu tun.«

»Du bist schlecht im Lügen, Dalia.«

Mit einem leisen Lachen rückte er ein Stück von mir ab, schob seine Hände in die Taschen seines dunkelbraunen Kapuzenpullis und lief neben mir her. Wir schlenderten in Richtung Park, ohne ein bestimmtes Ziel im Auge zu haben. Tayfun hatte mir vorhin geschrieben, er müsse später noch arbeiten, daher hatten wir sowieso nicht allzu viel Zeit. Gut, falls sich das hier doch als Fehler herausstellen sollte.

»Wo arbeitest du eigentlich?«, wollte ich wissen.

»Night Sky«, antwortete er einsilbig und ich wartete darauf, dass er noch ein bisschen mehr dazu erzählte.

Night Sky war der Name einer Discothek mit einem ähnlich zweifelhaften Ruf wie das Crystals, die sich ebenfalls auf den Ringen befand. Ich selbst war noch nie dort gewesen.

Als er meinen auffordernden Blick wahrnahm, setzte er hinterher: »Bin Barkeeper dort.«

»Cool! Aber wahrscheinlich sehr stressig, oder?«

Er zuckte mit den Schultern. »Schon, aber ist Gewöhnungssache. Und ich komme ganz gut klar damit, nachts zu arbeiten.«

»Hattest du gestern Abend dann frei?«, wollte ich wissen.

»Urlaub«, klärte er mich auf.

Vor uns auf der rechten Seite erschien ein Spielplatz zwischen den grünen Baumkronen des Parks. Die letzten Sonnenstrahlen fielen durch die Blätter, aber die langsam einsetzende Dämmerung war vermutlich verantwortlich dafür, dass keine Kinder mehr dort spielten.

Tayfun sah mich kurz an und zog mich sanft mit sich auf den verlassenen Platz, der von Bäumen und Gebüsch umgeben war. Bis auf zwei Schaukeln, einer Bank und einem kleinen Klettergerüst mit Rutsche, die in einem Sandkasten mündete, befand sich nichts auf der Wiese. Dunkel erinnerte ich mich daran, vor einer Ewigkeit als Kind ein paar Mal hier gewesen zu sein.

Als wir das Klettergerüst erreichten, zog er sich kurzerhand an den paar Sprossen hinauf auf das Holzgebilde und streckte mir von oben seine Hand hin. Lächelnd ergriff ich sie und genoss die Wärme, die die Berührung seiner Haut in mir auslöste. Nachdem auch ich oben war, setzten wir uns nebeneinander an die Kante und ließen unsere Beine in der Luft baumeln. Er war wieder derjenige, der leise Musik auf seinem Handy anschaltete und es dann wieder zurück in seine Hosentasche steckte.

Ich entspannte mich etwas, stützte mich mit den Händen hinter mir ab und lehnte meinen Oberkörper ein Stück zurück. Tayfun schien mich zu beobachten, zumindest spürte ich seinen Blick auf mir.

»Erzähl mir etwas über dich.«

Sein Interesse überraschte mich. Doch ich nahm es zum Anlass, um das anzusprechen, was mir die ganze Zeit durch den Kopf ging.

»Wie du mich gestern kennengelernt hast, so bin ich eigentlich gar nicht ...«, sagte ich zögerlich, doch er unterbrach mich.

»Du meinst, sonst gehst du nicht direkt mit jedem heim?«

Röte flammte in meinen Wangen auf und auch wenn sein Kommentar wahrscheinlich nur ein Spaß sein sollte, wurde ich verlegen.

»Auch.« Beschämt sah ich zu Boden. »Aber nicht nur das. Mein ganzes Verhalten an dem Abend. Du solltest wissen, dass ich bisher normalerweise immer vorsichtig und nicht für jeden Spaß zu haben war.«

»Also habe ich dich gewissermaßen dazu verleitet?« Fragend zog er eine Augenbraue hoch.

»Oder es liegt daran, dass ich mich geändert habe. Vielleicht auch eine Mischung aus beidem. Aber heute Morgen hat es sich irgendwie komisch angefühlt, all das getan zu haben, deswegen bin ich auch so schnell abgehauen.«

»Je öfter du so etwas tust, desto mehr verschwindet dieses Gefühl, glaub mir.«

Tayfun schien mir mein Verhalten nicht übel zu nehmen. Er schwieg kurz, kramte in seinen Hosentaschen und holte einen vorgedrehten Joint hervor. Er steckte ihn sich zwischen die Lippen und zündete ihn an.

Er kiffte? Nicht ganz sicher, was ich davon halten sollte, beäugte ich ihn misstrauisch, was er zu merken schien. Nachdem er einen ausgiebigen Zug genommen hatte, nahm er den Joint zwischen Daumen und Zeigefinger und hielt ihn mir hin.

»Was ist? Willst du auch?«

Gedankenverloren schüttelte ich den Kopf. Bisher hatte ich noch nie gekifft und so sollte es auch bleiben. In der Luft machte sich ein süßlicher, aber penetranter Geruch breit, der mich unwillkürlich husten ließ.

»Ganz so geändert hast du dich wohl doch nicht, oder?«

Er lachte leise und inhalierte einen weiteren Zug.

»Aber das ist okay. Man muss auch nicht alles ausprobieren. Ich mag es, dass du so unschuldig bist.«

»Warum?«

Ich wusste nicht, ob ich mich selbst als unschuldig bezeichnen würde oder was er unter diesem Begriff genau verstand, aber da ich praktisch mein Leben lang noch keine richtigen Dummheiten gemacht hatte, konnte Tayfun damit womöglich recht haben.

»Es bedeutet, dass ich dir deine Unschuld nehmen kann«, erwiderte er und strich leicht meinen Arm entlang.

Als er merkte, wie zweideutig seine Aussage klang, fügte er amüsiert hinzu: »Im übertragenen Sinne natürlich.«

Er ließ den Rauch langsam aus seinem leicht geöffneten Mund austreten und merkte womöglich gar nicht, wie sich mein Herzschlag beschleunigte, weil es so verboten klang. Verboten, aber aufregend.

Während *Bad Things* von *Machine Gun Kelly & Camila Cabello* anlief, rückte er ein Stück näher an mich heran.

»Bist du neugierig?«

Der Grasgeruch vermischte sich mit seinem Körperduft und wirkte auf einmal betörend auf mich. Aufgewühlt schloss ich die Augen, doch meine Gedanken rasten wild durcheinander und ließen mich mit einem aufgeregten Ziehen im Bauch zurück.

»Ja«, entgegnete ich atemlos.

Rasch drückte er den Joint aus und warf ihn ins Gebüsch, bevor er sich mir zuwandte, mein Kinn zwischen seine Finger nahm und mich endlich wieder küsste. Zärtlich, aber gleichzeitig forsch erkundete er mich mit seinen Lippen, schob seine Zunge in meinen Mund und ließ mich den Rauch ebenfalls auf meiner Zunge spüren. Doch entgegen meiner Erwartungen berauschte es mich.

Leicht biss er mir in die Unterlippe und kurzer Schmerz flackerte in mir auf. Dieser wurde jedoch von einem warmen Gefühl in meinem Inneren abgelöst.

Wir vertieften den Kuss und Tayfuns Hand legte sich auf mein Schlüsselbein, strich zart, aber bestimmt darüber und wanderte dann weiter hinauf zu meinem Halsansatz, während er den Druck, den seine Hand ausübte, verstärkte. Mein Puls beschleunigte sich unter seinen Fingern, woraufhin er kurz den Kuss unterbrach, mit seinem Gesicht jedoch weiterhin an meinem verharrte.

»Aufgeregt, hm?«, flüsterte er gegen meine Lippen.

Sein warmer Atem und die Genugtuung in seiner dunklen Stimme ließen mir einen Schauer über den Rücken laufen.

Gott, im Grunde wusste ich immer noch nichts über ihn. Trotzdem löste irgendetwas an ihm in mir aus, dass ich ihn unbedingt wiedersehen musste. Mein Leben war endlich wieder aufregend.

All die Gedanken wurden durch den nächsten Kuss von ihm wieder ausgelöscht. Das hier war besser als Grübeln. So viel besser.

Plötzlich wurden wir von einem Licht geblendet und rückten erschrocken und gleichzeitig irritiert voneinander ab, als wir sahen, wie ein Auto die bereits aufkommende Dunkelheit durchbrach und einige Meter vor uns am Eingang zum Spielplatz stehen blieb. Die Scheinwerfer gingen aus, zwei Personen verließen schnellen Schrittes das Auto und knallten im Gehen die Autotüren laut hinter sich zu. Da nahm ich die Sirenen auf dem Dach wahr. Meine Gedanken überschlugen sich. Was wollten die denn hier?

KAPITEL 4

- RICHTIG ODER FALSCH? -

»Polizei!«, kündigte einer der Männer mit fester Stimme an, bevor sie überhaupt bei uns waren.

»Das sehe ich«, knurrte Tayfun neben mir.

Mein Herz klopfte mir dagegen bis zum Hals. Das einzige Mal, bei dem ich bisher mit der Polizei zu tun gehabt hatte, war nach dem Raub gewesen. Auch wenn ich keine schlechten Erfahrungen gemacht hatte, war es mir lieber, wenn ich ansonsten möglichst wenig mit ihnen zu tun hatte. Ihre Anwesenheit gab mir immer das Gefühl, etwas falsch gemacht zu haben, selbst wenn ich eigentlich wusste, dass dies nicht der Fall war.

Die zwei Männer kamen bei uns an und die silberne Schrift auf ihren Schutzwesten reflektierte hell im dämmrigen Licht.

»Was wird das hier?«, fragte einer von ihnen skeptisch.

»Was wird was?«, wiederholte Tayfun angespannt.

Ich schluckte und hätte ihm am liebsten zugeflüstert, er solle sich benehmen. Wir ließen uns vom Gerüst heruntergleiten und standen den Polizisten direkt gegenüber.

»Wir sind hier nur zufällig vorbeigefahren, aber als wir Sie zusammen gesehen haben«, meldete sich nun der andere etwas entspannter zu Wort, »wussten wir nicht, ob alles in Ordnung ist.«

Nach seinem letzten Satz warf er mir einen fragenden Blick zu. Meine Stimmung wechselte von aufgeregt zu peinlich berührt. Er spielte auf den Kuss an. Augenblicklich spürte ich, wie ich rot wurde. Es war mir extrem unangenehm, dass sie uns erwischt hatten, aber trotzdem verstand ich nicht ganz, worauf er hinauswollte.

»Es ist alles in Ordnung, was meinen Sie damit?«, stammelte ich und sah Tayfun fragend an.

Seine Miene wirkte plötzlich kalt und er starrte die beiden Polizisten feindselig an. »Sie denken, ich hätte dich zu irgendetwas gezwungen, Dalia.«

Sein Gesichtsausdruck machte mir fast schon Angst. Er wirkte unberechenbar. Der Polizist, der mir die Frage gestellt hatte, trat jetzt ebenfalls etwas beschämt von einem Bein aufs andere. Ich überlegte, wie das Bild von Tayfun und mir vorhin im ersten Moment auf die beiden Männer gewirkt haben musste. Seine Hand an meinem Hals, seine gesamte Erscheinung und wie er mir etwas zugeflüstert hatte. Auch wenn ich verstehen konnte, dass es Tayfun kränkte, so empfand ich es eigentlich als positiv, dass sie nicht einfach weitergefahren waren.

Um ein weiteres Hochkochen der Situation zu verhindern, wandte ich mich an die Polizisten. »Er hat mich zu nichts gezwungen, es ist alles gut.«

»Das ist schön«, sagte der unfreundlichere von beiden. Etwas in seiner Stimme ließ mich aufhorchen.

»Dann hat sich das ja erledigt«, warf Tayfun abweisend ein.

Doch der Polizist fuhr unbeirrt fort: »Ich denke nicht. Es riecht hier extrem nach Cannabis, deswegen hätte ich jetzt gerne mal von beiden einen Personalausweis.«

Ich erstarrte. Mein Herz fing an, in der Brust zu hämmern. Der Geruch war mir gar nicht aufgefallen, aber vielleicht hatte ich mich auch einfach an ihn gewöhnt und aus dem Grund nicht mehr wahrgenommen. Auf der anderen Seite: Was sollte mir passieren? Schließlich hatte ich nicht geraucht. Tayfun dagegen schon ... ich wollte natürlich nicht, dass er in Schwierigkeiten geriet.

Hektisch fing ich an, in meiner Handtasche nach meinem Portemonnaie zu wühlen, als mich das grelle Licht einer Taschenlampe blendete und mich noch nervöser werden ließ. Schließlich fand ich es und holte zitternd meinen Ausweis hervor. Tayfun neben mir griff dagegen wortlos in seine hintere Hosentasche, nahm den Ausweis aus seiner Geldbörse und reichte ihn den Beamten.

Der Unfreundliche, der sie entgegennahm, entfernte sich ein Stück von uns und sprach in sein Funkgerät. Ich konnte nur hören, wie eine kratzige Stimme an seinem Funk ertönte, aber nicht, was sie sagte.

»Sie wirken sehr nervös«, sprach mich der Polizist an, der bei uns stehengeblieben war und mit einer Taschenlampe auf uns leuchtete.

»Ich wurde noch nie kontrolliert«, gab ich kleinlaut zu.

»Entspannen Sie sich, ich gehe davon aus, dass Sie nichts zu befürchten haben.«

Ihnen ging es wohl nur um Tayfun. Der schnaubte bei seinen Worten auf und funkelte ihn weiterhin böse an. Der andere Polizist kehrte zu uns zurück und gab mir meinen Ausweis zurück, bevor er sich zu Tayfun wandte.

»Wie Sie ja vermutlich selbst wissen, wurden Sie schon mehrmals mit Betäubungsmitteln erwischt, Herr Demir. Wir werden Sie jetzt durchsuchen, um herauszufinden, ob Sie noch mehr dabeihaben. Haben Sie das verstanden?«

»Ich habe nichts dabei.«

»Und ich habe Sie nicht vor eine Wahl gestellt, sondern nur gefragt, ob Sie mich verstanden haben.«

Tayfun schwieg und meine Handflächen wurden schwitzig. Er hatte doch hoffentlich nicht noch mehr dabei, oder? Wo sollte das heute nur enden?

»Müssen wir Verstärkung dazu rufen oder sind Sie kooperativ?«, fragte der Mann ungeduldig und mit Nachdruck in der Stimme.

»Machen Sie«, erwiderte Tayfun kühl und streckte seine Arme aus, woraufhin der größere Polizist anfing, ihn abzutasten und seine Taschen leerte.

Hoffentlich hatte er die Wahrheit gesagt. Ich kaute auf meiner Lippe herum und beobachtete mit schwitzigen Handflächen, wie der Mann die Zigarettenschachtel aus Tayfuns Hosentasche zog, sie öffnete und begutachtete. Auch das Portemonnaie suchte er genau ab. Beide Male hielt ich die Luft an, aber beide Male wurde er nicht fündig. Nachdem Tayfun seine Schuhe ausziehen musste, damit dort ebenfalls nachgesehen werden konnte, beendete der Polizist mit missmutigem Gesichtsausdruck die Durchsuchung.

Ihm schien es nicht zu passen, keine Drogen gefunden zu haben, aber ich war umso erleichterter.

»Glück gehabt«, entgegnete er knapp. »Nächstes Mal kriegen wir Sie dran.«

»Bestimmt«, antwortete Tayfun verächtlich und steckte seine Hände zurück in die Hosentaschen. Seine Augen loderten vor unterdrückter Wut.

Die Polizisten ignorierten es jedoch, schlenderten zurück zu ihrem abgestellten Wagen und rollten davon. Endlich konnte ich wieder durchatmen, auch wenn mich Tayfuns Verhalten beunruhigte. Ich musste wissen, was dahintersteckte.

»Was war das denn?«

»Du siehst doch, wie sie sich mir gegenüber verhalten haben«, sagte er schulterzuckend.

Seine Haltung war nicht mehr so angespannt wie zuvor, nur in seinen leicht zusammengekniffenen Augen war noch die Verärgerung zu erkennen.

»Aber sie machen doch auch nur ihren Job, oder nicht?«, wagte ich mich vorsichtig hervor.

»Trotzdem sehen sie mich und urteilen. Für sie bin ich kriminell, egal wie ich mich verhalte.« Die Resignation in seiner Stimme ließ mich aufhorchen. Was hatte er bisher für schlechte Erfahrungen gemacht, dass er so über die Polizei dachte? Und war vielleicht ein Funken Wahrheit in seinen Anschuldigungen?

»Ich verstehe, was du meinst. Ich habe ja auch gemerkt, wie sie zu dir waren. Aber vielleicht wäre es anders gelaufen, wenn du einfach von Anfang an höflich gewesen wärst?«, überlegte ich.

»Und warum haben sie angehalten? Weil sie in mir schon etwas Böses gesehen haben, bevor ich überhaupt die Gelegenheit gehabt hatte, höflich zu sein.«

Mit einer raschen Bewegung zog er eine Kippe aus der Schachtel in seiner Hosentasche und zündete sie an.

»Ist auch egal. Du musst das nicht verstehen.«

»Tue ich doch. Ich meine ja nur, du hättest dich auch so verhalten könntest, dass es nicht beinahe eskaliert«, sagte ich schulterzuckend.

Er hob nur fragend eine Braue. »Das Ganze hier ist nicht mal annähernd eskaliert.«

Wie bitte? Wie verhielt er sich denn sonst? Als Tayfun meinen erschrockenen Blick sah, lachte er dunkel auf und zog an seiner Kippe. »Was ist? Hast du Angst?«

Hatte ich das? Vermutlich wäre es vernünftig. Logisch. Ich horchte in mich hinein und versuchte, in meinem Inneren eine Antwort darauf zu finden.

Wir befanden uns auf einem Spielplatz, der in der anbrechenden Dunkelheit mit den ganzen verlassenen Geräten gespenstisch wirkte. Dazu die Schaukel, die im leichten Wind knarrte und mich kurz an die gruseligen Horrorfilme denken ließ, die ich früher immer geschaut hatte, weil sie so herrlich aufregend waren.

Doch es gab keinen Grund, Panik zu bekommen. Und zwar weil Tayfun hier war. Auch wenn ich ihn nicht kannte, glaubte ich trotzdem irgendwie, ihn einschätzen zu können. Zumindest, was sein Verhalten mir gegenüber betraf. Ich fühlte mich bei ihm sicher.

Also nein, Angst war nicht der richtige Ausdruck dafür. Nervosität traf es eher, mehr positiv als negativ. Seine dominante Art überforderte mich mehr als einmal. Aber das machte es so spannend und aufregend.

Also schüttelte ich den Kopf und meine Lippen verzogen sich zu einem Lächeln. »Da musst du dich schon ein bisschen mehr anstrengen.«

»Dann sei froh, dass ich gleich zur Arbeit muss, ansonsten könntest du dich auf etwas gefasst machen«, raunte er mir zu und genoss die Gänsehaut, die sich auf meiner Haut ausbreitete.

»Fast schon schade«, erwiderte ich spielerisch, bevor er mich gegen seinen warmen Körper zog, um meine Lippen mit seinen zu versiegeln.

Am nächsten Tag traf ich mich mit Nadine. Wir wollten das gute Wetter nutzen und uns im Park entspannen. Nadines Vorlesungen waren ausgefallen und ich würde erst im Oktober wieder mit dem Neubeginn des Semesters anfangen.

Ja, ich hatte Langeweile und wollte unbedingt zumindest wieder mit den Kursen im Fitnessstudio starten, die ich gelegentlich gab. Direkt morgen plante ich, wieder mit meinem Training zu beginnen und würde nachfragen, ob ich wieder als Kursleiterin starten konnte.

Seufzend zog ich mir meine bunte Sonnenbrille auf, bevor ich die Straße überquerte, an dessen Ende die U-Bahn-Haltestelle lag. Allein unterwegs zu sein machte mir nichts mehr aus, stellte ich zu meiner Erleichterung fest. Die Sonnenbrille in meinem Gesicht schützte mich vor dem grellen Tageslicht, das meine müden Augen blendete und mich daran erinnerte, wie lange ich abends noch wachgelegen und über die Situation mit der Polizei nachgedacht hatte.

Auch wenn ich Tayfun aus irgendeinem Grund vertraute, wollte ich mehr darüber wissen, was seinen Hass auslöste. Es verunsicherte mich nach wie vor, wie er sich verhalten hatte und was das über ihn aussagte. Dabei ermahnte ich mich mehrmals, nicht zu viel in unser Ding hineinzuinterpretieren – was auch immer es war. Schließlich war ich mir nicht mal sicher, ob es überhaupt ein nächstes Mal geben würde.

Was war das mit uns? Er war nicht die Art von Typ, bei dem ich mir vorstellen konnte, dass er etwas Ernstes suchte. Auf der anderen Seite würde ich ihn damit im Prinzip genauso verurteilen, wie es die Polizisten getan hatten. Er war anders als all die Männer, mit denen ich mich bisher getroffen hatte. Aber zum ersten Mal spürte ich an der Seite eines Mannes das aufgeregte Prickeln und die Leidenschaft, wenn wir uns berührten.

Was war so wichtig daran, was das zwischen uns war? Wir waren erst dabei, uns kennenzulernen, etwas zu erleben. Vielleicht sollte ich mir weniger Gedanken machen und stattdessen mehr genießen. Er blieb für mich eben vorerst ein Rätsel.

»Du weißt, ich bin dir nicht mehr böse wegen gestern«, erklärte Nadine und schob sich einen Cracker nach dem anderen in den Mund, »aber ich will endlich wissen, was es mit diesem Typen auf sich hat.«

Ich grinste bei ihren Worten, aber wusste, ich sollte besser genau abwägen, was ich ihr erzählen konnte und was nicht. Auf gewisse Sachen würde sie nicht gut reagieren und das nicht nur, weil wir sehr behütet aufgewachsen waren. Ich gab ihr eine Kurzversion unseres ersten Abends und vom Treffen auf dem Spielplatz. Den Umstand, dass Tayfun kiffte und sein Verhalten gegenüber der Polizei ließ ich weg. Wenn selbst ich es nicht gut fand, dann konnte ich mir ausmalen, wie es bei Nadine ankommen würde.

Sprachlos sah sie mich an.

»Wow, also das ist ja mal ein Abenteuer. Ich habe vieles erwartet, aber nicht *sowas*. Da kann ich verstehen, warum du vergessen hast, dich bei mir zu melden«, sagte sie langsam, als müsste sie das Ganze erst einmal verarbeiten.

Doch dann bemerkte ich, wie sich ihr Ausdruck änderte.

»Was ist?«, wollte ich wissen.

»Naja, wenn ich es mir so überlege, scheinst du ja auf einmal sehr schnell wieder in die Normalität zurückgefunden zu haben.«

Nadine musterte mich, als wollte sie mich durchschauen. Ich hasste es. Diese Sätze, die eigentlich eine ganz andere Bedeutung hatten, zwischen deren Zeilen so viel mehr stand. Auch wenn ich fast ahnte, worauf sie hinauswollte, musste ich es hören.

»Was willst du damit sagen?«, fragte ich und legte meine Stirn in Falten. Meine gute Laune war sowieso schon dahin.

»Keine Ahnung. Ich finde es nur komisch«, erklärte sie pikiert. »Kaum taucht dieser dubiose, fremde Typ auf, der mir irgendwie nicht ganz geheuer scheint, fällst du ihm um den Hals und tust Dinge, in denen ich dich gar nicht wiedererkenne. Plötzlich bist du frei von Angst und all dem, weswegen du dich vorher kaum aus dem Haus getraut hast. Ich meine, du fliehst vor der Polizei, gehst allein mit ihm heim, obwohl er gefährlich sein könnte und hast scheinbar alles vergessen, was dir passiert ist.«

Tief in mir drin verstand ich ihre Zweifel und konnte sogar nachvollziehen, wie all das, was ich soeben erzählt hatte, auf jemanden anderen wirken musste. Aber ich wollte es nicht hören.

Ich wünschte mir eine Freundin, die hinter all meinen Entscheidungen stand, die mitfieberte, wenn ich ihr eine solche Geschichte erzählte und die mich dazu bekräftigte, das zu tun, was sich gut anfühlte.

Bisher hatte ich immer nur Dinge getan, die Nadine unterstützte, weil sie es genauso tun würde. Nun missfiel ihr aber meine Einstellung und das bekam ich deutlich zu spüren. Aber die Sache war die: Ich wollte und brauchte keine zweite Mutter. Was das für unsere Freundschaft bedeutete, konnte ich noch nicht sagen.

Enttäuscht presste ich meinen Kiefer aufeinander. »Musst du einem immer alles vermiesen?«

»Ich meine ja nur … Das ist zum einen unvernünftig, denn das bist einfach nicht du und zum anderen finde ich es komisch, wenn man bedenkt, wie viele Probleme du in letzter Zeit hattest«, verteidigte sie sich, auch wenn es sich für mich eher wie ein Schlag ins Gesicht anfühlte.

Ein Kloß bildete sich in meinem Hals und ich spürte Wut in meiner Brust aufflammen. Trotzdem bemühte ich mich um einen ruhigen Tonfall.

»Vielleicht habe ich mich ja geändert. Vielleicht bin ich nur nicht mehr so wie du. Würdest du mir endlich mal richtig zuhören, würdest du verstehen, dass ich das alles endlich endgültig hinter mir lassen will. Und du kommst an und willst mir einreden, das sei etwas Schlechtes?«

»Natürlich nicht«, ruderte Nadine zurück.

Sie schien nach Worten zu suchen und sagte schließlich beschwichtigend. »Wie wäre es, wenn wir mal zusammen etwas machen würden? Dann kann ich mir selbst ein Bild von ihm machen?«

Wollte ich das? Ich schätzte ihr Angebot, aber ich fand, dafür war es etwas früh und außerdem hatte ich wenig Lust darauf, dass Nadines Argusaugen Tayfun den ganzen Abend beobachteten. Sie fand sicher einen Haufen Sachen, die ihr nicht gefielen, weil er in ihren Augen nicht perfekt war. Abgesehen davon konnte ich mir vorstellen, dass ihre oft unüberlegten, verletzenden Sachen, die sie sagte, nicht gut bei ihm ankommen würden.

»Komm schon«, forderte sie mit Nachdruck, als sie meine zweifelnde Miene sah. »Ich werde ihn schon nicht ins Kreuzverhör nehmen. Lass uns einfach mit ein paar Leuten in eine Bar oder so gehen, ganz ungezwungen.«

»Ich kann ihn demnächst vielleicht mal fragen«, meinte ich immer noch nicht ganz überzeugt. Ich hatte keine Ahnung, wie Tayfun darauf reagieren würde, wenn ich es vorschlug. War er nicht daran interessiert und wollte nur Zeit zu zweit mit mir verbringen? War es unangebracht, von mir zu fragen, wenn wir uns erst zweimal getroffen hatten?

Auf der anderen Seite hatte Nadine recht, es würde einfach ein ungezwungener Bar-Abend mit Freunden sein, zu dem wir dazustoßen würden. Wenn uns irgendetwas nicht passte, konnten wir immer noch gehen.

»Gut.« Sie stupste mich an. »Tut mir leid, auch wenn ich das Ganze immer noch nicht so gut finde, wollte ich es dir natürlich nicht schlechtreden.«

Ich merkte, wie mein Ärger über Nadine nach und nach verpuffte. »Okay«, erwiderte ich.

Während wir eine Weile schwiegen, streckte ich mich auf der rotkarierten Decke aus und genoss die Wärme der Sonnenstrahlen auf meiner Haut. Ich sollte die viele freie Zeit, die ich momentan noch hatte, schätzen. Trotzdem hatte ich genug herumgelegen und spürte, wie meine Energie und der Tatendrang von Tag zu Tag wieder stärker wurden.

»Morgen will ich endlich wieder ins Fitnessstudio gehen«, wechselte ich das Thema. »Bist du dabei?«

»Nein. Du weißt doch, ich bin eher der Typ für den Stepper und zwei Mal die Woche reicht mir das dicke.« Sie kicherte.

»Stimmt. Und Hauptsache, nicht schwitzen.« Ich verdrehte die Augen. »So bringt das nicht wirklich was.«

»Doch, meinem Gewissen schon.« Sie verdrückte ungefähr fünf weitere Cracker. »Aber ich bin gespannt, wie das Training bei dir mit dem Arm klappt. Beim Reiten hattest du auch keine Probleme damit, oder?«

»Nein, es ist manchmal noch ungewohnt, aber die Schmerzen sind weg. Du weißt gar nicht, wie sehr ich das vermisst habe.« Ich lächelte.

»Du hast recht, ich kann mir das gar nicht vorstellen. Vor allem hätte ich das bestimmt niemals so gut gemeistert wie du«, sagte Nadine anerkennend.

Wenn ich daran zurückdachte, empfand ich meinen Umgang damit nicht unbedingt bewundernswert. Zwischenzeitlich hatte ich meinen Körper dafür gehasst, dass er nicht so funktionierte, wie er sollte. Als ich meine

Finger dann nicht mehr bewegen konnte, war eine Welt für mich zusammengebrochen und ich dachte wirklich, alles würde keinen Sinn mehr machen. Noch nie in meinem Leben hatte ich so viel und so lange geheult.

Gott, was hatten meine Eltern nur alles mit mir durchstehen müssen? Ich sollte ihnen wirklich dankbarer sein, ermahnte ich mich. Natürlich hatte Nadine diese Sachen nicht so ausführlich mitbekommen. Sie war zwar die einzige Freundin, die mich wirklich oft besuchte und auch aufheiterte, aber zu der Zeit meines größten Tiefpunkts war sie mit Freundinnen auf den Malediven gewesen und hatte Tag und Nacht am türkisblauen Wasser relaxt, während ich in meinem dunklen Zimmer gelegen hatte und dachte, mein Leben wäre vorbei.

Meine anderen Freundinnen, die ich inzwischen nicht mehr als solche bezeichnete, hatten sich immer seltener gemeldet, bis ich sie irgendwann komplett abgeschrieben hatte. Sie konnten mir, jetzt wo es mir wieder gut ging, auch gestohlen bleiben. So jemanden wie sie brauchte niemand.

Deswegen war mir eine tiefe, ehrliche Freundschaft auch so wichtig. Diese oberflächlichen Leute, die nur aufgrund deines Status oder deines vollen Portemonnaies mit dir gesehen werden wollten, widerten mich an. Denn sobald sie keinen Nutzen mehr aus dir ziehen konnten, ließen sie dich links liegen.

»Dalia?« Nadine stupste mich an, was mich zurück ins Hier und Jetzt brachte.

»Sorry«, meinte ich noch etwas irritiert und setzte mich auf. »Das ist lieb von dir. Ich bin echt froh, dass das vorbei ist.«

»Geht mir genauso. Auch wenn ich manchmal etwas Blödes sage. Es ist schön, dass es dir wieder gut geht«, sagte sie ehrlich.

Oh ja. Ich ließ meinen Blick über die Leute schweifen, die ihre Decken in unserer Nähe ausgebreitet hatten und sich lautstark unterhielten. Wie viele von ihnen wohl mal Opfer von Gewalt geworden waren? Wahrscheinlich mehr als man sich auf den ersten Blick vorstellen konnte.

Doch das Leben musste weitergehen, zumindest für mich war es immer so gewesen. Ich hatte natürlich auch Unterstützung in meiner Familie gehabt und professionelle Hilfe, ohne die ich es niemals geschafft hätte.

Für mich war es aber auch deswegen einfacher, weil ich den Täter nicht gekannt hatte. Er war immer nur ein Schatten ohne Gesicht – selbst in meinen Träumen. Ein Schicksalsschlag, den ich nach einiger Zeit wegstecken konnte, weil ich mir fast sicher war, dass ich so etwas nicht nochmal erleben würde.

Wenn ich mir nun jedoch vorstellte, tagtäglich daheim Gewalt ausgesetzt zu sein oder von jemand anderem, dem ich vertraute, egal in welcher Art und Weise großen Schaden zugefügt bekommen würde, dann musste der Schmerz sicherlich noch schlimmer sein. Dann hatte man womöglich Jahre mit dem Verrat und Vertrauensbruch zu kämpfen, den die Gewalt mit sich brachte.

In letzter Zeit fiel mir häufiger auf, dass ich durch mein Erlebtes sensibler und empathischer geworden war. Auch wenn man es mir nicht immer anmerkte, machte ich mir im Gegensatz zu früher Gedanken über die Probleme anderer und hatte mir vorgenommen, all die Veränderungen positiv zu sehen. Dankbar zu sein, dass ich neuen Lebensmut gefasst hatte und zu hoffen, dass es andere, die ähnliche oder noch viel schlimmere Situationen erlebt hatten, auch schaffen würden.

»Fragst du dich auch manchmal, warum Menschen so geworden sind, wie sie sind?«

Die Frage war draußen, bevor ich realisiert hatte, dass ich dabei wieder mal an Tayfun dachte. Schnell rupfte ich ein paar Grashalme neben mir aus und blickte Nadine erwartungsvoll an.

Sie starrte nachdenklich auf ihre Finger. »Oh Mann, ich sollte mal wieder zur Maniküre.«

Wie bitte? Ich blickte auf ihre Nägel, deren Lack nicht mal ansatzweise abgeblättert war. Sie fing meinen entgeisterten Blick auf und machte eine abwinkende Bewegung.

»Denk nicht so viel nach, Dalia.« Zwinkernd fügte sie hinzu: »Hauptsache, dir geht es endlich gut. Der Rest sollte dich momentan nicht kümmern.«

Verständnislosigkeit und die gewohnte Wut, die ich jedes Mal bei Kommentaren solcher Art von ihr verspürte, machten sich in mir breit. Warum war sie nur so oberflächlich? War ich früher auch so gewesen?

»Weißt du was? Vergiss es.«

Mit ihr konnte ich über so etwas nicht reden. Ich wollte keinen erneuten Streit heraufbeschwören, aber es zeigte mir einmal mehr, dass ich mir insgeheim etwas anderes wünschte.

Frustriert biss ich mir auf die Lippe. Man konnte nicht alles haben, oder? Also überwand ich mich und nickte in Richtung ihrer Fingernägel.

»Welche Farbe ist denn als nächstes dran?«

KAPITEL 5

- AUSBRÜCHE -

Keuchend spannte ich meine Muskeln an und drückte mich beim Ausatmen ein letztes Mal mit voller Kraft hoch. Meine Beine zitterten unter dem Gewicht der Hantelstange, die auf meinen Schultern lag und meine Muskeln brannten vor Anstrengung.

Erschöpft legte ich die Stange auf der Vorrichtung ab und sank in die Knie. Dort griff ich nach meinem Handtuch, das neben der Trinkflasche stand und wischte mir kraftlos den Schweiß von der Stirn.

Obwohl ich mich beim heutigen Training nur auf Beine und Hintern fokussiert hatte, fühlte sich mein ganzer Körper mitgenommen und ausgebrannt an. Ich selbst war jedoch absolut zufrieden und ausgeglichen. Seit ich mein Training letzte Woche wieder aufgenommen hatte, merkte ich einen deutlichen Unterschied in meinem Wohlbefinden. Mir wurde wieder bewusst, wie viel Sport ausmachen konnte.

Ich nahm meine Kopfhörer aus dem Ohr, wo gerade *Guns & Ammunition* von *XOV* gelaufen war. Seit dem Abend im Crystals hörte ich den Künstler öfter und schwelgte in den Erinnerungen an die unvergessliche Nacht. Tayfun hatte sich schon drei Tage nicht gemeldet und mein Stolz verbat es mir, ihm zuerst zu schreiben.

Leise Zweifel regten sich in mir und ich fragte mich, ob es das gewesen war. Ob er vielleicht einfach das Interesse an mir verloren hatte. Hoffentlich nicht. Ich wollte noch so gerne mehr erleben und ihn besser kennenlernen. Außerdem fiel mir zuhause die Decke auf den Kopf, weswegen ich heilfroh war, zum Training flüchten zu können. Wenn meine Eltern am Wochenende den ganzen Tag über zuhause waren, war das nicht wirklich Erholung für mich. Aber ewig konnte ich natürlich nicht wegbleiben.

»Hey, ich bin wieder zurück«, kündigte ich an, als ich die Tür hinter mir zuzog und die Sporttasche neben mir auf den Boden feuerte. »Was für ein gutes Training!«

Meine Haare waren noch leicht feucht vom Duschen und der blumige Duft meines Deos lag in der Luft.

Auf meinem Weg zur Küche traf ich meine Mutter, die hektisch umherwuselte und wohl am Aufräumen war. Kopfschüttelnd holte ich mir Milch aus dem Kühlschrank und füllte etwas davon in meinen Shaker. Als ich noch einen Messlöffel vom Proteinpulver dazugab, erschien sie im Türrahmen.

»Dalia, ich habe dir schon tausend Mal gesagt, dass du deine Sporttasche nicht mitten in den Flur abstellen sollst«, tadelte sie mich vorwurfsvoll und drückte mir die Tasche in die Hand.

»Wo bitte ist das Problem, wenn ich sie in einer Minute sowieso wegräume? Ich wollte mir eben schnell einen Shake machen und hätte sie auf dem Weg nach oben sowieso mitgenommen«, erwiderte ich gereizt und im Klang meiner Stimme schwang eine Spur Ärger mit.

Ich konnte es einfach nicht verbergen, wenn mir etwas gegen den Strich ging. Meine Mutter hielt in ihrer Bewegung inne und ihr Gesichtsausdruck wirkte gequält.

»Du hast recht. Es tut mir leid, meine Kleine. Eigentlich gefällt es mir nur nicht, dass du mit dem Sport wieder so durchstartest. Dein Arm ist doch gerade auf dem Weg der Besserung. Du hattest doch solche Schmerzen und…«

Da konnte ich mich nicht mehr beherrschen. Mütterliche Fürsorge und Angst hin oder her, aber es ging einfach nicht mehr.

»Es reicht!«, polterte ich und erschreckte mich selbst über meine laute Stimme. Doch die Wut hatte sich schon zu lange in mir aufgestaut, um sie zu unterdrücken. Meine Mutter zuckte zusammen und starrte mich mit weit aufgerissenen Augen an.

»Wie oft muss ich noch sagen, dass es mir gut geht und ich keine Schmerzen mehr habe? Ich bin kein kleines Kind und kann meine eigenen Entscheidungen treffen! Hör bitte endlich auf, mich so zu behandeln!«

Es tat so gut, es rauslassen zu können. Vielleicht stieß ich meiner Mutter mit diesen Worten vor den Kopf, doch ich bereute meinen Ausbruch nicht. Wenn sie es so endlich verstehen würde, wäre es das wert.

Meine Mutter schien sich kurz zu sammeln und wirkte gar nicht mehr so geschockt wie noch vor ein paar Sekunden.

»Ich verstehe, dass du durcheinander bist«, sagte sie mit zittriger Stimme, die trotz allem fest klang. »Und du weißt, dass du selbst manchmal schlecht einschätzen kannst, wann du wieder mit gewissen Dingen anfangen solltest. So war es schon immer. Natürlich möchtest du nicht mehr warten. Aber du solltest aufpassen – deiner Gesundheit zuliebe. Ich werde mich nicht dafür entschuldigen, dass mir dein Wohlergehen am Herzen liegt. Du hast noch eine Menge aufgestauter Emotionen in dir, Dalia. Das deutet darauf hin, dass du das alles noch nicht so verarbeitet hast, wie du es dir vielleicht wünschst.«

Was erzählte sie für einen Schwachsinn? Ich krallte meine Fingernägel in die Handflächen und zwang mich dazu, nichts Verletzendes zu sagen, was ich nicht mehr zurücknehmen konnte. Keine Ahnung, wie ich sie davon überzeugen konnte, dass sie falsch lag.

»Mama, seit wann hast du mehr Ahnung als alle Ärzte da draußen? Nicht ich kann meine Fähigkeiten schlecht einschätzen, sondern ihr. Mit mir ist nichts mehr falsch.«

Mit diesen Worten und einem bitteren Nachgeschmack auf der Zunge machte ich auf dem Absatz kehrt und stürmte die Treppe nach oben in mein Zimmer. Der einzige Zufluchtsort, der mir in diesem Haus blieb.

Aber ich hatte genau erkannt, wie sie mich angesehen hatte. Ruhig, verständnisvoll, aber wissend, als wäre sie im Recht. Als wüsste sie von irgendwelchen geheimen Leiden, die ich selbst nicht sah. Als würde sie meine Wut, die ich ihr entgegenschleuderte, akzeptieren, weil ich nichts dafür konnte. Es war zum Verrücktwerden.

Ich musste heute Abend raus. Kein Verstellen mehr, keine unterdrückten Emotionen, wie meine Mutter es nannte. Einfach nur leben. Scheiß auf meinen Stolz und meine Zweifel. Bevor ich es mir anders überlegte, kramte ich mein Handy aus der Sporttasche und rief Tayfun an. Mein Herz setzte einen Schlag aus, als seine Stimme das Tuten in der Leitung ablöste.

»Dalia, ist alles in Ordnung?« War da eine Spur Sorge in seiner Stimme? Und warum störte es mich bei ihm ganz und gar nicht?

»Nein. Ja, also eigentlich schon. Ich muss nur heute Abend mal dringend raus. Hast du Zeit, was zu machen?«

Am anderen Ende war es kurz still.

» ... und Lust?«, fügte ich hinzu, weil ich das Schweigen nicht aushielt. Ich hasste es, wie aufgeregt meine Stimme klang.

»Heute ist Samstag. Ich muss den ganzen Abend arbeiten«, erklang seine Stimme nun und eine Welle beißender Enttäuschung machte sich in mir breit.

Ich schluckte und umklammerte verzweifelt das Telefon. Natürlich, das hätte ich mir auch denken können. Die Abende an den Wochenenden waren bei ihm durch die Arbeit so gut wie immer verplant. Aber wie sollte ich den heutigen Tag nur überstehen? Ohne es mir eingestehen zu wollen, vermisste ich ihn. Ihn und die Leichtigkeit, die ich nur noch beim Sport und in seiner Anwesenheit spürte.

»Aber für dich mache ich heute Abend krank.«

Der Klang seiner Stimme hüllte mich ein und zuerst begriff ich gar nicht, was er soeben gesagt hatte. Als die Bedeutung seiner Worte zu mir durchdrang, glühte langsam ein Hoffnungsschimmer in mir auf und vertrieb die Dunkelheit, die dort eben noch war. Bestand wirklich die Chance, dass wir uns heute noch treffen würden?

»Machst du nur Spaß?«, hakte ich vorsichtig nach. Es fiel mir immer noch schwer, ihn einzuschätzen.

»Du solltest inzwischen wissen, dass ich nicht spaße. Oder machst du jetzt ein Rückzieher?«

Seine raue, herausfordernde Stimme war genau das, was ich brauchte. Aufregung flutete jede Ecke meines Körpers und ohne es zu beabsichtigen, stellte ich mir schon vor, wie er mir diese Worte ins Ohr flüsterte, während er mich berührte.

Ich sollte ihm sagen, dass er für mich nicht seine Arbeit schwänzen sollte. Schließlich wollte ich nicht verantwortlich dafür sein, dass er nachher Probleme mit seinem Job bekam. Aber gerade war ich einfach egoistisch. Egoistisch und voller Vorfreude zugleich.

»Natürlich nicht«, antwortete ich so beherrscht wie möglich.

»Ich hole dich zuhause ab. Wir gehen feiern. Oder dürfen deine Eltern mich nicht sehen?«, fragte er spöttisch.

Mich wunderte seine Offenheit und vor allem, dass er sogar anbot, mich daheim abzuholen. Verjagte ihn der Gedanke, meine Eltern zu treffen, nicht? Sicher musste es daran liegen, weil er nicht wusste, wie sie in manchen Dingen drauf waren.

»Ja, vielleicht wäre es besser, wir treffen uns dort«, ging ich auf seinen Vorschlag ein.

»Okay. Um elf am Odonien?«

»Odonien?«, wiederholte ich erstaunt. »Das ist deine Welt?«

Ich hätte ihn nicht als einen Besucher des Odoniens eingeordnet, aber wie ich ja schon festgestellt hatte, wusste ich bei ihm nie so ganz, woran ich war. Er war immer für eine Überraschung gut.

Das Odonien war ein Freiluftgelände mit einer Clubhalle, das in Ehrenfeld lag und die Electro und House Events, die dort stattfanden, waren immer gut besucht. Ich selbst war dort noch nie gewesen. Von dem, was ich so mitbekommen hatte, war es eher ein Ort für Hipster. Tayfun könnte nicht weiter davon entfernt sein.

»Die Musik kann man schon hören und die Location ist ganz cool. Wenigstens liegt es nicht direkt neben meiner Arbeit«, klärte er mich auf.

»Ich bin dabei. Dann bis nachher?« Mein Mund verzog sich immer mehr zu einem strahlenden Lächeln, auch wenn ich versuchte, es mir nicht so anmerken zu lassen. Zum Glück konnte er mich gerade nicht sehen.

»Ich freue mich auf dich.«

Tayfun legte auf und in diesem Moment war mir echt danach, vor Freude tanzend durch mein Zimmer zu springen. Ich hatte doch völlig den Verstand verloren. Aber das war mir egal. Noch ein paar Stunden hier aushalten und dann würde ich ihn wiedersehen.

Erst jetzt fiel mir auf, dass mein Shake immer noch unberührt auf dem Tisch stand. Ich schüttelte ihn durch und nahm ein paar Schlucke von der Milch mit Pfirsichgeschmack. Das war der Geschmack von Sommer. Vielversprechend und leicht. Vor lauter Durst leerte ich ihn in wenigen Zügen, als es plötzlich an der Tür klopfte.

Mein Vater steckte den Kopf in mein Zimmer hinein. »Wir haben Besuch von Thomas und Anne. Kommst du mal nach unten und sagst Hallo?«

Seine Bitten klangen zwar oft wie eine Frage, doch inzwischen wusste ich schon, dass ich praktisch keine andere Wahl hatte, als nachzugeben. Dabei konnte ich nicht leugnen, dass es nichts gab, worauf ich gerade weniger Lust hatte. Denn für das Ehepaar, mit dem meine Eltern schon relativ lange befreundet waren, fielen mir absolut keine positiven Worte ein. Wahrscheinlich sollte ich einfach nur kurz mal heile Welt spielen und dann würde ich hoffentlich schnell wieder in mein Zimmer verschwinden können.

Schlurfend folgte ich meinem Vater nach unten ins Wohnzimmer. Meine Mutter saß mit den beiden auf dem Sofa, während der Fernseher lief.

»Da ist meine Süße ja!« Meine Mutter winkte mich heran und zog mich neben sich auf das Sitzkissen. Sie tat so, als hätte es unseren Streit vorhin nie gegeben.

»Hallo«, begrüßte ich die Freunde meiner Eltern höflich.

Sie erwiderten meinen Gruß und ich spürte regelrecht, wie sich mich von oben bis unten musterten.

»Jedes Mal wird sie hübscher«, sagte Anne zu meiner Mutter und ich kam mir unendlich blöd vor.

Sie redeten über mich, als wäre ich nicht da.

»Wie geht es dir denn?«, bohrte nun Thomas weiter.

Meine Mutter hatte ihnen doch wohl nicht etwa davon erzählt? Meine Brust zog sich zu. Ja, verübeln konnte ich es ihr nicht. Es war klar, dass sie mit jemandem darüber reden musste. Aber warum gerade mit den beiden?

»Richtig gut«, antwortete ich, als wüsste ich nicht, was er meinte. Im Prinzip war es ja sogar die Wahrheit. Würde mich einfach jeder mal in Ruhe lassen und sich um seinen eigenen Kram kümmern, würde es mir gut gehen.

»Er meint, wegen ... du weißt schon. Dem, was dir passiert ist.« Anne wagte sich vorsichtig hervor, aber ich nahm deutlich die Neugier in ihren Augen wahr. Neugier, Sensationslust, was auch immer. Kein ehrliches Interesse jedenfalls.

In mir fing es schon wieder an zu brodeln, aber ich wusste, wenn ich es mir mit Thomas und Anne versaute, wären meine Eltern auf ewig eingeschnappt und enttäuscht von mir. Ich hatte keine Ahnung, was für angeblich gute Freunde sie in ihnen sahen. Die beiden waren doch eindeutig von der Sorte, die vornerum wie Verbündete taten, sobald man ihnen aber den Rücken zudrehte, über einen lästerten.

»Ich weiß nicht, was Mama erzählt hat, aber ich habe gar keine Einschränkungen mehr, alles super.« Ich zwang mich zu einem aufgesetzten Lächeln.

»Aber war das nicht total schlimm für dich? Der Mann, der dir das angetan hat, ist doch immer noch nicht gefasst«, machte Anne gnadenlos weiter.

Hatte die Frau denn wirklich keinerlei Schamgefühl?

»Bestimmt so ein Ausländer, der keine Lust hat zu arbeiten. So einer wird leider nie gefasst werden. Der ist schneller untergetaucht als...«

»Nicht böse gemeint, aber ich will wirklich nicht darüber reden«, unterbrach ich Thomas und ignorierte seine rassistische Äußerung, bevor ich mich noch vergaß.

Bei Leuten, die andere grundlos unter so einen Generalverdacht stellten, war die Hoffnung, zur Vernunft zu kommen, sowieso schon verloren.

»Ich habe mich damit abgefunden und lasse es nicht länger über mein Leben bestimmen. Außerdem ist mein Arm ja doch noch gut verheilt. Alles andere ist nicht mehr wichtig«, fuhr ich fort.

»Genau, und wir haben keine Ahnung, wer der Mann war, Thomas. Da wollen wir niemanden verdächtigen. Es hätte theoretisch jeder sein können«, sagte meine Mutter nochmal abschließend.

Ich war dankbar, dass sie Thomas Aussagen relativierte und sich dagegen aussprach. Meine Eltern mochten vieles sein, aber sie waren grundsätzlich keine schlechten Menschen und vor allem nicht rassistisch.

Das Gespräch ging weiter und wurde auf das nächste Thema gelenkt. Unbeteiligt saß ich daneben, während Anne und Thomas, von denen man meinen sollte, sie wären erwachsen und vernünftig, über die Nachbarn tratschten. Sie verbreiteten irgendwelche Halbwahrheiten und Gerüchte, als wäre es ihr gesamter Lebensinhalt. Ich wollte ja selbst nicht zu schlecht über andere reden, aber bei ihnen fehlten mir die Worte. Was fanden meine Eltern nur an ihnen? Hier zwischen ihnen fühlte ich mich absolut fehl am Platz.

Ungeduldig wippte ich mit den Füßen auf und ab, in der Hoffnung, endlich entlassen zu werden. Im Minutentakt warf ich unauffällige Blicke auf die Uhr, bis mein Vater es zu bemerken schien und wissen wollte, ob ich noch irgendwo hin musste.

»Ja, ich gehe mit ein paar Freunden feiern«, sagte ich kurz angebunden. Zu viele Informationen boten schließlich mehr Angriffsfläche. Natürlich ließen meine Eltern es nicht darauf beruhen.

»Ist Nadine dabei?«, wollte mein Vater zuerst wissen.

Ich überlegte kurz, aber entschied mich dann, bei der Wahrheit zu bleiben und schüttelte den Kopf.

Meine Mutter sah mich skeptisch an. »Warum gehst du in letzter Zeit so oft ohne sie aus?«

Mir war klar, dass ihnen diese Tatsache missfiel. Nadine kannten sie schließlich und wussten, sie stellte keinen Blödsinn an. Vielleicht hätte ich doch einfach lügen sollen, um dieser Konfrontation aus dem Weg zu gehen. Jetzt war es zu spät.

»Weil ich auch andere Freunde außer Nadine habe«, entgegnete ich trotzig. Ich hatte es satt, mich als Zwanzigjährige für solche Dinge rechtfertigen zu müssen.

»Und wo waren die anderen Freunde, als du tagelang weinend im Bett gelegen hast und Unterstützung gebraucht hättest?« Auch die Stimme meiner Mutter hatte einen schnippischen Unterton angenommen.

Ich presste die Zähne aufeinander. Wieder dieses Thema. Aus den Augenwinkeln sah ich, wie Anne ihre Ohren spitzte. Ich wollte ihr auf keinen Fall mehr Gesprächsstoff als nötig geben.

»Falls du dich erinnerst, war Nadine zu der Zeit auch nicht da«, meinte ich kühl.

»Ich hätte ja heutzutage auch Angst um mein Kind«, mischte sich nun Thomas ein. »In diesen ganzen neumodischen Clubs werden ja die Drogen schneller verteilt, als man blinzeln kann.«

Was sollte das jetzt? Zum Glück hatte er kein Kind, denn es wäre in vielerlei Hinsicht gestraft. Nicht, weil er die Drogenszene in den Clubs kritisch sah – auch ich hielt ganz und gar nichts davon – sondern, weil ich mir bildlich vorstellen konnte, wie das Kind der beiden unter ihrer Erziehung hätte leiden müssen.

Anne nickte ihrem Mann ergriffen zu und wandte sich meiner Mutter zu. »Bei uns damals gab's das ja noch nicht in diesem Ausmaß. Aber die Jugend von heute wird nicht nur immer unverschämter, sondern macht sich auch noch selbst kaputt.«

Fast hätte ich laut aufgelacht. Hatte sie die 90er verschlafen, oder was? Ich bezweifelte, dass damals in den Discos weniger Teile geschmissen wurden als heutzutage. Es war nur ein Klischee, dass die Jugend früher besser, respektvoller oder verantwortungsbewusster war. Die älteren Leute nutzten es nur, um über die heutige Welt zu meckern und sich zu beschweren. So würde es vermutlich auch noch in dreißig Jahren sein.

»Denkt ihr, ich nehme Drogen oder was wollt ihr damit sagen?« Provokativ sah ich sie an. Ich konnte mich einfach nicht mehr länger zurückhalten.

Neben mir riss meine Mutter erschrocken ihren Mund auf und auch mein Vater atmete wegen meines in ihren Augen gewagten Kommentars hörbar aus.

»Nein«, stammelte Anne ertappt vor sich hin. »Ich wollte nur …«

»Wir wollten damit nur sagen, wie gefährlich es draußen sein kann, gerade in der heutigen Zeit und dem ganzen Pack, was da überall rumläuft. Als junger Mensch muss man eben besonders gut aufpassen, damit man nicht in irgendetwas hineingerät. Das kann schneller passieren, als man denkt«, half Thomas ihr aus der Patsche.

Doch ich hatte nicht mehr länger Lust, mir ihre blöden Aussagen anzuhören und abzunicken, ohne ihnen mal zu sagen, was ich von ihrer eingefahrenen Meinung hielt.

»Stellt euch vor: Als ich ausgeraubt wurde, war ich gerade nicht mit meinen Junkie-Freunden in einem Club unterwegs und habe Pillen geschluckt, wie ich das sonst regelmäßig mache.«

Meine Mutter keuchte geschockt auf und legte ihre Hand auf meinen Arm, um mir deutlich zu machen, dass ich mit dem Reden aufhören sollte. Aber ich redete mich gerade so richtig in Rage.

»Wisst ihr, ich glaube dem Täter war es egal, ob ich ein alter Mann, ein Ausländer oder eine Jugendliche gewesen bin. Er hätte mich trotzdem ausgeraubt. Nicht nur uns jungen Leuten kann das passieren. Gefährlich ist es draußen nämlich theoretisch immer. Soll ich deswegen das Haus jetzt nicht mehr verlassen? Obwohl ich so viel dafür getan habe, um es endlich wieder zu können? Oder welchen Ratschlag willst du mir genau mit auf den Weg geben? Mit diesen dämlichen Stammtischparolen kann ich nämlich nichts anfangen.«

Ich blickte in die leicht erblassten Gesichter von Thomas und Anne, die wohl nicht damit gerechnet hatten, dass ihnen jemand mal so die Meinung sagte.

»Wenn ihr mich nun entschuldigt, ich gehe nach oben und mache mich schick für nachher. Heute Abend habe ich nämlich vor, mir so richtig die Kante zu geben.«

Ich lächelte in die Runde, stand auf und verließ das Wohnzimmer. Niemand hielt mich auf. Alles, was ich noch hörte, war meine Mutter, die noch ganz typisch irgendwie versuchte, die Situation zu retten.

»Ihr müsst das verstehen. Meine Tochter ist nach dem ganzen Vorfall immer noch etwas durcheinander und aufbrausend. Auch wenn sie so tut, kommt sie immer noch nicht klar mit dem, was ihr passiert ist.«

Anne murmelte verständnisvoll, während Thomas etwas Unverständliches brummte.

Natürlich ... Anstatt mal darüber nachzudenken, ob hinter meinen Worten vielleicht wirklich etwas Wahres stecken könnte, wurde mein Verhalten wieder nur entschuldigt und auf »den Vorfall« geschoben. *Klar, Anne und Thomas, ihr habt alles richtig gemacht. Bleibt so, wie ihr seid!*

»Trotzdem. Ihr Verhalten war unmöglich«, meldete sich mein Vater zu Wort. »Ich erkenne sie gar nicht wieder. Sie war immer so ein liebes Mädchen. Irgendjemand muss einen schlechten Einfluss auf sie haben, so wie sie sich benimmt.«

Nur weil ich nicht mehr so bin wie ihr und mich endlich mal traue, zu sagen, was ich denke? Es fühlte sich verdammt befreiend an, es herauszulassen und dafür würde ich mich nicht entschuldigen. Ein Grinsen stahl sich auf meine Lippen. Gott, die Gesichter von Thomas und Anne würde ich nie vergessen. Sie mal so sprachlos zu erleben, hätte ich nicht gedacht. Der Abend heute konnte nur gut werden.

Zügig lief ich die Straße zum Odonien hoch. Ich hatte versucht, einer weiteren Begegnung mit den anderen aus dem Weg zu gehen und mich möglichst geräuschlos hinausgeschlichen. Nun hatte sich meine U-Bahn etwas verspätet und die Uhr zeigte schon nach elf Uhr an. Vielleicht hatte ich ja Glück und Tayfun gehörte auch zu denjenigen, die gerne zu spät kamen.

Ich erreichte die geöffneten Pforten, die einladend einen Blick auf das freie Gelände des Odonien gewährten. Eine Welt, die mich entfernt an Jurassic-Park erinnerte. Womöglich lag es auch einfach daran, dass in der Ferne ein metallenes Dinosaurier-Skelett auf einer Stange in die Höhe ragte.

Entgegen meiner Hoffnungen wartete Tayfun bereits am Eingang auf mich. Seine dunkle Gestalt beruhigte und reizte mich zugleich. Heute trug er zu seiner dunkelgrauen Jeans ein schwarzes Longsleeve, das an den Ärmeln hochgekrempelt war. Durch die fehlende Kapuze, die sein Outfit sonst vervollständigte, bot sich mir wieder der Blick auf sein Tattoo am Hals.

Niemals hätte ich erwartet, dass mir ein Tattoo an dieser Stelle so sehr gefallen würde. Bisher hatte ich es eher mit negativen Dingen in Verbindung gebracht. Zu Tayfun passte es aber so gut, dass ich es mir gar nicht wegdenken konnte.

Schien so, als hätte auch ich manchmal noch zu viele Vorurteile, die ich schleunigst loswerden sollte. Wenn sich irgendwann mal die Gelegenheit bot, würde ich ihn gerne nach der Bedeutung des Tattoos fragen.

»Hey, sorry für die Verspätung«, grüßte ich ihn beim Näherkommen.

»Dafür schuldest du mir etwas.« Tayfun schob seine Hand unter meine zerschlissene Jeansjacke und drückte mir einen Kuss auf den Mund.

Obwohl ich überrumpelt von der stürmischen Begrüßung war, schmiegten sich meine Lippen ganz wie von selbst an seine. Das gewohnte Herzklopfen trat ein, als er mich mit seinen warmen Händen noch etwas fester anfasste.

»Wegen mir musst du nicht zur Arbeit. Damit habe ich dir doch schon Gefallen genug getan«, scherzte ich und überspielte damit mein schlechtes Gewissen, weil er wegen mir blau machte.

Obwohl, wenn ich ehrlich war, hatte ich immer noch keine Gewissensbisse deswegen. Er war erwachsen und wusste schon, was er tat.

»So leicht kommst du mir nicht davon«, erwiderte Tayfun gespielt drohend und der Anflug eines Grinsens machte sich auf seinem Gesicht breit, als er merkte, wie ich meine Luft angehalten hatte.

»Komm mit.« Mit einem sanften Druck seiner Hand auf meinem unteren Rücken schob er mich durch den offenen Durchgang und wir betraten das Gelände vom Odonien, das mir wie ein Zugang zu einer anderen Welt erschien.

KAPITEL 6

- DER ALTE SCHULBUS -

Wir liefen die staubigen, unbefestigten Wege entlang, die sich durch die grüne Landschaft schlängelten. Fasziniert von dem, was uns umgab, sah ich mich um. Die Dunkelheit wurde durch glühende Lichter erhellt, die einzelne Flecke der Umgebung in unterschiedliche Farben tauchten. Sie gewährten einen Ausblick auf die künstlerischen Skulpturen, die überall auf dem Gelände ausgestellt waren.

Meines Wissens nach war das Odonien ein früheres Bahn- und Industriegelände gewesen, das ein Künstler anmietete, um es als Freiluftatelier zu nutzen. Inzwischen wies der Mix aus Baustellensiedlung und Schrottplatz einen eigenwilligen Charme auf, der nicht nur zahlreiche Besucher anlockte, sondern Partyveranstaltern als beliebte Location für ihre Events diente.

Aus der Ferne drangen schon harte Electrobeats aus den Gebäuden zu uns herüber und ich ließ voller Vorfreude meinen Blick über den Weg schweifen.

Vor uns erhoben sich Stahlbauten, deren hellgrün lackierte Farbe teilweise abblätterte und Rost zum Vorschein brachte. Auf der rechten Seite ragte etwas vertikal in die Luft, das aussah wie ein zerstörtes Flugzeug. Am höchsten Punkt war der Propeller ersetzt worden durch in alle Richtungen gefächerte Baustellenbaken. Links von uns war ein alter, roter Londoner Doppeldeckerbus im Retrostil ausgestellt.

Tayfun fing meinen Blick auf und erklärte: »Ist nicht der einzige Bus hier. Es gibt weiter hinten noch einen alten Schul- und einen VW-Bus.«

»Das ist alles richtig gut gemacht«, musste ich zugeben. »Ich würde mir gerne mal den Rest anschauen.«

»Hier gibt es einiges zu entdecken. Wir drehen später mal eine Runde, wenn hier draußen nicht mehr so viel los ist«, warf er ein.

»Warum ist es wichtig, dass hier wenig los ist?« Ich konnte es mir nicht nehmen lassen, ihm diese Frage zu stellen.

»Damit wir ungestört sind.«

Die direkte Art, wie er seine Gedanken aussprach, zusammen mit der selbstbewussten Ruhe in der Stimme, ließ ein Kribbeln über meine Haut fahren.

Ich kuschelte mich enger in meine Jeansjacke und fragte mich, ob mein kurzes, neonorangenes Kleid für die heutigen Temperaturen des späten Sommers nicht doch etwas optimistisch gewesen war.

Als wir nach rechts abbogen, führte uns der Weg zu einem mit Farbe besprühtem Gebäude und wir liefen zwischen Holztischen hindurch. In der Luft waren Seile gespannt, an denen bunte Stofffetzen hingen. Die Tür zur Halle war weit geöffnet und immer mehr Menschen strömten hinein. Die Luft war erfüllt von dem süßlich-beißenden Geruch der Joints, die vorm Eingang geraucht wurden.

»Deine?«, scherzte ich und deutete auf die graffitibeschmierten Wände.

»Wäre mal eine Idee. Nehme aber an, hier ist es gewollt. Das hat für mich keinen Reiz«, meinte er schulterzuckend.

Wir passierten die Leute, die draußen standen und

rauchten und gelangten ins Innere der kleinen, bereits gut gefüllten Halle.

Nackte, graue Betonwände, die hier und da bemalt waren, empfingen uns. Sie standen im Kontrast zu dem schummrigen, orange-roten Licht, in das der große Raum gehüllt war. Menschen tanzten lässig zu den fließenden Rhythmen, hoben ihre Bierflaschen an die Lippen und ließen den Alkohol ebenso fließen. Vorne auf der leicht erhöhten Bühne legten zwei DJs auf. Die Wand hinter ihnen war von oben bis unten mit bunten Stickern vollgeklebt. Es war insgesamt eine lockere Atmosphäre, in der man sich gut gehen lassen und entspannen konnte.

Auf einmal war ich ziemlich froh, mich für das luftige Kleid entschieden zu haben, denn hier im Inneren war es um einiges wärmer und stickiger als draußen.

Ein Mann mit leuchtender Sonnenbrille verteilte Neonknicklichter und ich nahm ein paar der bunten Leuchtstäbchen entgegen. Vorsichtig nahm ich Tayfuns Handgelenk und fragte ihn mit stummem Blick, ob ich es befestigen durfte. Er nickte und beobachtete mich durchdringend, während ich nervös an seinem Arm herumnestelte, bis schließlich ein blaues und ein lila Knicklicht daran baumelten. Auch er schloss die Lichter um mein Handgelenk, griff fest nach meiner Hand und zog mich in die Menge.

Zwischen den ganzen Leuten und im Flow der elektronischen Musik verselbstständigten sich unsere Körper und wurden eins mit ihr. Der Rhythmus unserer Herzen passte sich dem gleichmäßigen Bass an. Wir brauchten keinen Alkohol, um zu tanzen, keine betäubenden oder aufputschenden Drogen, um die Musik zu spüren und zueinanderzufinden. Das hier waren nur wir. Echt. Und auch wenn jeder für sich zu den Liedern tanzte, so war man doch verbunden mit jedem einzelnen im Raum. Die Musik mit den immer gleichbleibenden Klängen versetzte mich in eine Art Trance, die etwas nicht ganz Greifbares, aber Besonderes mit mir anstellte.

Ich hatte keine Ahnung, wie viel Zeit schon vergangen war, als sich die Stilrichtung der Lieder änderte. Es wurden immer wieder Vocals dazugemischt und die Klänge wurden etwas weicher. Ich passte meine Bewegungen daran an. Mein Kleid klebte durch die intensiven Bewegungen schon leicht verschwitzt an mir, doch es störte mich nicht.

Tayfun überbrückte die paar Zentimeter Distanz, die zwischen uns geherrscht hatten und schmiegte sich leicht an mich. »Du siehst atemberaubend aus, wenn du so tanzt«, wisperte er mir gerade so laut zu, dass ich es noch verstehen konnte.

Mein Herz tat einen Satz und ich musste lächeln. Ohne meine Bewegungen zu unterbrechen, lehnte ich mich zu ihm und legte meine Arme über seine Schultern.

In diesem Augenblick begann der Refrain des Liedes *You & Me* von *Bassnectar feat. W. Darling* und ich fühlte jedes einzelne Wort. Ohne zu zögern lehnte ich mich nach vorne und zog Tayfun in einen leidenschaftlichen Kuss. Es kam mir vor, wie in einem Rausch, bei dem alle anderen um uns herum plötzlich nicht mehr zählten. Nur er und ich gegen den Rest der Welt, während seine Hände meinen Körper erkundeten und die Haut unter meinem Kleid streichelten. Momente später, als das Lied wieder von den härteren Klängen eines anderen überblendet wurde, löste auch ich mich von ihm und sah in seine Augen.

Fast schon erschrak ich vor dem, was sie mir eröffneten. Sie glühten mit der gleichen Leidenschaft, die seine Berührungen mir schon offenbart hatten, aber es war mehr als das. Ich meinte, einen Hauch ehrlicher Zuneigung in ihnen zu erkennen. Einen Ausdruck von Zärtlichkeit, den ich von ihm ganz und gar nicht erwartet hätte. Überwältigt starrte ich ihn an, bis ich seine Finger an meinen bemerkte und er mich langsam in Richtung Ausgang zog.

Draußen, wo die inzwischen etwas kühlere Nachtluft uns empfing, stellten wir uns etwas abseits der anderen hin und Tayfun steckte sich eine Kippe an.

»Das war ... intensiv.« Seine Stimme hörte sich leicht kratzig an und zeigte mir nochmal, dass ihn die Szene eben nicht kaltgelassen hatte.

Er atmete den Rauch ein, während er weitersprach. »Sowas wie mit dir hatte ich noch nie. Keine Ahnung, wie ich damit umgehen soll.«

Meinte er das ernst? Verdammt, seine Worte berührten mich. Sie strömten wie fließender Honig in mein Inneres und füllten mich aus. Umhüllten sanft mein Herz und ließen es nicht mehr los.

Bei unseren letzten Begegnungen hatte ich schon gemerkt, dass Tayfun nicht der Mann großer Worte war. Dass er mich nicht mit lieben Worten umschmeichelte und mir irgendwelche Dinge versprach. Vielleicht tat er all das auch auf seine Weise, wer weiß. Aber zumindest hatte er immer gesagt, was er dachte. Und auch jetzt wirkten seine Wortwahl und die Art, wie er es loswerden musste, auf mich so ehrlich, dass es mich sprachlos machte. Aber er hatte recht. So wie mit ihm hatte ich mich noch nie gefühlt.

»Ich auch nicht«, konnte ich meine Worte nicht zurückhalten.

Was war das zwischen uns? Ohne dass ich es gemerkt hatte, war Tayfun von meinen Ausflüchten nach etwas Unvernünftigem zu so viel mehr geworden. Dabei hatte er mich schon vom ersten Moment an in seinen Bann gezogen.

Mit der Dunkelheit, die ihn umgab, dem undurchdringbaren Blick und seiner unverschämten Ehrlichkeit.

Natürlich, wir kannten uns zu kurz, um über tiefe Gefühle zu sprechen, aber das mussten wir auch gar nicht. Momentan waren es die aufregenden Anfänge voller Leidenschaft, Neugier und Intensität, die mich spüren ließen, dass da mehr war. Und manchmal reichte auch schlicht und ergreifend die Chance, dass daraus etwas werden konnte, wenn man dem Ganzen noch etwas Zeit gab.

»Tayfun?«, meldete sich plötzlich eine Frauenstimme hinter mir und ich drehte mich überrascht um, um zu sehen, wer ihn angesprochen hatte.

»Sieh an. Was für eine Überraschung!«

Eine Frau in Tayfuns Alter, die genau wie er nicht so recht in die Szene zu passen schien, lief strahlend auf ihn zu. Er erwiderte es, indem er seinen Mundwinkel zu einem Grinsen verzog und sie kurz in die Arme schloss.

»Leila … « Ihren Namen aus seinem Mund zu hören, ließ mich nicht so kalt, wie ich dachte und ich hätte mich dafür verfluchen können.

Wortlos reichte er ihr eine Zigarette und sie bedankte sich und steckte sie zwischen ihre roten Lippen. Tayfun lehnte sich vor und zündete sie ihr mit seinem Feuerzeug an.

Ich beobachtete die Szene und merkte, wie ein verräterischer Funken von Eifersucht in mir entfacht wurde. Wer war die Frau? Und hatte sie eine Vergangenheit mit Tayfun?

Ihre schwarzen Haare reichten ihr in Form eines Long-Bobs vorne leicht über die Schultern und ihre Augen waren dunkel umrandet. Sie trug ein zusammengeknotetes schwarzes T-Shirt, einen dunklen, zerrissenen Jeansrock und dazu schwarze Plateau-Boots. Ein etwas größeres Tattoo zierte ihren Oberarm, der nicht vom T-Shirt verdeckt wurde.

Ohne Frage, sie war bildhübsch und strahlte etwas Selbstbewusstes aus. Während ich über sie und ihr Verhältnis zu Tayfun nachdachte, drehte sie sich in meine Richtung und blies den Rauch aus, bevor sie zu reden anfing.

»Hey, sorry, dass ich mich noch nicht vorgestellt habe. Ich war nur so überrascht, Tayfun hier zu sehen. Ich bin Leila. Und du bist seine Freundin?«

Sie zog auch mich in eine Umarmung, die ich etwas überrumpelt erwiderte. Hatte ich vorher nicht gewusst, was ich von ihr halten sollte, so fand ich es jetzt überraschend cool, dass sie mich nicht ignorierte. Ich besann mich darauf, mir keine vorschnelle Meinung über sie zu bilden und genauso offen zu ihr zu sein wie sie zu mir.

»Dalia«, stellte ich mich vor und lächelte sie an. »Ich bin ... « Meine Stimme stockte, bevor ich auf ihre Frage antworten konnte.

Ja, was war ich nur? Jedenfalls nicht seine Freundin. Oder? Wollte Tayfun überhaupt so etwas? Sollte ich einfach sagen, ich wäre nur *eine* Freundin? Aber das wollte ich auch nicht, denn alles in mir sträubte sich dagegen, die Wahrheit zu verdrehen.

Hilfesuchend lugte ich zu ihm, doch er musterte mich ebenfalls nur interessiert und gleichermaßen herausfordernd.

Leila wandte sich belustigt Tayfun zu. »Kannst du mir die Frage beantworten?«

Doch Tayfun schwieg nur amüsiert, nahm einen tiefen Zug von seiner Zigarette und inhalierte ihn. Dabei sah er so heiß aus, dass es mich leicht aufwühlte. Unruhig trat ich vom einen Fuß auf den anderen trat.

Leila lachte auf. »Ihr wisst es beide nicht. Interessant.«

»Wie geht's dir?«, lenkte er ab, wofür ich ihm dankbar war.

»Momentan echt wieder ganz gut. Habe einen neuen Job gefunden«, antwortete sie.

»Schön.« Tayfun nickte und ich musste schmunzeln. Er war also nicht nur bei mir so wortkarg.

Sie überlegte kurz und setzte dann an: »Hör zu, Dimi schmeißt eine Party übernächstes Wochenende. Komm doch vorbei. Wir haben lange nichts mehr von dir gehört. Und noch länger ist es her, dass wir zusammen gefeiert haben. Wäre mal wieder cool.«

»Ich schaue mal«, erwiderte er.

Leila klopfte ihm auf die Schulter, während sie ihre Zigarette austrat. »Ich gehe wieder zurück zu meinen Leuten, aber ernsthaft: Überleg es dir.«

Im Vorbeigehen nickte sie mir zu: »Du bist natürlich auch willkommen. Wäre interessant, dich näher kennenzulernen.«

Mit einem vielsagenden Lächeln rauschte sie an uns vorbei und war wieder verschwunden. Ihre Erscheinung war beeindruckend. Auch wenn ich über ihr gesamtes Auftreten noch etwas perplex war, war sie mir irgendwie sympathisch gewesen. Wahrscheinlich wäre es besser, gar nicht zu wissen, ob sie und Tayfun schon etwas gehabt hatten und es sollte auch gar keine Rolle spielen.

»Und?«, fragte ich ihn, um seine Meinung zu der Party zu hören.

»Nur eine alte Freundin von mir«, erklärte er kurz und trat seine Zigarette aus.

»Ich meine, was du von Leilas Vorschlag mit der Party hältst«, erklärte ich meine Frage, leicht amüsiert über seine Rechtfertigung.

Er beobachtete mich kurz und zuckte dann mit den Schultern. »Eigentlich muss ich arbeiten. Vielleicht kann jemand meine Schicht übernehmen. Dimis Partys sind nicht schlecht.«

»Du kannst ja mal schauen, was sich machen lässt. Ist Dimi auch ein Freund von dir?« Es gelang mir einfach nicht, meine Neugier zu verstecken.

Tayfun dagegen schien nicht so gerne darüber zu reden. Warum auch immer. »Freund von früher. Habe ihn länger nicht mehr gesehen«, sagte er ausweichend.

»Okay.« Zu viel wollte ich nicht nachbohren, also beließ ich es dabei. In diesen Momenten wurde mir wieder bewusst, dass ich wenig über ihn und seine Vergangenheit wusste. *Weiß er nicht genauso wenig über deine Bescheid?*, flüsterte mir meine innere Stimme zu und ich konnte nicht anders, als zuzustimmen. Alles zu seiner Zeit.

»Lass uns wieder reingehen.«

Tayfun drängte sich von hinten gegen mich und ließ mir keinen Raum mehr für meine Gedanken. Ich genoss das Gefühl des Stoff seiner Jeans an meinem Hintern und was seine Nähe zu mir auslöste. Er umschloss meine Hand und schob mich mit seinem Körper durch die offene Tür zurück in den Raum zu den anderen Leuten.

Dicht aneinandergepresst begannen wir, uns zur Musik mitzuwiegen, bis wir uns den Platz nahmen, den wir brauchten, um uns richtig bewegen zu können. Tayfuns warmer Körper hinter mir fehlte, aber die Musik fing mich auf, genauso wie sein intensiver Blick, der mich immer weiter antrieb.

Wir tanzten durchgängig und verließen die Tanzfläche zwischendurch nur, um Getränke zu holen. Nach und nach stellte sich eine immer deutlichere Erschöpfung bei mir ein. Zunächst merkte ich sie nur in den Beinen, bis sie sich dann auch über meine Arme ausbreitete.

»Müde?«, übertönte Tayfun die Musik.

Ich stimmte ihm zu.

»Komm mit.« Er nickte in Richtung Ausgang und ich folgte ihm raus in die kühle Nacht. Augenblicklich war meine

Kraftlosigkeit verschwunden.

Der Wind umspielte meine leicht verschwitzten Haare, aber änderte nichts daran, dass mir immer noch warm war. Auch die Jeansjacke hatte ich mir schon im Club um die Hüften gebunden.

»Wo gehen wir hin?«, fragte ich. Womöglich merkte er mir meine leichte Aufregung an, die ich nicht ganz verbergen konnte. Doch selbst wenn, zog er mich nicht damit auf.

»Wolltest du dich nicht auf dem Gelände umsehen?«

Ich nickte, während ich neben ihm herlief und versuchte, seine Miene zu deuten.

»Was?«, wollte er wissen.

»Ich frage mich, was du vorhast.« Obwohl ich versuchte, es beiläufig klingen zu lassen, musste er mich durchschaut haben, denn er schüttelte den Kopf.

»Was denkst du von mir, Dalia?«

»Habe ich recht oder nicht?«, entgegnete ich mutig und wagte es, in seine Augen zu sehen.

Sie funkelten belustigt, aber gleichzeitig auch leicht bedrohlich und ich sah deutlich, dass er Hintergedanken hatte. Schon den ganzen Abend reizten mich seine beiläufigen Berührungen und Worte, von denen ich nicht wusste, ob sie absichtlich waren oder ob nur ich sie als so intensiv empfand. Es machte mich verrückt.

»Sagen wir, all das kostet mich viel Selbstbeherrschung«, sagte er leise und verursachte damit ein Ziehen in meiner Mitte, das ich zu ignorieren versuchte.

»Gelingt dir aber gut«, erwiderte ich neckend, um das Durcheinander in mir zu verbergen.

Die Tatsache, dass ich nichts mehr wollte als ihn.

»Manchmal sollte man sich einer Sache nicht zu sicher sein«, antwortete er darauf.

Mein Puls beschleunigte sich und ich räusperte mich hastig. Vielleicht sollte ich lieber von diesem Thema ablenken. Es machte mich viel zu nervös. Ich wandte meinen Blick von Tayfun ab und betrachtete den Weg um uns herum, den ich gerade völlig außer Acht gelassen hatte. Dabei hatte mich die Umgebung vorhin noch so fasziniert.

Neben mir am Baum hing eine alte Schreibmaschine, wie ich Tayfun direkt verwundert zeigte: »Wie kommt man auf solche Ideen?«

»Musst du die Künstler fragen. Skurrile Skulpturen scheinen ihr Ding zu sein«, antwortete er nur.

Wir ließen die Bauzäune hinter uns, die links von uns den Weg begrenzten und spazierten weiter. Tatsächlich kamen wir an abenteuerlichen Konstrukten, zusammengewürfelt aus den verschiedensten Vintagesachen, aber auch an modernen Elementen oder Alltagsgegenständen vorbei. Ihre Details und der Ideenreichtum der Künstler, etwas aus so normalen Gegenständen zu schaffen, waren beeindruckend.

Inzwischen war das stetige Hämmern des harten Basses aus dem Club nur noch ein leiser Ton im Hintergrund, der mir zeigte, wie weit wir uns schon entfernt hatten. Man hörte, dass die Veranstaltung noch in vollem Gange war, aber dort, wo wir uns gerade befanden, überwiegten die Geräusche der Natur.

An einer Kreuzung befand sich hinter Stahlbauten und Mauerresten ein rostiges Wellblechdach. Erst beim Weitergehen erkannte ich, dass unter dem Dach ein mit Stickern beklebter, alter blauer Fotoautomat mit dunklem Vorhang zum Vorschein kam. Meine Augen leuchteten auf. Ich liebte diese Dinger.

»Würdest du mit mir da reingehen?«

Tayfun warf mir einen widerwilligen Blick zu. »Ist das dein Ernst?«

»Komm schon«, bat ich ihn flehend.

Er verdrehte seine Augen und ich dachte schon, ich hätte verloren, aber nach kurzem Überlegen willigte er schließlich ein. Euphorisch sprang ich auf die Fotobox zu und zog den Vorhang auf. Das Innere war wie zu erwarten sehr klein und bot kaum Platz für zwei Leute. Bis auf den erleuchteten Bildschirm war es dunkel.

Tayfun setzte sich auf den kleinen runden Hocker und zog mich auf seinen Schoß. Er schlang seine Arme um meinen Bauch, um mich festzuhalten und meine Haut fing an zu kribbeln. Rasch zog ich den Vorhang zu. Nun wirkte der Raum noch kleiner und intimer.

»Dann los«, flüsterte er mir von hinten in mein Ohr, was mich erschaudern ließ.

Ich tippte auf dem grellen Bildschirm auf »Start«. Sobald der Countdown erschien, drehte ich mich ein Stück zu Tayfun um. Dabei verlor ich das Gleichgewicht und kippte beinahe von seinem Schoß.

Vor Schreck hätte ich fast aufgeschrien, doch Tayfun lachte nur heiser auf und zog mich zurück auf seine Beine. In dem Moment schoss die Kamera das erste Bild.

»Vorsicht«, murmelte er und sah mich so intensiv an, dass mein Herzschlag augenblicklich an Fahrt aufnahm.

Mit einem Knipsen erschien der nächste Blitz, den wir beide jedoch kaum noch beachteten. In der nächsten Sekunde drängte Tayfun sich gegen meine Lippen und raubte mir mit dem Kuss meinen Atem. Dabei griff er in meinen Nacken und zog mich noch besitzergreifender gegen sich.

Klick. Das dritte Foto wurde geschossen, während wir immer tiefer in unseren Kuss versanken.

In den letzten Tagen hatte ich alles an ihm vermisst.

Seine Lippen, seine Berührungen, seine geflüsterten Worte. Unsere Zungen umspielten sich und es schossen Stromstöße durch meinen Körper, die immer mehr Hitze in meinem Unterleib entfachten.

Tayfun unterbrach unseren Kuss. »Weißt du noch, was ich über Selbstbeherrschung gesagt habe?«

Ich nickte atemlos, unfähig an mehr zu denken als seine weichen Lippen.

»Es wird immer schwerer, sie nicht zu verlieren.«

Sollte ich Angst bekommen? Über diesen Punkt war ich längst hinaus. Es klang viel zu verlockend. Ich wollte ihn erleben.

»Verlier die Kontrolle«, flüsterte ich. »Bitte. Ich will sehen, wer du bist.«

Wortlos drückte Tayfun mich von sich, stand auf und riss mich an der Hand mit nach draußen. Zumindest dachte ich daran, den ausgedruckten Fotostreifen aus der Klappe mitzunehmen. Ohne darauf zu sehen, stopfte ich ihn in die Tasche und ließ mich von ihm mitziehen.

Mein Herz hämmerte in der Brust, als ich ihm schnellen Schrittes durch die Dunkelheit folgte, die nur durch einige Laternen schwach erleuchtet wurde. Immer weiter, immer weiter. Bis vor uns ein brauner, heruntergekommener Schulbus im Gestrüpp auftauchte. Er war von außen bekritzelt und die Scheiben mit Stickern beklebt. Die vordere Schiebetür stand offen und wir stiegen ein.

Bis auf eine spärliche Lampe im vorderen Bereich des Fahrersitzes, der jedoch mit Metallgittern abgesperrt war, war es ziemlich dunkel. Nicht zuletzt, weil alle Scheiben so zugeklebt waren, dass von den Laternen draußen gar kein Licht hereindrang. Auch von innen war der Bus mit allerlei Tags und Schmierereien bekritzelt. Nur im vorderen Bereich und ganz hinten neben einer Holzbank waren noch Sitze vorhanden. Dazwischen standen vereinzelt Holzkisten an den Seiten oder hohe lackierte Paletten direkt unter den Fenstern.

Tayfun drehte sich zu mir. Dunkle Schatten lagen auf seinen Gesichtszügen, sodass ich sie kaum erkennen konnte. Nur seine lodernden Augen hielten mich gefangen. Das Verlangen in ihnen ließ mich ganz schwach werden.

»Du willst es?«

Oh Gott, wir würden es jetzt nicht wirklich hier tun, oder? Das Problem war nur, gerade würde ich alles mit ihm machen. Bevor ich richtig die Chance hatte zu nicken, packte er mich bei den Hüften und drängte mich nach hinten, bis ich stolpernd gegen eine der Paletten stieß. Dabei fing er an, mich wild zu küssen und löschte jegliche Gedanken aus. Mein rasender Puls erinnerte mich daran, dass nur dieser Moment zählte.

Halb nach hinten fallend landete ich leicht schmerzhaft mit dem Rücken auf dem Holz, während Tayfun den Knoten meiner umgebundenen Jeansjacke aufriss und sie unter meinem Rücken platzierte. Der Bus war staubig und dreckig, aber das war mir in diesem Augenblick total egal. Wenn, intensivierte es noch die schummrige Atmosphäre und das Abenteuer, das wir gerade erlebten.

Ich keuchte auf, als Tayfun mich mit seinen harten Küssen ganz vereinnahmte und spürte die Lust in mir anwachsen. So viel Spannung wie zwischen ihm und mir hatte ich noch nie empfunden. Es raubte mir den Atem. Niemals hätte ich gedacht, dass ich mich mal in einem verlassenen Bus mitten auf einem Eventgelände flachlegen lassen würde. Das war sowas von nicht ich. Aber gerade war es alles, was ich wollte.

»Bist du dir immer noch sicher?«, murmelte er heiser und sein warmer Atem streifte mein Gesicht – Rauch und Zimt.

Ich nahm seinen Duft in mir auf. Es ergab immer noch keinen Sinn, aber die leise Angst, die ich verspürte, war nur positiv. Kein schlechtes Gefühl, sondern Aufregung pur.

»Ja«, antwortete ich atemlos, woraufhin er nicht mehr lange fackelte und sich auf mich legte.

Verschlungen in einem Kuss stieß seine heiße Zunge immer wieder gegen meine und ich konnte nicht mehr verhindern, dass ich leise anfing zu stöhnen.

Tayfun begann, sich auf mir zu bewegen und jedes Mal, wenn der Ständer in seiner Hose an meiner Mitte rieb, entlockte er mir ein Keuchen. Überall war er auf mir und meine Haut glühte unter seinen Berührungen. Durch meine leicht geöffneten Lider hindurch sah ich, wie er mich voller Lust betrachtete. Seine kantigen, verwegenen Gesichtszüge schimmerten leicht unter einem Schweißfilm, was mich nur noch mehr anheizte.

Mit seiner rauen Hand fuhr er zwischen meine Beine unter das Kleid, streichelte mich dort bestimmt und riss mir dann den Slip hinunter. Zügig knöpfte er auch seine Hose auf, zog sie mitsamt Boxershorts hinunter und holte ein Kondom aus seiner Hosentasche hervor. Ich beobachtete jede seiner Bewegungen. Wie er sich das Kondom überstreifte, seine Arme meine Oberschenkel auseinanderdrückten und er sich zwischen mich legte.

Er saugte und knabberte an meinem Hals, verursachte ein noch heftigeres Ziehen und Verlangen in meinem Unterleib und ich schloss meine Augen, um mich dem hinzugeben.

»Sieh mich an«, verlangte er rau und als ich ihm gehorchte, spürte ich seine Härte an meinem Eingang.

Quälend langsam drang er in mich ein und ließ uns beide aufstöhnen. Es fühlte sich unglaublich an. Er zog sich zurück und stieß härter zu. Immer wieder, bis er in einen schnellen

Rhythmus überging und mich so wild nahm, dass ich in eine Mischung aus Lust und Keuchen verfiel. Währenddessen brachte er eine Hand zwischen uns und massierte mich zusätzlich.

Unser Atem ging immer schneller und ich war mir sicher, er spürte deutlich, wie mein Herz bebte. In mir baute sich eine größer werdende Spannung auf und ich drängte mich seinen Bewegungen entgegen. Ich brauchte mehr, immer mehr von ihm.

Plötzlich löste er meine umschlungenen Beine von seinem Rücken und legte sie stattdessen über seine Schulter. Der Winkel veränderte sich und ich spürte ihn noch tiefer und intensiver in mir. Der Druck und das Kribbeln in meiner Mitte erhöhten sich mit jedem Stoß, ließen mich keuchen und mich gegen seine Bewegungen pressen, bis es auf einmal in mir explodierte und ich endlich kam. Ich erzitterte und krallte mich an Tayfun fest, während er nicht locker ließ und weiter in mich eindrang.

Mein Körper bebte unter seinen Stößen und obwohl ich gerade gekommen war und er mir keinen Raum für Erholung gab, wollte ich nicht, dass er aufhörte. Ich zog ihn in einen Kuss und öffnete meine Lippen für ihn. Als er mit der Zunge auch in meinen Mund eindrang, spürte ich ihn kurze Zeit nach mir in mir pulsieren und voller Anspannung schließlich seine Erlösung finden. Er ließ meine Beine an seiner Seite heruntergleiten und lehnte sich schwer atmend auf mich.

Eine Weile lagen wir nur so da und genossen unseren synchronen Herzschlag. Kaum zu glauben, dass ich es eben mit ihm in diesem alten Bus hier getan und uns niemand erwischt hatte. So laut, wie wir gewesen waren, hätte uns jeder beim Vorbeilaufen hören können.

Immer noch trug ich mein Kleid, das komplett hochgerutscht war. Nur mein Slip lag irgendwo am Boden. Tayfun hatte nicht mal seine Hose komplett ausgezogen. So hatte ich es noch nie erlebt. Aber verdammt, es gefiel mir.

»Du machst mich so heiß, ich könnte direkt nochmal«, flüsterte er an meinem Ohr.

Ich musste ihn so überrascht angeschaut haben, dass er kurz auflachte. »Keine Angst, das heben wir uns für nächstes Mal auf.«

Während wir noch eine Weile so dalagen, genoss ich die intime Nähe zwischen uns. Das, was wir gerade erlebt hatten, würde ich so schnell nicht mehr vergessen.

»Das bist also du, wenn du loslässt«, sagte ich lächelnd und fuhr das Tattoo auf seinem Unterarm entlang, das unter seinem Shirt verschwand.

»Oh, noch längst nicht«, erwiderte er mit einem provokanten Unterton in der Stimme und leckte mit der Zungenspitze meinen Hals entlang.

Seine Worte ließen mich erschaudern. Vielleicht sollten sie mich abschrecken, aber das taten sie nicht. Nein, ich merkte nur, dass ich es umso mehr herausfinden wollte. Seine bedrohliche Seite, das Abenteuer, die Ekstase. Ich wollte alles an ihm entdecken, egal welche Konsequenzen es hatte.

KAPITEL 7

- FALSCHE ERWARTUNGEN -

Mit einem Lächeln drehte ich den Fotostreifen in meinen kleinen Händen und betrachtete die kleinen Schwarz-Weiß-Bildchen, die Tayfun und ich Tage zuvor im Odonien gemacht hatten. Jedes Mal, wenn ich die Fotos ansah, kribbelte mein ganzer Körper. Die Spannung zwischen uns war deutlich zu sehen. Wir hatten nur Augen für uns. Unweigerlich musste ich an unseren Sex denken und wie süchtig allein der Gedanke daran machte.

Ich grinste, während ich auf meinem Bett lag und meine Beine hoch gegen die Wand gelegt hatte. Oh ja, ich war komplett verloren. Aber solange es sich gut anfühlte, bereute ich nichts.

Ich wollte es nicht wahrhaben, aber meine Gefühle für Tayfun wurden stärker und auch wenn ich ihnen momentan einfach nicht viel Bedeutung beimessen wollte, so erwischte ich mich doch dabei, darüber nachzudenken, ob es ihm wirklich genauso erging. Er hatte klare Andeutungen in die Richtung gemacht. Aber reichte das wirklich für mehr?

Wir würden heute gemeinsam in der Stadt etwas essen gehen und ich war gespannt, wie es werden würde. Schließlich wäre es das Normalste, was wir je zusammen gemacht hätten und ich fragte mich, ob auch etwas »Normales« mit ihm gut werden würde. Würden wir gute Unterhaltungen miteinander führen können, obwohl er manchmal etwas wortkarg war? Denn das war für mich die Grundlage für alles. Bisher hatte ich schon das Gefühl, wir hatten interessante Gespräche geführt, aber ich war voller Erwartungen, was der heutige Abend für uns bereithalten würde.

Bevor es so weit war, hatte ich noch vor, eine Runde mit Thor auszureiten. Mit meinen Eltern hatte ich seit meinem Ausbruch vor ihren Freunden kaum gesprochen. Stattdessen hatte ich versucht, mich in meinem Zimmer zu verkriechen oder ganz das Haus zu verlassen, um zum Sport oder zu meinem Pferd zu gehen.

Außerdem war ich etwas zwiegespalten, ob ich Nadine von dem Abend im Odonien erzählen sollte. Würde ihr mein Verhalten wieder missfallen? Würde sie meine Entscheidung, an diesem Ort mit Tayfun geschlafen zu haben, eklig und unangebracht finden? Womöglich. Ich entschied mich, es erst mal für mich zu behalten.

Das gleichmäßige Klappern von Thors Hufen auf dem Asphalt hatte immer eine beruhigende Wirkung auf mich. Er hatte die Bewegung dringend wieder gebraucht und sich richtig verausgabt. Obwohl ich mit dem Ausritt wegen der warmen Temperaturen bis zum frühen Abend gewartet hatte, war sein Fell nun nass vor Schweiß und ich war froh, mit Sattel geritten zu sein.

Zurück am Anbindeplatz der Koppel angekommen, schwang ich mein Bein über seinen Rücken und ließ mich hinunter zu Boden gleiten. Thor drehte seinen Kopf zu mir und ich streichelte über seine Nüstern, lobte ihn und zog ihm die Trense vom Kopf, um sie durch das Halfter zu ersetzen. Auch den Sattel hob ich hinunter und bürstete das nasse Fell darunter, während er die Augen geschlossen hatte und meine Striegeleinheiten genoss.

Gerade als ich ihn mit ein paar Möhren und getrocknetem Brot fütterte, fuhr ein Auto auf den Parkplatz, das ich nicht kannte. Ich kniff die Augen zusammen, als mir einfiel, dass seit letzter Woche ein neues Pferd auf unserer Koppel stand. Die Frau, die nun ausstieg, war vermutlich die neue Besitzerin.

Ich drehte mich um und widmete mich wieder Thor, bis ich schließlich hörte, wie sie hinter mir auf dem Anbindeplatz erschien und ihre Sachen dort auf der Bank ablegte. Lächelnd wandte ich mich zu ihr, um mich vorzustellen, als ich in ein unerwünschtes Gesicht blickte, das mir bekannt vorkam.

Na super, da konnten wir ja schon mit den besten Voraussetzungen starten. Doch mein Lächeln verrutschte nicht, als ich zwei Schritte auf die Frau zumachte und ihr die Hand schüttelte. Erst mal ohne Vorurteile starten.

»Hey, ich bin Dalia, die Besitzerin von Thor.«

»Kenne ich dich?«, fragte sie verhalten und gab mir die Hand. Wie wäre es mal mit Höflichkeit?

»Du kommst mir zumindest bekannt vor, bist du nicht eine Freundin von Nadine?«, machte ich trotzdem unbeirrt weiter.

Ein kurzes Lächeln der Erleuchtung huschte über ihr Gesicht und sie wurde etwas netter.

»Ich bin Annika und mit Svana neu hier. Genau, ich studiere mit Nadine zusammen. Jetzt sagt mir dein Name auch etwas. Wir haben uns bestimmt auch schon mal gesehen.«

»Ja, aber ist schon etwas länger her, glaube ich.«

»Nadine hat letztens mal angedeutet, wir würden demnächst zusammen weggehen. Mit dir und deinem außergewöhnlichen Typen hatte sie gesagt, wenn mich nicht alles täuscht. Was auch immer das heißt.«

Etwas verwundert darüber, dass Nadine dieses Thema schon unter ihren Freundinnen bequatscht hatte, zog ich eine Augenbraue nach oben. »Interessant.«

Vor allem ihre Ausdrucksweise »außergewöhnlich« störte mich, weil ich mir gut vorstellen konnte, in welchem Tonfall sie es gesagt hatte.

»Du wusstest nichts darüber?« Jetzt wirkte auch Annika irritiert und fing an, mich prüfend zu mustern.

»Doch schon, aber es war eigentlich noch gar nichts Festes«, erwiderte ich langsam. »Naja, ich werde sie das nächste Mal, wenn ich sie sehe fragen, ob sie vielleicht auch schon Datum und Ort für die Begegnung mit dem außergewöhnlichen Typen festgelegt hat.«

Mein ironischer Kommentar löste jedoch keinen Hauch eines Grinsens bei Annika aus. Sie sah mich nur ausdruckslos an. Ich seufzte innerlich. Entweder hatte sie einen ganz anderen Humor als ich oder ich war wohl nicht lustig. Wie dem auch sei.

»Was führt dich mit Svana hierher?«, stellte ich stattdessen die Frage, die mich am meisten interessierte.

»Naja, es war nicht meine Erstwahl. Wenn man sich hier umschaut, ist es definitiv nicht so sauber, wie es sein sollte.« Abwertend ließ sie ihren Blick wandern. »Also mehr eine Notlösung, bis ich etwas finde, was mehr meinen Vorstellungen entspricht. Aber bisher finde ich nichts Anderes. Vielleicht kann ich hier ja wenigstens die ein oder andere Verbesserung anstoßen.«

Hatte sie eine Meise? Kam neu hierher und verhielt sich so, als würde ihr alles gehören. Unsere Koppel war einwandfrei, sauber und wir alle zahlten viel dafür, dass es so aussah. Entweder wollte sie sich aufspielen oder hatte einfach nur Lust zu meckern.

»Und warum bist du dann von deinem alten Platz weg?«, hakte ich neugierig nach.

»Die Leute dort konnten keine konstruktive Kritik ertragen, das ging so nicht weiter«, erklärte sie hochmütig und rollte mit den Augen.

Aha, da hatten wir es. Sie war von der vorherigen Koppel geworfen worden. Wahrscheinlich hatte sie dort die gleiche Masche abgezogen, wie sie es nun auch hier tun wollte und jeder hatte sich über sie beschwert. Kein Wunder, wenn man sich zu gut für alle anderen hielt.

Frustriert biss ich mir auf die Lippe. Ich war so gerne bei meinem Pferd, ich hatte keine Lust, dass jemand Neues, der so drauf war wie sie, mir diese entspannte Stimmung kaputt machte. Schließlich suchte ich hier etwas Ruhe und Erholung.

»Naja, dann herzlich Willkommen. Wir sind alle relativ unkompliziert würde ich sagen«, bemühte ich mich freundlich zu bleiben und band Thor von der Stange los, um ihn zurück auf die Weide zu führen.

»Danke! Wir sehen uns«, sagte Annika winkend.

Ungeduldig stand ich an der Haltestelle der Bahn und wartete darauf, dass Tayfun erschien. Er hatte darauf bestanden, mich abzuholen, als wir gestern Abend das Treffen vereinbart hatten. Ort und Uhrzeit hatten zwar noch nicht festgestanden und heute hatte ich auch noch keine Nachricht von ihm bekommen. Trotzdem ging ich natürlich weiterhin auch davon aus, dass das gemeinsame Essen stattfand. Also wo blieb er dann?

Sollte das spaßeshalber eine Antwort auf meine Verspätung letztes Mal sein? Aber selbst das wäre langsam nicht mehr lustig, es handelte sich schließlich fast um eine halbe Stunde und irgendwann riss auch mein Geduldsfaden. Ich wollte nicht kleinlich sein, aber er hätte sich doch einfach melden oder mir absagen können, wenn etwas dazwischen gekommen war. Kurzerhand wählte ich seine Nummer und wartete ungeduldig ab.

»Hey«, meldete er sich.

»Ich dachte, du holst mich ab?«, fragte ich und versuchte, nicht allzu vorwurfsvoll zu klingen.

»Wir treffen uns jetzt doch direkt vor dem Restaurant«, erklärte er mir.

»Äh, okay«, erwiderte ich etwas verwirrt. »Hättest du mir das nicht einfach schreiben können, bevor ich eine halbe Stunde auf dich warte?«

»Hätte ich, aber habe halt nicht dran gedacht.«

Seine Gleichgültigkeit traf mich und erzeugte ein ungutes Gefühl in meinem Inneren. Ich spürte, wie mein Gesicht warm wurde und konnte nicht verhindern, dass mich eine Welle voll mit Zweifeln überkam. Was war los mit ihm? Wollte er mich sehen oder nicht?

»Verstanden«, antwortete ich tonlos. »Soll ich überhaupt kommen?«

»Natürlich, ich freue mich auf dich, Baby.«

Tayfun sagte es mit seiner typisch rauen Stimme, die mich schmelzen ließ und fast alle Grübeleien von eben wieder fortspülte. Vielleicht kannte ich auch einfach seinen Humor noch nicht gut genug. Trotzdem würde ich definitiv nochmal ansprechen, warum er mich so lange warten gelassen hatte.

»Dann schicke ich dir die Adresse vom Restaurant«, sagte ich, da ich diejenige war, die es ausgesucht hatte – meinen Lieblingsort, den ich ihm gerne zeigen wollte.

»Alles klar, bis dann.« Ich stopfte mein Handy zurück in die Tasche und stieg in die Bahn ein, die soeben hielt und mich in Richtung Neustadt brachte.

Das spanische Lokal lag auf einer belebten, größeren Straße, auf der mir viele Leute entgegenkamen. Von Weitem sah ich den Eingang und konnte auch unschwer erkennen, dass noch niemand vor dem Restaurant wartete. Hoffentlich gab es einen guten Grund dafür.

Plötzlich legten sich zwei Hände über meine Augen und dunkelten mir die Sicht ab. Für einen kurzen Moment schoss Panik durch meinen Körper und ich musste mich versteift haben, denn direkt darauf sagte jemand nah an meinem Ohr: »Shhh, Dalia, ich bin's.«

Tayfuns Stimme führte augenblicklich dazu, dass ich mich entspannte, auch wenn mein Körper nicht daran dachte, sich zu beruhigen. Zu präsent waren die Erinnerungen an unser Treffen einige Tage zuvor.

Er ließ von meinem Gesicht ab und drehte mich stattdessen zu sich. »Hast du mich schon vermisst?«

»Na klar«, erwiderte ich lächelnd und gab ihm zaghaft einen Kuss.

Tayfun erwiderte ihn leidenschaftlicher, als ich erwartet hätte. Wenn er so weitermachte, konnte ich bald nicht mehr an das Essen denken. Hilflos schob ich ihn ein Stück von mir. »Lass uns reingehen. Ich bin schon gespannt, was du sagen wirst.«

»Eigentlich habe ich gar keinen Hunger«, murmelte er mir zu. »Ich habe viel mehr Lust, das hier zu tun.«

Erneut zog er mich in einen Kuss und eine Hand von ihm wanderte leicht über meinen Hintern. Hier in der Öffentlichkeit war mir das extrem unangenehm. Auch wenn uns vermutlich niemand Beachtung schenkte, schüttelte ich seine Hand ab, als plötzlich eine Stimme erklang.

»Dalia?« Ich stöhnte innerlich auf. *Nadine.* Jetzt hatte sie vermutlich genau gesehen, wie ungeniert Tayfun mich angefasst hatte.

»Nadine, was machst du denn hier?« Etwas zu ertappt drehte ich mich um und setzte ein Lächeln auf.

»Unser Lieblingsrestaurant, schon vergessen?«, erwiderte sie irritiert und zeigte auf das spanische Lokal in ihrem

Rücken. »Ich habe mich eben dort mit zwei Freundinnen zum Essen getroffen.«

Na klar, was sollte meine blöde Frage auch? Bevor ich Zeit zum Antworten hatte, überrumpelte sie mich mit der nächsten Frage. »Ihr wart ja eben ganz schön beschäftigt, als ich vorbeigelaufen bin, aber ich war einfach zu neugierig. Das ist er also?«

Gott, warum war es mir plötzlich peinlich, wie Nadine redete? Als würde ich ihr seit Tagen von ihm vorschwärmen und er würde nicht gerade direkt neben mir stehen.

»Äh ja, das ist Tayfun«, stellte ich ihn hastig vor.

»Ist ja echt nicht dein typisches Beuteschema.«

Sie ließ den Blick über seine dunklen Klamotten und den Bart wandern. Ihre Augen blieben schließlich an dem Tattoo hängen, das seinen Hals zierte. Ich konnte mir schon denken, was sie dachte. Aber noch viel schlimmer fand ich die Art und Weise, wie sie mit mir über Tayfun in seinem Beisein redete. Sie machte einen Schritt auf ihn zu, um ihn zu begrüßen. »Hallo, ich bin Nadine.«

»Hey«, nickte er Nadine zu, ohne Anstalten zu machen, sie zu umarmen oder ihr wenigstens die Hand zu geben.

Die gesamte Situation wurde soeben sehr unangenehm. Es entstand eine peinliche Stille zwischen uns. Nadine hatte wohl weniger mit so einer gleichgültigen Begrüßung gerechnet, doch Tayfun schien sich nicht wirklich für sie zu interessieren. Er kramte sich eine Zigarette aus der Hosentasche und zündete sie an. Das Ganze dauerte etwas länger als gewöhnlich, da seine Hände leicht zitterten. Obwohl es mir auffiel und ich es merkwürdig fand, sprach ich ihn vor Nadine nicht darauf an.

Stattdessen brach ich das Schweigen und fragte sie, was mir schon seit heute Morgen im Kopf herumschwirrte:

»Wusstest du, dass Annika mit ihrem Pferd jetzt auch auf meiner Koppel ist? Wir haben uns vorhin getroffen und sie hat mir erzählt, dass du ihr gesagt hättest, wir würden demnächst alle zusammen weggehen.«

»Oh ja«, warf sie zufrieden über den Themenwechsel ein und klatschte in die Hände. »Nächstes Wochenende wollen wir in eine Bar gehen. Nimm doch Tayfun mit. Wird bestimmt lustig.«

Einen Abend mit Nadines Freunden würde ich alles Mögliche nennen – aber nicht lustig. Trotzdem fand ich es gut, dass sie Tayfun richtig kennenlernen wollte. Vielleicht an einem Tag, an dem er etwas entspannter drauf war. Dann würden sie sich vielleicht zumindest ansatzweise verstehen.

»Wochenende muss ich immer arbeiten«, sagte Tayfun unbeeindruckt.

»Wir überlegen es uns«, überging ich seine Antwort und versuchte mich an einem Lächeln.

Das mit den beiden war ja schwieriger, als ich dachte.

»Okay. Wir sehen uns morgen?«, hakte Nadine nach.

»Bestimmt«, erwiderte ich und winkte ihr zum Abschied zu, bevor ich mich Tayfun widmete und ihn missbilligend anstarrte.

»Was?«, wollte er wissen und verschränkte die Arme. »Sag mir nicht, dir ist entgangen, wie sie mich gemustert hat. Und das ist deine Freundin, oder wie?«

»Ja.« Ich verdrehte die Augen. »Sie ist aber okay. Manchmal hat sie halt leider Vorurteile. Gib ihr eine Chance. Dann wird sie merken, dass du nicht übel bist.«

»Bin ich das?«

Er ließ mich stehen und lief die letzten Meter zum Restaurant, während ich mich fragte, warum er sich so komisch verhielt. Schlau wurde ich daraus nicht. Und während ich ihm halbherzig folgte, merkte ich, dass meine Euphorie auf den Abend irgendwie verflogen war.

»Ich bin gleich wieder da«, sagte Tayfun, nachdem wir unser Essen bestellt hatten und strich kurz mit seinem rauen Daumen über meine Hand.

Er war die letzten Minuten noch schweigsamer gewesen, als ich es von ihm kannte. Noch versuchte ich mir einzureden, es würde daran liegen, dass wir beide damit beschäftigt waren, die Karte zu studieren und Tapas auszuwählen.

»Ist alles okay bei dir?«, fragte ich vorsichtig nach, als er nach einigen Minuten wiederkam und irgendwie aufgekratzt aussah.

»Na klar.« Er grinste mich an, setzte sich und lehnte sich zufrieden zurück. »Mal sehen, ob das Restaurant hält, was du versprichst. Ich habe noch nie Tapas gegessen. Aber ich habe auf jeden Fall hohe Erwartungen.«

»Lass dich überraschen. Ich war hier mit Nadine schon so oft. Und nie wurde ich enttäuscht.«

»Der Kellner hat noch keine Getränke gebracht?«, warf er kurz ein, woraufhin ich den Kopf schüttelte.

»Okay, ich gehe mal eben kurz rüber und bestelle noch ein Wasser nach. Hab echt Durst«, erklärte er mir und wischte mit einer fahrigen Bewegung über seine Nase. »Bis gleich, Dalia.«

Bevor er aufstand, sah er mich mit einem intensiven Ausdruck im Gesicht an, der mich unwillkürlich auf meine Unterlippe beißen ließ.

Ich sah ihm beim Weggehen hinterher und lächelte. *Na siehst du. Du hast dir ganz umsonst Sorgen gemacht. Er hat Lust auf dieses Treffen. Und jetzt redet er fast schon ungewöhnlich viel. Was willst du mehr? Genieße doch einfach mal.*

Das würde ich jetzt auch tun. Tayfun war doch ein Mensch, der geradeheraus sagte, was er dachte. Hätte er ein Problem mit mir oder keine Lust auf mich, hätte er mir das sicherlich durch seine Aussagen und sein Verhalten gezeigt, ebenso wie er das bei den Polizisten oder bei Nadine getan hatte.

Tayfun kam zurück und nahm mir gegenüber Platz. Wenige Sekunden später brachte der Kellner uns die Getränke. Schon bevor ich mit meinem süßen Lambrusco-Wein mit ihm anstoßen konnte, hatte Tayfun sein Wasserglas geleert.

»Du hast vielleicht Durst«, kommentierte ich seine Aktion und konnte nicht ganz einschätzen, ob es mich gerade störte, dass er nichts auf diese Umgangsformen gab.

»Habe ich doch gesagt«, erwiderte er schulterzuckend.

»Was war denn jetzt vorhin eigentlich los?«, wollte ich wissen, ohne ihm das Gefühl zu geben, ich würde ihn kritisieren.

Schließlich war ich nicht auf der Suche nach Streit, aber so wie es vorhin gelaufen war, war es einfach nicht in Ordnung gewesen. Heute brachte mich irgendetwas an ihm dazu, meine Angriffshaltung einzunehmen. Auch wenn ich mir etwas anderes vornahm, kam sie immer wieder durch. Oder lag es am Ende einfach an mir? Schließlich fand ich Nadine heute auch komisch. Vielleicht war ich das Problem.

»Was meinst du?« Er zog seine Augenbrauen zusammen.

»Naja, ich fand es nicht so cool, dass du mich eine halbe Stunde hast warten lassen. Du hast dich nicht mal von dir aus gemeldet, um Bescheid zu geben, dass wir uns hier treffen. Ich will jetzt auch kein Fass aufmachen«, sagte ich zögerlich, plötzlich unsicher über mein eigenes Verhalten, »aber ich wollte es dir einfach mal sagen.«

»Dalia, ich hatte heute einfach viel zu tun. Interpretier da nichts rein. Glaub mir, ich kann es kaum abwarten, dich wieder unter mir zu spüren, aber ich habe vorhin eben die Zeit vergessen. Wen interessiert das schon? Ich bin jetzt da, also ist es doch unwichtig.«

Seine Hand legte sich unter dem Tisch auf meinen Oberschenkel, streichelte mich und verursachte zusammen mit seinen Worten gemischte Gefühle in mir, die ich noch nicht deuten konnte. Er zog mich immer noch an, aber irgendetwas an ihm hatte heute etwas Bedrohliches. Ja, auch sonst hatte er diese Seite an sich, aber nicht so, dass ich mich unwohl fühlte.

Im nächsten Moment lehnte er sich zurück, verschränkte die Arme hinter dem Kopf und der unangenehme Moment war verflogen.

»Wenn du das sagst.« Ich konzentrierte mich darauf, nicht weiter auf dieses Thema einzugehen und ließ es dabei bleiben. Doch Tayfun schien sich weiter erklären zu wollen.

»Mein Chef hat mich einfach so abgefuckt heute, weil er sich ständig aufspielen muss und denkt, er könnte mich herumschubsen, wie es ihm passt.«

»Okay, das sollte man sich natürlich nicht gefallen lassen«, wollte ich ihm zustimmen, da redete er bereits weiter.

»Der kann mich mal. Ich habe gekündigt. Kann er jemand Neuen finden, der das mitmacht.« Die Lässigkeit, mit der er das erzählte, schockierte mich ein bisschen. Inzwischen umspielte sogar ein zufriedenes Lächeln seine Lippen.

Ich versuchte, mir meine Zweifel nicht anmerken zu lassen. »Was wollte er denn von dir?«

»Ach, keine Ahnung. Wollte, dass ich wieder irgendwelche Aufgaben für ihn erledige, die nichts mit meinem Job zu tun haben und ich bin sicher nicht sein scheiß Kurier.« Verachtung lag in seinem Blick und er zog die Nase hoch.

»Kann ich verstehen, aber was machst du jetzt? Hast du schon was Neues im Blick?«, wollte ich wissen.

»Ich werde schon was finden. Kann ja nicht so schwer sein. Ich habe paar Kontakte zu anderen Clubs. Vielleicht frage ich da mal nach. Bis dahin habe ich eben frei.«

Er lachte tonlos auf. »Schau nicht so, wenn sich jemand Gedanken machen muss, dann ich. Mache ich aber nicht, also bleib locker.«

»Ja, aber du musst doch auch deine Wohnung zahlen und...« Der Kellner unterbrach unsere Unterhaltung, als er die kleinen Teller mit verschiedenen Tapas an unseren Tisch balancierte und sie vor uns abstellte. Der Geruch der Köstlichkeiten stieg mir in die Nase und ließ meinen Magen knurren.

Ich entschied mich, das Ganze erst mal auf sich beruhen zu lassen. Er würde schon wissen, was er tat.

»Lass es dir schmecken«, sagte ich stattdessen und beobachtete amüsiert, wie er sich über das Essen hermachte, bevor auch ich den ersten Bissen von meinem gegrillten Gemüse nahm.

»Das ist echt gut«, gab Tayfun kauend zu, während er ein Stück Brot abriss und es in die Soße seiner Fleischbällchen tunkte.

»Freut mich«, erwiderte ich tatsächlich glücklich. Wenigstens eine Sache, die heute nach dem ganzen Chaos nach Plan verlief.

»Trotzdem zeige ich dir nächstes Mal den besten Döner der Stadt. Da kommt nichts anderes ran. Kann ich dir versprechen.«

»Döner war nie so mein Ding«, gab ich zu.

»Der schon, glaub mir.«

»Okay, dann kannst du mich demnächst vom Gegenteil überzeugen«, meinte ich amüsiert.

»Mache ich mit Sicherheit. Im Überzeugen bin ich gut.« Er grinste zweideutig.

Nachdem wir unsere Portionen gegessen hatten, lehnte ich mich im Stuhl zurück und überlegte, ob ich mir noch ein

Dessert genehmigen sollte, als ich merkte, wie Tayfun schon in Aufbruchstimmung war.

»Willst du los?«, fragte ich leicht irritiert.

Seine dunklen Augen blickten mich an, aber ich erkannte anders als sonst nichts in ihnen. »Ich dachte, wir gehen vielleicht schon mal und du kommst mit zu mir?«

Skeptisch sah ich ihn an. »Warum hast du es denn so eilig? Ich wollte gerade noch ein bisschen hier sitzen und die spanische Musik genießen.«

»Mir ist nur so warm und ich bräuchte dringend mal eine Kippe. Ich muss hier einfach raus.«

»Na gut«, gab ich leicht enttäuscht nach. »Dann gehe ich schnell zahlen. Und bevor du etwas dagegen sagst: Ich gebe heute aus. Ich habe es schließlich auch ausgesucht.«

Mir war bewusst, dass das Restaurant nicht ganz billig war und gerade jetzt, wo ich erfahren hatte, dass er seinen Job losgeworden war, wollte ich Tayfun nicht unnötig in finanzielle Schwierigkeiten bringen. Doch er durchschaute mich.

»Was soll das? Ich zahle. Kannst ja nächstes Mal ausgeben, aber dieses Mal bin ich dran.« Die Härte in seinen Worten schüchterte mich ein, also gab ich klein bei.

»Danke«, sagte ich nochmal, als wir den Laden verließen. »Das wäre nicht nötig gewesen.«

»Ich weiß.« Er zuckte mit den Schultern, holte sein Zigarettenpäckchen hervor und zog eine heraus.

»Ich bin mir nicht so sicher, ob ich noch mit zu dir komme.« Warum war mir das jetzt herausgerutscht? Aber es stimmte. Heute war es anders zwischen uns gewesen und das nicht unbedingt im positiven Sinne.

Ich konnte selbst nicht sagen, ob es an ihm lag oder ich mir das nur einbildete und einfach selbst einen schlechten

Tag hatte. Aber ich wusste, wenn wir zu ihm gehen würde, würden wir vermutlich miteinander schlafen oder er erwartete es zumindest. Heute wollte ich ihm das nicht geben.

»Hab dich doch nicht so«, zog Tayfun mich auf.

Er machte einen Schritt auf mich zu, nahm mit der freien Hand meine und verschränkte unsere Finger. Seine Haut strahlte eine unglaubliche Hitze aus und ich fragte mich unwillkürlich, ob das normal war.

Quatsch, in erster Linie genoss ich die Berührung in vollen Zügen. Vielleicht auch besonders deswegen, weil er heute distanzierter gewirkt hatte und für mich jetzt zum ersten Mal ein Moment der Nähe entstanden war. Seine Lippen legten sich auf meine und erneut spürte ich die von ihm ausgehende Hitze und den leichten Schweißfilm auf seinem Gesicht. Doch seine Zunge, die meinen Mund eroberte, brachte mich dazu, alles zu vergessen und ließ keinen Zweifel daran, was er wollte.

»Wir könnten es auch einfach hier irgendwo tun«, murmelte er zwischen zwei Küssen und die Vorstellung machte mich irgendwie an.

Er löste sich von mir, um sich eine Zigarette anzuzünden. Während er den Rauch langsam durch Nase und Mund blies, sah er mich erwartungsvoll an. Und trotzdem – der Ausdruck in seinen Augen gefiel mir nicht.

Unmerklich schüttelte ich den Kopf und setzte mich in Bewegung. »Lass uns einfach spazieren gehen.«

Tayfun schritt neben mir her. »Du glaubst doch nicht, ich lasse so schnell locker. Ich weiß nicht, was du mit mir machst, aber ich weiß, was ich mit dir anstelle. Und ich glaube nicht, dass du mir widerstehen kannst.«

Er nahm einen weiteren Zug und das Ende der Kippe glühte verheißungsvoll in der Dunkelheit auf, bevor er fortfuhr.

»Normalerweise ist mir sowas scheiß egal. Aber ich glaube nicht, dass ich dir eine Wahl lassen kann, Dalia.«

In einem kurzen Moment kam wieder dieser bedrohliche Unterton in seiner Stimme hervor. Als würde mehr dahinter stecken. Auf der anderen Seite zog sich mein Magen bei dem Gedanken daran, was ich erleben könnte, verheißungsvoll zusammen.

Wir liefen durch die fast menschenleeren Straßen und ich achtete kaum auf die Menschen, die uns ab und an entgegenkamen, weil ich so sehr in Gedanken war. Ich suchte nach Worten, um das auszudrücken, was ich fühlte. Das, was mich heute schon die ganze Zeit beschäftigte.

Da rempelte mich plötzlich jemand an. Ein Erinnerungsfetzen glitt vor mein inneres Auge und lähmte mich kurzzeitig. Eine dunkle Gestalt, die an meiner Tasche zerrte und mir einen Schlag verpasste, doch ich schüttelte die schmerzhafte Erinnerung an die Vergangenheit mit aller Kraft ab. Ich war im Hier und Jetzt. Im Hier und Jetzt konnte ich mich immer wehren.

»Hey, was soll das?«, rief ich dem Typen leicht verärgert zu, der mich im Vorbeigehen angestoßen hatte.

Er wäre einfach so weitergelaufen, ohne sich zu entschuldigen, obwohl ich mich auf dem Gehweg definitiv nicht breitgemacht hatte. Es kam mir vor, als wäre es Absicht gewesen.

Nun verlangsamten sich seine Schritte und er drehte sich um. Auch Tayfun blieb stehen und musterte den Typen abschätzig, der eine kleine, aber gedrungene Gestalt hatte und uns mit einem angewiderten Gesichtsausdruck musterte.

»Dann pass halt auf, Schlampe«, spuckte er aus.

Perplex darüber, dass jemand Fremdes mich so erniedrigend behandelte, starrte ich ihn an und war gleichzeitig überrascht darüber, dass mich diese Worte so treffen konnten. Noch nie hatte mich jemand so genannt und ich wusste nicht, damit umzugehen. Blut stieg hoch in mein Gesicht und ich schluckte.

»Was hast du gesagt?«, ertönte auf einmal Tayfuns düstere Stimme neben mir und er machte ein paar Schritte auf den Typen zu. Deutlich nahm ich die gefährlichen Schwingungen wahr, die von ihm ausgingen und mir in diesem Moment wirklich Angst machten.

»Nichts, lauf weiter«, entgegnete der Typ und grinste provozierend.

Ich hatte keine Ahnung, wie das hier ausgehen sollte, aber gerade sah es nicht gut aus. Keiner der beiden hatte vor, einfach nachzugeben. Die Stimmung war deutlich gekippt. Mein Puls beschleunigte sich und versetzte mich in eine noch größere innere Aufregung und Unruhe.

»Tayfun, bitte. Lass uns einfach weitergehen«, bemühte ich mich um einen ruhigen Tonfall, aber meine Stimme klang leicht schrill.

Beschwichtigend fasste ich ihn am Ärmel und schrak fast davor zurück, wie angespannt er war. Im Hintergrund hörte ich den Typen fordern: »Komm doch her!«

»Lass mich los, Dalia«, erwiderte Tayfun daraufhin kalt, was mich einen Schritt zurückstolpern ließ.

Was war nur in ihn gefahren? Er blickte nochmal zurück und diesmal erkannte ich es deutlich in seinen Augen – pure Aggressivität. Da war mir klar, dass es zu spät war. Ich konnte es nicht mehr verhindern. Er hatte sich schon längst entschieden.

KAPITEL 8

- ENTHÜLLTE GEHEIMNISSE -

Alles ging viel zu schnell. Ich konnte nur erschrocken aufschreien, als Tayfun im nächsten Moment einen Satz nach vorne machte und dem Typen einen harten rechten Haken verpasste. Wie angewurzelt stand ich da und konnte nur mit hämmerndem Herzen dabei zusehen, wie eine weitere Faust in dessen Gesicht krachte. Ich wollte zu ihnen laufen, doch meine Beine gehorchten mir nicht mehr.

Tayfun war wie im Rausch. Entweder schien er nicht zu bemerken, dass Blut aus der Nase des Typen schoss und sein T-Shirt tränkte, oder es war ihm egal. Ihm schien es nicht mal etwas auszumachen, dass er selbst eine Faust kassierte.

Das war der Augenblick, in dem auch ich wieder zum Leben erwachte und nicht länger wie erstarrt dastand und tatenlos zusah. Blut rauschte in meinen Ohren und ich hörte mein eigenes Herz so laut, dass ich meine eigene Stimme nur gedämpft wahrnahm.

»Tayfun! Lass ihn in Ruhe. Hör auf! Hör sofort auf damit!«, schrie ich panisch und versuchte mich dazwischenzudrängen.

Versuchte irgendetwas auszurichten, indem ich an seinem Shirt zerrte, doch vergeblich. Gefangen in seinem Tunnelblick schlug Tayfun zwei weitere Male auf ihn ein. Ins Gesicht und in seine Magengrube, bis der Typ benommen in sich zusammensackte.

Seine Augen funkelten immer noch angriffslustig und ließen keinen Zweifel daran, dass er noch nicht genug hatte. Noch nie hatte ich mich vor ihm gefürchtet, aber gerade hatte ich eine scheiß Angst.

»Spinnst du? Drehst du jetzt völlig durch?«

Meine Stimme brach, während Tayfun schwer atmend für kurze Zeit innehielt und seine blutende Hand ausschüttelte. Ich drängte mich zwischen die beiden, schmiss mich auf die Knie und rüttelte an der Schulter des Typen, der inzwischen wieder zu sich gekommen war.

»Brauchst du einen Rettungswagen?«, rief ich aufgebracht.

Scheiße, egal wie er mich behandelt hatte, Tayfun konnte doch nicht wie ein Wildgewordener auf ihn einprügeln! Was wäre, wenn er ihn umgebracht hätte? Ich versuchte, meine Atmung etwas zu beruhigen, um nicht komplett durchzudrehen.

Doch der Typ grinste mich nur schmerzverzerrt an, während er sich langsam aufrichtete. »Ich scheiß auf deine Hilfe. Verpiss dich lieber, bevor die Bullen kommen.«

Er spuckte mir direkt vor die Füße. Eine Mischung aus Speichel und Blut. Hilflos und mit leicht zitterndem Körper stand ich auf. Die gesamte Situation überforderte mich. Ich wusste absolut nicht mehr, was ich denken oder tun sollte. Fassungslos drehte ich mich zu Tayfun um.

Der schien nur darauf gewartet zu haben, ob der Typ sich regte oder ob er ihn endgültig bewusstlos geschlagen hatte. Jetzt, wo er sah, dass er ihn zwar ziemlich zugerichtet, aber nicht krankenhausreif geschlagen hatte, wandte er sich ab und wollte davonlaufen. Hin- und hergerissen sah ich ihm nach.

»Worauf wartest du? Komm endlich«, herrschte er mich an.

Ohne weiter darüber nachzudenken folgte ich ihm. Es war das zweite Mal innerhalb von kurzer Zeit, dass ich vor der Polizei flüchtete. Nur diesmal fühlte es sich ganz und gar nicht gut an. Wer war Tayfun überhaupt? Ich hatte das Gefühl, ihn gar nicht mehr zu kennen.

Mein keuchender Atem vermischt mit dem kalten Schweiß, der auf meinem Körper ausgebrochen war, versetzten mich in einen elenden Zustand. Ich hätte heulen können. Vor Wut, vor Erschöpfung, vor Hilflosigkeit. Ich war es leid zu rennen und hatte genug von dem Ärger, in den Tayfun mich hineinzog.

Verbissen ignorierte ich die Gefühle in meinem Inneren und versuchte sie durch die Anstrengung zu betäuben. Nur noch wie durch einen Schleier bekam ich mit, wie wir irgendwann an dem Gebäudekomplex ankamen, in dem sich seine Wohnung befand.

Völlig außer Puste hielten wir erst an, als wir im Hausflur standen. Der Aufzug lag vor uns und mit ihm die Erinnerungen an unseren ersten Kuss. Ich schluckte, als sich Ernüchterung in mir breit machte. Vieles hatte sich nicht so herausgestellt, wie es auf den ersten Blick gewirkt hatte.

Aber was wollte ich eigentlich? Hatte ich nicht genau gewusst, worauf ich mich einließ, weil Tayfun genau die Dunkelheit ausstrahlte, die mich von Beginn an angezogen hatte? Ich wusste nichts mehr. Das alles hier war mir zu viel. Stumm trat ich auf den Aufzug zu. Während wir zu seiner Wohnung hinauffuhren, musste ich mit Resignation feststellen, dass ich wieder mit ihm mitgegangen war. Aber heute war es anders, oder?

Immer noch rang ich nach Luft, stützte mich an der Wand ab und versuchte mit dem Durcheinander in meinem Kopf klarzukommen. Ich wollte schließlich eine Erklärung. Ich wollte wissen, warum er so drauf war. Und dann würde ich entscheiden, ob ich endgültig gehen würde. Es war meine

Entscheidung. Und wenn ich ein schlechtes Gefühl hatte, dann stand es mir frei, zu gehen und nicht zurückzusehen. Das würde ich schon schaffen. Mir entging nicht, wie Tayfuns Blicke mich durchbohrten, aber er durchbrach die Stille zwischen uns nicht. Für mich war es ohnehin nicht still. Dafür waren meine Gedanken viel zu präsent.

In seiner Wohnung angekommen, schlüpften wir aus unseren Schuhen und Tayfun ließ sich auf die Kante seines Bettes fallen. Zum ersten Mal sah ich ihm richtig ins Gesicht, suchte nach einer Antwort und fand doch nur seinen rastlosen Blick, der umherwanderte.

Über seiner linken Augenbraue war getrocknetes Blut zu sehen. Ich konnte nicht mal sagen, ob es sein eigenes oder das des Typen war, den er zusammengeschlagen hatte. Aber noch viel auffälliger waren seine Hände, die er in den Schoß gelegt hatte. Sie zitterten unmerklich und die Fingerknöchel waren aufgeplatzt und blutverkrustet.

Frustriert atmete ich durch, sprang über meinen Schatten und lief zur Kühltruhe, um Kühlbeutel zu holen. Danach öffnete ich ein paar Schranktüren, suchte eine Schüssel, die ich mit warmem Wasser füllte und kehrte zusammen mit einem Tuch zu Tayfun zurück. Langsam ließ ich mich neben ihm nieder, nahm eine seiner Hände und tauchte wortlos das Tuch ins warme Wasser. Er ließ es geschehen und zuckte nicht mal zurück, als ich begann, die wunde Haut zu säubern.

Seine Hand war unglaublich warm und auch wenn ich wütend auf ihn war, sehnte ich mich nach seiner Zuneigung. Es machte mich wütend, dass ich es nicht kontrollieren konnte.

»Was soll dieser ganze Scheiß, Tayfun? Was zur Hölle ist los mit dir? Ich erkenne dich gar nicht wieder!«, brach es aus mir hervor.

Ärger schwang in meiner Stimme mit und ich zwang mich dazu, mich zusammenzureißen, damit meine aufkommenden Emotionen mich nicht übermannten.

Er zuckte nur mit den Schultern und ich biss mir so fest auf die Lippe, bis ich Blut schmeckte. »Sag doch bitte was. Meinst du nicht, du bist mir eine Erklärung schuldig? Du warst wie von Sinnen ... «

Nachdem ich auch die zweite Hand versorgt hatte, legte ich ein Kühlpack über die Fingerknöchel und rückte ein Stück von ihm ab, um nicht mehr so unter seinem Einfluss zu stehen. Abwartend sah ich ihn an. *Wenn er jetzt nicht redet, dann gehe ich*, nahm ich mir fest vor. Das war die einzige Lösung, wenn ...

»Ich hatte einen scheiß Tag. Einen richtigen scheiß Tag heute«, unterbrach er meine Gedanken. Seine Stimme klang rau und irgendwie gebrochen.

»Wegen deinem Chef? Aber das ist doch noch lange kein Grund ... «

»Nein, Dalia. Mein Chef ist mir egal. Wegen anderen Sachen, die du nicht verstehst«, fuhr er mich an.

»Dann erkläre es mir«, forderte ich leise. »Erkläre mir endlich, was los ist.«

»Du willst wissen, warum ich so drauf bin? Ich habe gekokst, okay?«

Mir stockte der Atem. Wie bitte?

»Und vorhin auf der Toilette im Restaurant habe ich nochmal eine Line gezogen. Reicht dir das?«, fragte er angriffslustig.

Mit jedem seiner Worte schnürte sich meine Kehle enger zu. Das war nicht sein Ernst, oder? Aber er sah nicht so aus, als hätte er Lust auf Späße und langsam ergab sein ganzes Verhalten Sinn. Das machte es jedoch nicht besser. Ganz und gar nicht.

Innerlich versuchte ich mich an irgendetwas festzuklammern, um nicht fortgespült zu werden. Fortgespült von der Lawine, die die Bedeutung seiner Worte in mir auslöste. Mich irgendwo zu verlieren.

»Koks? Echt jetzt?«, brachte ich hervor. »Gras finde ich schon grenzwertig, aber das hier ist nochmal eine ganz andere Hausnummer.«

Die Mischung aus Schock und Bestürzung durchflutete mich weiter und langsam drang die Wahrheit zu mir durch und legte sich schwer auf meine Schultern.

»Ich nehme das Zeug eigentlich nicht mehr«, fügte er tonlos hinzu.

Dieses kleine Wörtchen »mehr« fügte mir noch einen weiteren Stich zu, denn es bedeutete, dass es nicht das erste Mal, sondern in der Vergangenheit in gewissem Maße Gewohnheit gewesen war. Trotzdem überging ich das, auch wenn es mir schwerfiel. Es ging erst mal um das Hier und Jetzt.

»Warum heute? Du machst dich damit doch kaputt!«

»Du kannst das nicht verstehen«, verteidigte er sich und seine Worte klangen viel zu endgültig. Als wollte er nicht mal versuchen, es mir zu erklären. Ich fühlte mich machtlos. Machtlos und wütend.

»Ja, du hast Recht, ich verstehe es auch nicht! Ich verstehe nicht, wie man sich freiwillig so einen Schaden zufügen kann. Du siehst doch, was es aus dir macht. Früher oder später geht jeder daran zugrunde. Ich will definitiv kein Teil davon sein.« Meine Stimme wackelte gefährlich. Das hier war einfach zu viel für mich.

Doch Tayfun lachte nur verächtlich auf.

»Wir sind wohl einfach zu verschieden. Tut mir leid, dass ich nicht gut genug für dich bin. Du lebst eben irgendwo in deiner rosa Zuckerwattenwelt, aber mit dem wahren Leben hat das nicht wirklich viel zu tun.«

Das saß.

»Rosa Zuckerwattenwelt? Sag mal, spinnst du? Du hast doch keine Ahnung.« Ich unterdrückte meine aufkommenden Tränen.

Argwöhnisch musterte er mich, versuchte mich zu durchschauen, als wäre ich sein Feind.

»Was? Sag mir, dass ich nicht recht habe! Du hast alles hinterhergetragen bekommen. Du lebst bei deinen Eltern, brauchst dir nicht mal einen Job zu suchen und natürlich bekommst du von ihnen dein Studium bezahlt. Wenn das nicht verwöhnt ist, dann weiß ich auch nicht!«

Warum zur Hölle ging es plötzlich um mich? Warum hatte das Gespräch so eine Wendung genommen? Und warum fühlte ich mich plötzlich so verdammt angreifbar?

Weil er genau die Dinge aussprach, die mich seit den letzten Monaten quälten. Als würde er jeden Moment ausbrechen, bebte mein Körper schon vor lauter Gefühlsregungen, die ich stets unter die Oberfläche verbannt hatte, in der Hoffnung, sie würden einfach verschwinden.

»Du denkst, ich bin verwöhnt? Glaubst du wirklich, dass ich all das gewollt habe? Das beweist wirklich, dass du mich gar nicht kennst«, flüsterte ich den Tränen nahe.

Vielleicht hatte er recht damit, dass ich mal so gewesen war. Aber nicht mehr. Es war das letzte, was ich wollte.

»Ach ja? Dann klär mich auf. Wer bist du eigentlich, Dalia?«, fragte Tayfun unbeeindruckt von meiner zitternden Stimme.

»Alles, was ich will, ist, das alles endlich hinter mir zu lassen und neu anzufangen, weißt du? Ich will endlich unabhängig werden. Unbedingt. Ich will nicht vom Geld meiner Eltern leben. Aber die letzten Monate war das nicht möglich«, entgegnete ich.

Gerade öffnete ich mich ihm komplett, ohne es verhindern zu können. Ich hatte das Gefühl, mich rechtfertigen zu müssen, denn ich wollte nicht, dass er dachte, ich wäre so. So, wie er mich anscheinend sah.

Doch ich hatte nicht damit gerechnet, dass er mir mit seinem nächsten Kommentar so gnadenlos den Boden unter den Füßen wegziehen würde.

»Warum? Musstest du das Geld doch annehmen, weil deine Eltern so viel übrig hatten, dass sie sonst nicht wussten, wohin damit? Oder brauchtest du eine bezahlte Pause von deinem harten Studium? Ich meine, das sind doch die wirklich schlimmen Probleme, oder nicht?«

Voller Spott sah Tayfun mich an und traf mich damit mitten ins Herz. Seine bitteren Worte hinterließen ein klaffendes Loch in meinem Inneren, obwohl ich merkte, dass es seine Absicht war, mich zu treffen. Er wollte mich bewusst verletzen.

Das war das Koks, versuchte ich mir mit aller Macht einzureden. Sonst war er nicht so überheblich, nicht so provozierend, nicht so herablassend.

Aber es half nichts, ich konnte nicht mehr. All das war zu viel geworden. Es war der letzte Tropfen, der das Fass zum Überlaufen brachte. Ich verlor die Kontrolle, die ich so mühsam aufgebaut hatte.

»Nein, verdammt«, herrschte ich ihn an und Tränen traten in meine Augen, weil ich mich plötzlich so hilflos fühlte.

»Vor vier Monaten wurde ich auf dem Nachhauseweg ausgeraubt. Der Typ hat mir meine Tasche weggerissen und mir so eine geknallt, dass ich eine Treppe hinuntergefallen bin und mir den Arm gebrochen habe. Aber das war nicht alles. Wegen geschädigten Nerven konnte ich lange Zeit meine Finger nicht mehr bewegen und zusätzlich hatte ich Panikattacken, wegen denen ich kaum noch das Haus verlassen konnte. Zuhause bin ich fast durchgedreht, weil ich nicht wusste, ob ich jemals wieder gesund werde und mich jeder behandelt hat, als würde ich nichts mehr alleine schaffen. Aber du hast Recht, ich darf mich nicht beschweren. Schließlich bin ich viel zu privilegiert. Und privilegierte Menschen haben keine Probleme. Bist du jetzt zufrieden?«

Ich holte erst wieder zitternd Luft, als ich alles herausgelassen hatte. Während meines Monologes veränderte sich Tayfuns Gesichtsausdruck. Die belustigten Züge waren vollends verschwunden und machten einem fassungslosen Gesichtsausdruck breit.

Zum ersten Mal seit ich ihn kannte, wirkte er wirklich überrascht. Mein Geständnis schien ihm die Sprache verschlagen zu haben. Auch ich selbst hatte nicht damit gerechnet. Es war einfach aus mir herausgeplatzt.

Lange Zeit sah er mich schweigend an und sagte nichts. Doch seine Gesichtszüge verrieten trotzdem, was er dachte. In seinem Blick loderten Wut und Reue auf und nach gefühlt einer Ewigkeit brachte er hervor: »Scheiße. Es tut mir leid.«

Das waren die erlösenden Worte. Er verstand mich. Endlich. Ich nickte unmerklich und erneutes Schweigen entstand zwischen uns. Erst nach einer Weile erhob Tayfun wieder seine Stimme.

»Mir ist irgendwie schwindlig. Und ich muss dringend eine rauchen, um runterkommen.« Er stand etwas verwirrt auf und blickte nochmal zurück zu mir. Ebenso durcheinander saß ich auf dem Bett. Ich fühlte so viel und mich gleichzeitig so leer.

Als würde es ihn viel Selbstbeherrschung kosten, sagte er: »Ich will vernünftig mit dir darüber reden können, weißt du? Deswegen brauche ich das kurz. Bin gleich wieder zurück.«

Mit schweren Schritten schlurfte er zum Badezimmer, ließ mich zurück und schloss die Tür hinter sich. Unschlüssig stand auch ich auf, wusste nicht wohin mit mir und tappte wie ferngesteuert zu der Tür, die zum kleinen Balkon führte.

Draußen wehte eine leichte Brise, die sich angenehm wohltuend auf meiner Haut anfühlte. Gedankenverloren holte ich mein Handy hervor und machte leise Musik an, um mich in ihr verlieren zu können. Ich lehnte mich auf das Balkongeländer, sog die frische Luft ein und sah über die Dächer der Stadt hinweg. Eine leichte Gänsehaut breitete sich auf meinen Armen aus. Von hier oben hörte man nur gedämpft die Geräusche der wenigen Autos, die noch auf den Straßen unterwegs waren. Ich ließ all das auf mich wirken und merkte, wie ich mich mit jeder Minute etwas leichter fühlte.

Die ersten Töne einer Akustik-Version von *Shots* von *Imagine Dragons* spielten an, als ich Tayfuns Anwesenheit neben mir spürte. Er war mit einer Zigarette zwischen den Lippen zu mir ans Geländer getreten und atmete tief durch, bevor ich ihn sagen hörte: »Ich wusste das nicht.«

Langsam drehte ich meinen Kopf zu ihm und sah, wie seine Hand, die die Zigarette hielt, immer noch leicht zitterte.

»Was ich gesagt habe, war unfair. Tut mir leid.«

Beschwichtigend nickte ich.

»Ich habe mich dir gegenüber wie ein Idiot verhalten«, fuhr er fort und ich merkte, dass es ihm schwerfiel. »Keine Ahnung, ob ich das alles auf die Drogen schieben kann. Aber ich weiß selbst, dass Koksen scheiße ist. Deswegen bin ich davon weggekommen. Ich werde es nicht mehr tun.«

Es tat gut zu hören, dass er seinen Fehler einsah und Einsicht zeigen konnte. Ich wusste, es war der einzige Grund, der mich darüber hinwegsehen ließ. Der mich bei ihm bleiben ließ.

»Mach so einen Scheiß nicht nochmal, okay?«, sagte ich leise.

»Ich hasse es, wenn jemand mir vorschreiben will, was ich zu tun habe. Aber ja, du hast recht.«

Er rückte ein Stück näher an mich. »Erzähl mir, was genau passiert ist vor vier Monaten. Wenn du willst.«

Eine Weile schwieg ich und überlegte. Würde es alte Wunden aufreißen? Vermutlich nicht. Vielleicht war es einfach gut, wenn er über alles Bescheid wusste. Jetzt war die Gelegenheit dazu. Entschlossen starrte ich auf die Lichter, die verschwommen in der Dunkelheit vor mir lagen.

»Ich werde dir einmal davon erzählen, aber dann reden wir bitte nie wieder darüber.«

»Okay.«

Daraufhin räusperte ich mich, um den Kloß in meinem Hals loszuwerden und begann zu reden.

KAPITEL 9

- ECHT -

Als ich an diesem Morgen aufwachte und von einem leicht süßlichen Geruch von Minze und Zimt umhüllt wurde, verbot ich mir die Augen zu öffnen. Ich spürte Tayfuns warme Haut an meiner, seinen gleichmäßigen Atem neben mir und das wohlige Gefühl von Geborgenheit und Wärme. Für einen Moment wollte ich einfach nur daliegen und genau diese einfachen Eindrücke in mir aufnehmen. Mich dem Traum von einer Flucht in die Leichtigkeit hingeben.

Denn die Realität sah anders aus. Tayfun sorgte zwar die meiste Zeit dafür, dass ich mich etwas leichter fühlte und ließ mich die Erwartungen anderer vergessen, doch selbst er hatte seine dunklen Schattenseiten. Seiten, die ihn verfolgten und mit denen er fertig werden musste. Gestern Abend hatte ich unerwartet Einblicke davon bekommen, welche Auswirkungen sie haben konnten und es hatte mich wirklich erschüttert.

Er war längst nicht bereit, mit mir darüber zu reden. Vermutlich nicht mal mit irgendjemandem. Das musste ich akzeptieren. Es hätte mich wohl lange wachgehalten, wäre ich nach der ganzen Aufregung, dem Streit und der Kraft, die es mich gekostet hatte, über meinen eigenen Vorfall zu reden, nicht erschöpft neben Tayfun eingeschlafen.

Seine Aggressionen und der Drogenmissbrauch machten mir Sorgen, egal ob sich das eine durch das andere bedingte oder nicht und irgendetwas an dem bedrohlichen Ausdruck in seinen Augen fiel mir schwer zu vergessen. Genauso, wie geübt das Zusammenspiel seiner Fäuste und Schlagkombinationen gewirkt hatte.

In meinen Therapiestunden hatte ich gelernt, dass je mehr man über eine Sache nachdachte und in Grübeleien über etwas, das man nicht ändern konnte, verfiel, desto mehr Raum gab man diesen negativen Gedanken, sich zu entfalten. Desto präsenter und schwerer wurde es mit jedem Tag, sie loszulassen.

Ich hatte Tayfun sein gestriges Verhalten verziehen. Er hatte sich ehrlich entschuldigt und versprochen, dass es nicht nochmal vorkommen würde.

Daher nahm ich mir vor, weniger darüber nachzudenken, was diese dunklen Seiten an ihm bedeuteten, was ihn herumtrieb oder was er erlebt hatte, sondern mich mehr auf die Gegenwart zu konzentrieren.

Auf die Kleinigkeiten, die meine Sinne wahrnahmen. Wie die Sonnenstrahlen, die zwischen den Spalten des leicht geschlossenen Rollladens durchstrahlten und meine Haare in einem goldenen Honigblond schimmern ließen. Der inzwischen fast schon vertraute Duft von Tayfun, der mein Inneres trotzdem jedes Mal in eine verrückte Aufregung versetzte. Und die feinen, geschwungenen schwarzen Linien, die die Tinte auf seiner Haut hinterlassen hatte.

All das führte trotz aller gestrigen Umstände dazu, mir ein zufriedenes Lächeln ins Gesicht zu zaubern und den Moment zu genießen.

Zaghaft schlüpfte ich nach einer Weile unter Tayfuns Arm hindurch und stand leise auf. Nicht, weil ich wieder vorhatte, Hals über Kopf abzuhauen. Die positiven Gefühle, die seine Anwesenheit in mir auslösten, machten mir keine Angst mehr. Diesmal war es einfach nur mein Magen, der mit einem lauten Knurren seinen Hunger zum Ausdruck brachte und mich zum Aufstehen zwang. Entweder, um mir etwas zu Essen zu suchen oder Tayfun zumindest nicht durch das laute Geräusch meines Bauches zu wecken.

Mit nackten Füßen tappte ich zur offenen Küche und kuschelte mich dabei in das frische dunkelrote T-Shirt, das er mir zum Schlafen gegeben hatte. Ich hatte gar nicht gewusst, dass er solche Farben überhaupt besaß. Es reichte mir bis knapp über den Hintern und verdeckte gerade so den pinken Slip aus Spitze, den ich trug. Doch ich fror nicht, denn die Küche wurde angenehm durch das Sonnenlicht geflutet.

Zögerlich öffnete ich den Kühlschrank und warf einen Blick hinein. Die Auswahl war eher spärlich und ich musste grinsen, als ich neben einigen Grundnahrungsmitteln mehrere Packungen Magerquark, jedoch keinerlei Gemüse ausmachen konnte. Mit Magerquark allein konnte man nicht unbedingt ein leckeres Frühstück zaubern, aber mir fiel etwas anderes ein. Ich holte Milch und Eier heraus und suchte in einem der anderen Schränke nach Mehl.

Nachdem ich fündig wurde, stellte ich die einzige Pfanne, die ich ausmachen konnte, auf den Herd, mixte die Zutaten für Pancakes zusammen und begann mit dem Ausbacken. Das Zischen des Teiges, den ich in die Pfanne goss, war so laut, dass ich jedes Mal befürchtete, Tayfun zu wecken, doch er drehte sich nur einmal zur anderen Seite und schlief dann weiter.

Langsam entstand ein Stapel Pancakes auf dem Teller neben mir und ich konnte dank dem Duft, den er verbreitete, es kaum erwarten, davon zu essen. Hoffentlich besaß Tayfun eine Schokocreme oder zumindest Ahornsirup für das Topping. Ich wusste nicht mal, ob er überhaupt Pancakes mochte. Auf der anderen Seite – wer mochte keine? Trotzdem musste ich mir eingestehen, dass ich immer noch erstaunlich wenig über ihn wusste. Das musste ich unbedingt ändern, selbst wenn ich den Eindruck hatte, es war ihm so lieber.

»Was machst du?«

Erschrocken fuhr ich herum und sah, dass Tayfun sich gerade im Bett aufrichtete. Er beobachtete mich mit dunklem Blick.

»Frühstück?«, antwortete ich, doch es klang eher wie eine Frage, also fügte ich noch hinzu: »Ich dachte mir, du hast vielleicht genauso viel Hunger wie ich.«

»Was für ein Service.« Leicht verschlafen kratzte er sich am Bart und rief damit ein Lächeln bei mir hervor, das ich zu unterdrücken versuchte.

Stattdessen fragte ich: »Hast du irgendetwas an Obst da?«

»Kühlfach.« Er machte eine Kopfbewegung dorthin und stand langsam auf. »Ich gehe kurz ins Bad. Die Pancakes sehen übrigens lecker aus. Aber nichts im Vergleich zu dir. Du in diesem Aufzug – das ist extrem heiß.«

Mein Herz setzte einen Schlag aus und als er den Raum verließ, erlaubte ich mir endlich, so breit zu lächeln, wie ich es in diesem Moment eigentlich empfand. Er schaffte es wie niemand anderes, dass ich mich begehrenswert fühlte.

»Sehr gut, wirklich.«

Wir saßen am viel zu kleinen Esstisch und verdrückten einen Pancake nach dem anderen. Der warme, fluffige

Teig in Kombination mit Zimtzucker und Beeren war einfach herrlich.

Tayfun sah mich anerkennend an und im Tageslicht fiel mir wieder umso mehr auf, was für geschwungene, dichte Wimpern seine glänzenden Augen umrahmten. Ich wollte zu gerne hier bei ihm bleiben und nicht zurück zu meinen Eltern müssen. Aber ich wollte mich keinesfalls aufdrängen.

Nach unserem Gespräch und meiner Geschichte von gestern Abend hatte ich das Gefühl, wir waren uns näher als vorher. Trotzdem war ich mir unsicher, ob er den Vormittag mit mir verbringen wollte.

»Was hast du heute noch vor?« Ich versuchte, meine Frage beiläufig klingen zu lassen.

»Weiß ich noch nicht.« Tayfun zuckte mit den Schultern, bevor er sich seine letzte Portion Pancakes in den Mund schob.

Wow. Jetzt war ich so viel schlauer als vorher.

»Warum? Musst du irgendwo hin?«, hakte er nach.

Etwas zu heftig schüttelte ich den Kopf. »Einfach nur so.«

Da erhellte sich sein Gesicht und er grinste, bevor er feststellte: »Achso, andersherum. Du willst nicht heim.«

Ertappt blickte ich zu Boden. Er hatte recht, aber es war mir trotzdem unangenehm zuzugeben. Außerdem war es nicht nur die Tatsache, dass ich nicht zurück zu meinen Eltern wollte. Vor allem wollte ich einfach bei ihm sein.

Tayfun stand langsam auf, machte einen Schritt auf mich zu und beugte sich zu meinem Ohr hinunter.

»Du brauchst dich dafür nicht zu schämen. Ich habe sowieso andere Pläne mit dir.«

Allein beim Klang seiner raunenden Stimme vollführte mein Inneres einen Salto und mir wurde ganz anders. Was er sagte, hörte sich vielversprechend und aufregend an. Seit der Nacht im Odonien träumte ich davon, wie es wäre, wenn er mich wieder so hart anfassen würde und sich das nahm, was er wollte. Vorher hatte ich nicht gewusst, dass ich so auf Dominanz stand, aber vielleicht stand ich auch nur bei ihm darauf. Schließlich war es zum Teil das, was ihn ausmachte und mich an ihm faszinierte.

Tayfun lief hinüber zu seinem Bett und schaltete auf dem Weg dorthin seine kleine Musikanlage an. Ich atmete aus und merkte erst jetzt, dass ich bis eben die Luft angehalten hatte. Die Spannung in mir ließ jedoch nicht nach.

Unsicher folgte ich ihm und setzte mich mit etwas Abstand neben ihm auf das Bett. Ich wollte ihm weder zeigen, wie aufgeregt ich war, noch wie gerne ich mit ihm schlafen würde. Vermutlich wusste er all das sowieso schon. Zu leicht wollte ich es ihm trotzdem nicht machen.

»Wie läuft es mit dem Sprayen? Nochmal was gemacht?«, fragte ich ihn, um mich abzulenken.

Falls Tayfun verwirrt von meinem Themenwechsel war, ließ er es sich nicht anmerken.

»Na klar«, antwortete er direkt. »Ich mache das relativ oft.«

»Und du hast mich nicht mitgenommen?« Gespielt entrüstet sah ich ihn an. »Bin ich dir letztes Mal doch zu langsam gelaufen?«

Er blickte zu mir und entgegnete: »Ich bringe dich doch schon genug in Schwierigkeiten.«

Sah ich gerade eine Spur Traurigkeit in seinen Augen? Ich blinzelte und der Ausdruck war verschwunden, also sagte ich zögerlich: »Vielleicht hätte ich nichts dagegen.«

»Sag das nochmal.« Seine Mundwinkel verzogen sich zu einem Grinsen und er sah mich dabei unentwegt an.

Ich verdrehte die Augen.

»Damit meine ich jetzt nicht noch eine Prügelei oder Polizeikontrolle. Echt nicht. Aber das Sprayen fand ich cool.

Zumindest hat es Spaß gemacht, dir dabei zuzuschauen.«

»Nächstes Mal bist du wieder dabei«, erwiderte er etwas leiser und legte mir seine Hand in den Nacken, ohne mich zu sich heranzuziehen. »Übrigens, jetzt, wo ich den Job im Club nicht mehr habe, werde ich auf die Party von Dimitri gehen. Meine Leute mal wiedersehen. Komm doch auch mit. Wenn das was für dich ist.«

Ein Lächeln breitete sich auf meinem Gesicht aus. Aus irgendeinem Grund hätte ich nicht gedacht, dass er mich fragen würde, ob ich ihn zu dieser Party begleitete. Umso mehr bedeutete es mir, dass er es getan hatte. Ja, es war nur eine dumme Party und wahrscheinlich sollte ich keine große Sache daraus machen, aber ich war total gespannt, mehr von seiner Welt und seinen ehemaligen Freunden kennenzulernen. Vielleicht würde sich dann auch die Chance bieten, zufällig mehr über ihn und seine Vergangenheit zu erfahren.

»Klar«, antwortete ich also. »Warum sollte das nichts für mich sein?«

»Ist halt eine etwas andere Welt, als du sie kennst. Wenn du damit kein Problem hast, okay«, kam die ausweichende Antwort von Tayfun.

Ich wollte nicht weiter nachhaken, aber sagte ihm für die Party trotzdem zu. Wir würden gemeinsam Zeit verbringen können und schließlich war ich auch viel zu neugierig, wie es dort sein würde.

Während wir weiterredeten, spürte ich seine Hand, die zunächst zufällig meine Hüfte entlangstrich und sich dann immer zielgerichteter in Richtung meines Slips bewegte. Immer noch trug ich nicht mehr als meine Unterwäsche und das T-Shirt, was ihm jetzt natürlich gelegen kam. Doch wie schon erwähnt, wollte ich ihn heute etwas herausfordern.

Also pokerte ich ganz hoch, sprang mit einem »Oh nein« hastig auf und erwiderte auf seinen fragenden Blick hin aufgebracht: »Ich habe ganz vergessen, dass ich gleich noch einen Termin habe! Ich muss los!«

Schnell griff ich nach meinen Klamotten, die über dem Stuhl hingen. Dabei beobachtete ich aus dem Augenwinkel, wie seine Augen mir folgten.

Gerade war ich im Begriff, ins Bad zu verschwinden, als er sich urplötzlich erhob und mit schnellen Schritten bei mir war. Obwohl ich genau auf diese Reaktion gesetzt hatte, erschrak ich kurzzeitig und mein Herz geriet ins Stolpern. Im nächsten Moment hatte er mich schon um die Oberschenkel gepackt und mich über seine Schulter geworfen.

»Du willst spielen, Dalia? Das passiert, wenn du mich herausforderst«, sagte er spielerisch drohend, verfrachtete mich zum Bett und warf mich zurück auf die federnde Matratze.

Mir entfuhr vor Schreck ein kurzer Schrei. Doch schon im nächsten Moment war Tayfun über mir, senkte seine Lippen auf meinen Hals und zerrte an seinem T-Shirt, das ich noch trug. Als er schaffte, es zwischen seinen Küssen über meinen Kopf zu ziehen, zog er seines ebenfalls aus.

Kurz hielt ich inne, wollte mit klopfendem Herzen so gut es ging seinen muskulösen Oberkörper mit den vielen Tattoos betrachten, doch er ließ mir kaum Zeit dazu. Geschickt öffnete er meinen BH und küsste von meiner Brust aus eine Linie in Richtung Bauch, was mir ein Seufzen entlockte. Seine weichen Lippen kitzelten meine empfindliche Haut über dem Slip und als ich mich unter den elektrischen Stößen wand, die seine Küsse durch meinen Körper schickten, packte er mit seinen rauen Händen meine Hüfte und hielt sie fest in seinem Griff.

Mit einer raschen Bewegung zog er mir nun auch den Slip über die Beine, drang mit zwei Fingern in mich ein und genoss es, wie ich zu keuchen anfing.

»Das gefällt dir, oder?«, flüsterte er mir so nah ins Ohr, dass seine Bartstoppeln mich kitzelten und zusammen mit seiner dunklen Stimme dazu führten, dass ich erschauderte.

Atemlos nickte ich, während er mein Gesicht betrachtete und wie ich auf die Bewegungen seiner Finger in meinem Inneren reagierte. Das hier war so viel besser als in meiner Vorstellung. Ich schloss die Augen und ließ mich vollkommen von dem lustvollen Gefühl vereinnahmen, dass sich in mir aufbaute.

Plötzlich unterbrach er die Verbindung zwischen uns, entledigte sich seiner Hose und den Boxershorts und öffnete meine Beine, um sich in mich zu schieben.

»Warte«, warf ich ein und hielt mich an seinem Arm fest, auch wenn es mich gerade viel Überwindung kostete, nicht einfach weiterzumachen.

Augenblicklich hielt er inne, sah mich fragend an und zeigte mir damit umso mehr, dass ich ihm vertrauen konnte.

»Bitte mit Kondom«, sagte ich leise.

»Du hast recht«, stimmte Tayfun mir zu, öffnete die Nachtschrankschublade neben uns, holte eines heraus und rollte es sich über.

Als er wieder über mir war, beugte er sich zu mir hinunter und küsste mich vereinnahmend und heftig. Er teilte meine Lippen, knabberte daran und unsere heißen Zungen berührten sich. Zusätzlich zu der Leidenschaft und Lust, die ich empfand, kam ein neues, nicht weniger starkes Gefühl hinzu – intensive Zuneigung. Sie ergriff mich und ließ mich so viel Bedeutung in den nächsten Kuss hineinlegen, dass es Tayfun aufstöhnen ließ.

Dabei glitt er mit einer Hand in meine Haare nahe der Kopfhaut, umschloss sie mit seinen Fingern und hielt sich daran fest, während er sich endlich in mich schob. Endlich zu bekommen, wonach ich mich sehnte, ließ mich ebenfalls aufstöhnen – seine heiße Haut auf meiner, der feste Griff in meinen Haaren, der mir eine prickelnde Gänsehaut bereitete und nicht zuletzt das glühende, befriedigende Gefühl der Reibung in mir.

Infinity von *Niykee Heaton* spielte leise im Hintergrund und verstärkte mit dem Rhythmus und Gesang die heiße Atmosphäre noch weiter. Es fühlte sich an, als würde ich unter Tayfuns Blicken verbrennen. Seine glänzenden, feurigen Augen hielten meine gefangen und ließen eine Verbindung entstehen, die ich tief im Herzen spürte.

Bei jedem Stoß flatterten meine Augenlider und ich ließ ein leises Keuchen entweichen. Es war ein langsamerer Rhythmus als beim letzten Mal, dafür aber noch intensiver. Unsere Körper verschmolzen zu einer Einheit, einem perfekten Zusammenspiel aus Leidenschaft, Verlangen und Sinnlichkeit.

Langsam spürte ich eine Veränderung. Tayfun wurde etwas wilder, ungezügelter und trieb damit auch mich weiter an. Er biss mir leicht in die Schulter und vergrub kurz seinen Kopf in meiner Halsbeuge, bevor er sich wieder aufrichtete. Der kurze Schmerz schickte nur eine weitere Lustwelle über mich und mit leicht gesenkten Augenlidern spürte ich, wie seine Hand hoch zu meinem Hals wanderte und sich seine Finger langsam darum legten. Was hatte er vor?

Mein plötzlich schneller klopfendes Herz, der rasende Puls und die Aufregung, die in mir entstand, verrieten mich.

»Shhh ... « Tayfun beruhigte mich, streichelte mit den Fingern über die zarte Haut an meinem Hals, unter der es pulsierte und ich entspannte mich.

Im nächsten Moment umschlossen die Finger fest meine Kehle, er übte den Druck gerade so fest aus, dass es nicht wehtat, aber mir die Luft wegblieb. Ich sollte Angst bekommen und vielleicht hatte ich auch einen Funken davon, aber komischerweise fühlte es sich gut an. So von Tayfun dominiert zu werden, dass er mich wortwörtlich in seiner Hand hatte, die Macht über mich besaß und ich ihm völlig ausgeliefert war, erregte mich sogar.

Meine flache, aber keuchende Atmung schien auch ihn total anzumachen. Immer schneller und härter drang er in mich, beobachtete dabei jede meiner Reaktionen und stöhnte heiser, während er mich immer weiter würgte. Ich spürte, wie sich der Druck in ihm aufbaute, merkte das Feuer auch in mir aufsteigen, während er noch ein paar Mal hart zustieß und dann mit einem Knurren kam. Doch anstatt aufzuhören, verstärkte er den Druck um meine Kehle weiter. Die nochmals verringerte Luftzufuhr stimulierte mich und ließ mich japsen, versetzte mich in eine Art Rauschzustand, in dem alles andere unwirklich erschien.

All meine Empfindungen intensivierten sich. Seine Stöße, der harte Griff um meinen Hals und die vereinnahmenden Küsse, die mir nun noch mehr die Luft raubten. Blut rauschte in meinen Ohren und mit einem Mal kam auch ich zum Orgasmus. Etwas in mir schien zu explodieren, vor meinen Augen entstand ein buntes Flimmern und ein Kribbeln schoss vom Kopf bis in meine Fingerspitzen. So stark hatte ich noch nie empfunden.

Tayfuns Hand löste sich langsam. Sanft strich er über meinen Hals und zog sich aus mir zurück.

»Scheiße, war das gut. Du bist der Wahnsinn.«

»Ich ... kann noch gar nicht denken«, brachte ich durcheinander hervor.

Er strich mir eine Haarsträhne aus dem Gesicht.

»Brauchst du nicht. Genieße es. Ich bin gleich wieder zurück.«

Ich drehte meinen Kopf etwas, um ihm nachzusehen, als er ins Bad lief und bewunderte seinen gebräunten, bemuskelten Rücken und die Tattoos auf seiner Haut oberhalb der Schulterblätter.

Tayfun liebte die Jagd. Ihm gefiel es zu wissen, dass er die Oberhand hatte. Dafür liebte ich seine raue Echtheit, die unvorhersehbar war und mich jedes Mal neu herausforderte.

Immer noch spürte ich jede einzelne Faser meines Körpers überdeutlich, als ich nach dem T-Shirt neben mir griff, es mir wieder überzog und in meine Unterwäsche schlüpfte. Einige Minuten später kam auch Tayfun frisch geduscht aus dem Bad zurück, in Jogginghose und T-Shirt. Seine Haare glänzten noch feucht und er fuhr mehrmals über sie.

Als er sich zurück zu mir aufs Bett legte, hüllte mich sein männlicher Duft ein. Auch wenn er den Arm nicht um mich legte, spürte ich seine Nähe und unsere Haut berührte sich. Mehr brauchte ich momentan nicht. Ich war froh, bei ihm zu sein. Eine Weile lagen wir einfach nur da, ohne etwas zu sagen und genossen den Moment, bis Tayfun mich plötzlich ansah.

»Wusstest du, dass Dalia auch im Türkischen eine Bedeutung hat?«

Ich schüttelte den Kopf. Ehrlich gesagt hatte ich noch nie darüber nachgedacht, für was mein Name stehen könnte oder aus welchem Land er überhaupt kam.

»Dalya bedeutet übersetzt Dahlie«, erklärte er.

»Eine Blume, oder?«, überlegte ich. »Wie sieht sie aus?«

Er lachte leise. »Sollte ich mir Gedanken machen, warum ich das weiß, du aber nicht? Dahlien sind auffällig. Schön. Passt also zu dir.«

»Du kannst ja auch charmant sein«, erwiderte ich belustigt, um nicht zugeben zu müssen, dass in mir ein warmes Gefühl entstanden war.

»Ja, was ist nur los mit mir?« Er kratzte sich im Nacken und mein Blick fiel auf seine geschundenen Knöchel. Heute im Tageslicht fiel es umso mehr auf.

»Das sieht ziemlich übel aus«, bemerkte ich und machte eine Kopfbewegung zu seiner Hand hin.

»Halb so schlimm. Verheilt ja wieder«, sagte Tayfun nur.

»Beim Bewegen tut es auch nicht weh?«, hakte ich eine Spur zu besorgt nach.

»Kam es vorhin, als ich dich angefasst habe, so rüber, als hätte ich Schmerzen?«, stellte er mir die Gegenfrage.

»Nein«, antwortete ich und errötete beim Gedanken an unseren Sex beinahe. »Ganz und gar nicht.«

»Also ... mach dir keine Sorgen.« Er fuhr mit zwei Fingern leicht über meine Wange.

Ich sah ihn an und meine Augen fielen erneut auf sein Tattoo links am Hals.

»Kann ich dich mal was fragen?«, fragte ich vorsichtig.

Auffordernd sah er mich an.

»Was bedeutet das Tattoo?«

»Du bist ganz schön neugierig, oder?«, fragte er und zog einen Mundwinkel leicht nach oben.

»Ich frage mich das eben jedes Mal, wenn ich es sehe«, erklärte ich mich.

Bevor er mir eine Antwort gab, musterte er mich mit einem intensiven Blick. »Das ist das arabische Schriftzeichen für Veränderung«, meinte er schließlich.

Ich studierte das Zeichen aus Bögen, Kurven und Punkten, als könnte ich so die Bedeutung dahinter erfassen, die es für Tayfun hatte.

»Wann hast du es machen lassen?«, erkundigte ich mich weiter. Falls er nicht mehr darüber reden wollte, würde er mich das sicher spüren lassen.

Doch zu meiner Verwunderung erzählte er weiter.

»Als ich mit siebzehn von zuhause weg bin. Es war die Erinnerung an mich, dass sich Dinge ändern können und sich alles irgendwann ändern wird. Hoffentlich zum Besseren hin.«

»Und hat es das?«

Er schwieg und für einen Augenblick dachte ich, dass ich zu weit gegangen war. Doch auch wenn er abwesend wirkte, gab er mir eine Antwort.

»Auf jeden Fall. Es gibt nur immer wieder Dinge, die einen einholen.«

»So wie gestern?« Ich wusste, ich bewegte mich auf dünnem Eis und es konnte sein, dass er jeden Moment abblockte. Aber ich brannte darauf, mehr über ihn zu erfahren. Etwas Licht in die Dunkelheit zu bringen, die ihn umgab. Denn ich war mir sicher, dort gab es sehr viel Dunkelheit.

»Ja.«

Ich holte Luft, wollte zu einer weiteren Frage ansetzen, doch Tayfun redete weiter, vermutlich um mich von dem Thema wegzulenken. »Es war aber nicht mein erstes Tattoo. Tattoos haben mich schon immer fasziniert.«

»Das heißt, du willst noch mehr?«, fragte ich interessiert.

Zwar besaß er schon einige, aber sie standen ihm auch unglaublich gut.

»Ich will vor allem gerne selbst tätowieren«, gab er zu meiner Überraschung zu.

»Wirklich? Das ist ja cool«, sagte ich anerkennend. »Würde zu dir passen. Hast du das schon mal gemacht?«

»Na klar.« Er grinste. »Schon öfters.«

»Auch dich selbst?« Inzwischen hatte ich mich daran gewöhnt, dass er nicht viel von sich aus preisgab und ich umso mehr nachfragen musste. So blieb er aber auf gewisse Weise weiterhin geheimnisvoll.

Er winkelte sein Bein an und krempelte die Jogginghose an seinem Knöchel etwas hoch. Zum Vorschein kam ein kleines geschwungenes Tattoo mit feinen, verbundenen Bögen und einer kleinen Spirale.

»Ich hätte gar nicht erkannt, dass das selbst gestochen ist«, gestand ich.

»Wenn du genau hinschaust, erkennst du, dass die Linien leicht verschwommen sind. Dadurch sieht man aber wenigstens nicht, dass sie nicht komplett gerade sind.«

Tayfun fuhr mit seinem Finger das Tattoo entlang und zeigte mir, was er meinte. Man merkte, wenn er für etwas brannte. Nur dann wurde er redseliger. Es war schön, seiner rauen Stimme zuzuhören.

»Was stellt es dar?«

»Soll ein keltisches Zeichen für Stärke sein. Ist aber auch schon viele Jahre her, dass ich das gestochen habe«, sagte er schulterzuckend. »Inzwischen habe ich es besser drauf.«

»Das heißt, wenn ich mich dafür entscheide, ein Tattoo zu wollen, kann ich damit einfach zu dir kommen?«

Der Gedanke gefiel mir. Er hatte etwas Aufregendes. Vielleicht ein bisschen zu verrückt für mich.

»Ich hätte schon ein Tattoo für dich.« Tayfun sah mich herausfordernd an.

Ich lachte auf. »Das ist alles schon geplant?«

»Klar«, entgegnete er und ich überlegte kurz, ob er es ernst meinte, bis er hinzufügte: »Habe vorhin nur kurz drüber nachgedacht.«

»Was für eins?«, wollte ich wissen.

»Geheimnis«, sagte er beiläufig und grinste. »Sag Bescheid, falls du willst.«

Tattoos waren eigentlich nichts für mich. Es war wie mit allen Sachen, die mich früher immer abgeschreckt hatten. Ich hatte Angst, sie im Nachhinein zu bereuen.

»Ich glaube, da bin ich nicht der Typ für«, erwiderte ich.

Doch es hörte sich nicht so entschieden an, wie ich es beabsichtigt hatte und ich fragte mich, warum. Vielleicht hatte sich die Angst, Dinge zu bereuen, inzwischen auch in einen Reiz verwandelt.

»Deine Entscheidung.«

Tayfun streckte seinen Arm aus und zog mich ein Stück zu sich heran. Immer noch reagierte alles in mir auf seine Berührungen und ich legte mich vorsichtig in seinen Arm. Seine Bartstoppeln kitzelten an meinem Ohr. Ich wollte nicht gehen. Und er wollte scheinbar auch nicht, dass ich es tat.

Wir verfielen in eine Stille, in der ich seine pure Anwesenheit und das Gefühl der Sicherheit, die er mir gab, auskostete. Seltsam, wenn man bedachte, was gestern passiert war. Aber manche Sachen musste ich nicht verstehen. Schon gar nicht meine Gefühle. Es reichte, wenn ich ihre Berechtigung erkannte, sie annahm und solange genoss, wie sie andauerten.

Abends erst kehrte ich nach Hause zurück. Bereits auf dem Heimweg hatte ich mich durch die vielen Nachrichten geklickt, die meine Eltern mir schon wieder geschickt hatten. Dieses Mal schuldete ich ihnen jedoch nichts.

Und dann war da noch Nadines Nachricht, in der sie mich fragte, warum ich nicht zuhause sei. Sie hatte gedacht, wir wollten heute etwas machen. Das hatte ich dann wohl komplett vergessen. Allerdings hielt sich mein schlechtes

Gewissen in Grenzen. Wir hatten es gestern nur kurz angesprochen und noch nichts Konkretes festgelegt. Okay war es natürlich trotzdem nicht, aber ich hatte den ganzen Tag nicht auf mein Handy gesehen. Ich würde mich nachher entschuldigen.

Als ich die Haustür aufschloss, empfingen meine Eltern mich bereits im Flur.

»Da bist du ja! Was ist neuerdings los, dass du nicht mehr Bescheid gibst, wenn du wegbleibst? Du weißt doch genau, dass wir Angst um dich haben«, bekam ich als Begrüßung von meiner Mutter zu hören.

Und da war es wieder. Das Engegefühl, welches sich langsam auf meiner Brust ausbreitete. Ich versuchte tief einzuatmen und mich davon abzulenken.

»Ihr müsst doch nicht über jeden meiner Schritte informiert sein«, versuchte ich ihr deutlich zu machen. »Außerdem haben wir die letzten Tage sowieso nicht viele Worte miteinander gewechselt, deswegen habe ich es nicht für nötig gehalten.«

Unbeteiligt streifte ich meine Tasche von der Schulter und zog meine Schuhe aus. Mein Vater musterte jede meiner Bewegungen kritisch. Ich wusste ganz genau, dass er etwas loswerden wollte und ich behielt recht.

»Wir wissen ganz genau, warum du dich so verhältst, Dalia. Dein neuer Freund scheint keinen guten Einfluss auf dich zu haben.«

»Wie bitte?« Perplex sah ich ihn an. Woher wusste er von Tayfun?

»Nadine war vorhin hier«, schaltete sich meine Mutter ein.

Ich stöhnte auf. Jetzt war mir alles klar. Doch meine Mutter ließ sich nicht davon beirren, sondern sah mich vielmehr anklagend an, als sie weiterredete.

»Auch sie hatte keine Ahnung, warum du nicht zuhause bist. Ihr wart verabredet. Früher hast du nie jemanden versetzt. Aber das ist jetzt ein anderes Thema. Sie hat uns erzählt, dass sie euch beide gestern zufällig getroffen hat. Mitten auf der Straße hättet ihr aneinandergeklebt und geknutscht wie zwei Teenager.«

Fassungslos starrte ich sie an und mir wurde ganz anders. Warum erzählte Nadine meinen Eltern so etwas? War ich hier etwa im falschen Film?

Mein Vater fuhr fort: »Dein Freund soll laut ihr ja nicht die besten Manieren haben. Außerdem hat sie ein komisches Gefühl bei ihm und hat uns gewarnt, mal ein Auge auf dich zu haben.«

Mein Mund musste offen stehen, so empört war ich von der Aussage. Hatte sie völlig den Verstand verloren? Warum tat sie das? War sie wütend gewesen, weil ich sie versetzt hatte? Wütend hin oder her – so etwas ging gar nicht. Als Freundin petzte man den anderen Eltern keine Dinge, von denen man ganz genau wusste, dass sie sie nicht erfahren sollten. Und ihnen darüber hinaus noch den Floh ins Ohr zu setzen, man müsse bei Tayfun aufpassen, damit meine Eltern sich schon eine Meinung über ihn bildeten, bevor sie ihn überhaupt gesehen hatten, war einfach nur gemein.

Mein Herz schlug wild in meiner Brust, als würde es sich genau wie ich über Nadine aufregen. Keine Ahnung, ob ich rot angelaufen war, aber ich war wirklich in Rage.

Was für eine hinterhältige Aktion! Sie wusste ganz genau, dass es unter der Gürtellinie war, und das machte es noch schlimmer.

Meine ganze Selbstbeherrschung zusammennehmend brachte ich hervor: »Ich sage euch, dass mit Tayfun alles okay ist. Nadine versucht mir nur eins auszuwischen, weil ich ein

Treffen vergessen habe, was wir nicht mal konkret festgelegt haben. Jetzt ist die Frage, wem ihr glaubt. Mir oder ihr?«

»Schatz«, setzte meine Mutter liebevoll an. »Natürlich glauben wir dir, dass du der Ansicht bist, er wäre toll. Wenn man verliebt ist, hat man schließlich die altbekannte rosarote Brille auf. Dann sieht man gewisse Sachen vielleicht nicht unbedingt. Du kennst Nadine schon so lange. Glaubst du nicht, du solltest dir ihre Zweifel ein bisschen zu Herzen nehmen und versuchen, sie zu verstehen?«

Das genügte.

»Danke für dein Vertrauen in mich«, erwiderte ich kalt und wandte mich ab. Mehr brauchte ich nicht zu hören.

»Dalia, bitte lass uns darüber reden. Sei nicht wieder sauer«, sagte sie jammernd.

Ich konnte es nicht mehr hören. Kaum war ich hier, wollte ich einfach hinausrennen und die Tür hinter mir zuknallen. Wutentbrannt fuhr ich herum.

»Meinst du nicht, ihr solltet vielleicht erst ein Urteil fällen, wenn ihr ihn kennengelernt habt? Es ist schon ziemlich leichtsinnig auf die Meinung von einer zu vertrauen, die gefühlt eine Minute mit ihm geredet hat und sich dabei nebenbei gesagt unmöglich benommen hat.«

»Da hast du recht.« Auch mein Vater wurde nun lauter. »Aber wir bekommen doch am eigenen Leib mit, wie du dich momentan aufführst! Das bist doch nicht du selbst. Schau dich doch an! Du rastest bei jeder Unterhaltung aus, bist rotzfrech und fluchst herum. So haben wir dich nicht erzogen. Du versuchst gerade, gegen alles zu rebellieren. So hast du dich früher nie verhalten. Das muss an ihm liegen!«

»Klar! Der Gedanke passt euch natürlich genau in den Kram. Aber soll ich euch mal etwas sagen? Dass mich euer Verhalten ankotzt, hat rein gar nichts mit ihm zu tun!«

Ich wollte all meinen Frust hinausschreien. Stattdessen stampfte ich die Treppen hinauf und schlug meine Tür zu. *Danke, Nadine. Danke für nichts.* Sie hatte mir die Möglichkeit genommen, selbst zu entscheiden, was ich meinen Eltern sagen wollte. Nicht zu vergessen, welchen Blödsinn sie ihnen erzählt hatte. Das wollte ich nicht auf mir sitzen lassen. Nun hatte sie es sich endgültig verspielt.

Hastig wühlte ich in der Tasche nach meinem Handy, wählte intuitiv und noch mit zitternden Fingern Tayfuns Nummer und rief ihn an.

»Hey, Dalia, was ist los?«

Seine Stimme hatte gerade einen so beruhigenden Effekt auf mich, dass ich zumindest etwas runterkam und ihm von dem Desaster eben erzählen konnte. Als ich geendet hatte, hörte ich ihn genervt ausatmen.

»Deine Freundin ist ja eine richtig hinterhältige Schlange. Nicht, dass es mich interessieren würde, was sie über mich erzählt, aber das ist schon eine linke Nummer dir gegenüber. Was hast du jetzt vor?«

Frustriert stöhnte ich auf. »Ich habe keine Ahnung. Aber ich weiß, dass ich erst mal nichts mehr mit ihr zu tun haben will. Und ich will sie auch irgendwie bloßstellen. Oder zumindest so sehr aufregen, wie sie mich aufgeregt hat.«

Am anderen Ende der Leitung war es still. Tayfun schien zu überlegen, denn kurz darauf schlug er etwas vor: »Deine Freundin wollte sich doch Samstag mit uns in einer Bar treffen. Das ist der gleiche Abend wie Dimitris Party. Hast du Lust, vor der Party in der Bar vorbeizuschauen und den Spießern mal zu zeigen, was es heißt, sich daneben zu benehmen?«

Die Vorstellung ließ mich grinsen. »Ich hätte nicht gedacht, dass ich das mal sage, aber das klingt verdammt gut!«

»Glaub mir, wir werden viel Spaß haben«, sagte Tayfun vielversprechend und eine prickelnde Vorfreude machte sich in mir breit.

Nur er konnte dieses Gefühl in mir auslösen. Nur er konnte dafür sorgen, dass ich mich wieder ganz fühlte.

»Danke«, flüsterte ich, bevor ich auflegte.

KAPITEL 10

- RACHE IST SÜß -

Je öfter ich mir die Frage stellte, ob ich glücklich war, desto mehr stellte ich fest, dass es nicht der Fall war. Ich fühlte mich nur gut, wenn ich mit Tayfun zusammen war. Man sollte sein Glück nicht von anderen Menschen abhängig machen. Das wusste ich. Aber was für eine Möglichkeit blieb mir, wenn es das Einzige war, was mich ausfüllte?

Ich wollte es mir nicht eingestehen, aber im Grunde wollte ich einfach nur ausbrechen. Meine Eltern, meine Freunde, mein Zuhause – all das fühlte sich nicht mehr richtig an. Es fühlte sich nicht mehr an wie ich. Ich konnte unter ihnen nicht mehr ich sein und fragte mich, warum.

Meine Eltern hatten in einem Punkt recht. Früher war ich anders gewesen und hatte kein Problem mit meinem Leben und meinem Umfeld gehabt. Es wäre falsch zu sagen, ich wäre damals nicht glücklich gewesen. Ja, ich hatte Spaß. Ich dachte, ich hätte alles, was ich wollte. Schätze, Menschen ändern sich.

Es könnte sein, dass es der Vorfall mit dem Raub war, der mich dazu gebracht hatte. Der meine Sicht auf Dinge geändert hatte. Der mich umdenken ließ. Schon vorher war ich häufiger mit meinen Eltern aneinandergeraten, hatte es aber für normal gehalten. Vielleicht war es auch normal gewesen. Auch die Meinungsverschiedenheiten mit Nadine hatte ich abgetan als Diskussion zwischen Freundinnen. Das Gefühl, in die Kreise, in denen ich verkehrte, nicht mehr hineinzupassen, hatte ich bis dahin aber nie gehabt.

Dafür war es nun umso stärker. Und ich konnte nicht mehr dagegen ankämpfen und mich verstellen. Eine Zeitlang hatte ich die gleiche Rolle der Person gespielt, die ich früher einmal gewesen war. Aus dem Grund, weil ich nichts anderes kannte. Der Unfall und meine damit verbundene lange Schonzeit waren die Ursache dafür, dass ich nur noch mehr bei den Menschen festsaß, mit denen ich nicht mehr viel gemeinsam hatte. Seitdem war es mir aber erst richtig bewusst geworden. Es hatte mir endgültig die Augen geöffnet.

Ja, vielleicht waren es gar nicht die anderen. Vielleicht war ich es. Ich war nicht mehr wie sie und wenn ich ehrlich war, wollte ich das auch gar nicht mehr sein. Tayfun zeigte mir, dass es okay war, anders zu sein. Dass es nicht nur Schwarz und Weiß gab, nicht nur Gut und Böse. Ich fand die Vorstellung befreiend, Fehler machen zu dürfen und trotzdem kein schlechter Mensch zu sein. Fand es erfrischend, dass es auch Menschen gab, die Fehler zugeben konnten.

Leider war es schwerer als gedacht, mein altes Ich hinter mir zu lassen. Die gewohnte Umgebung und die alten Verbindungen hatten mir immer Sicherheit gegeben, weil sie etwas waren, was ich schon mein ganzes Leben kannte. Mich davon komplett loszureißen, schien mir fast unmöglich.

Außerdem hatte ich das Gefühl, ich schuldete allen etwas. Auch wenn sie in ihrer Blase lebten, in denen es kein Leid gab und Probleme normalerweise totgeschwiegen wurden, solange es einem selbst gut ging, war ich ihnen wichtig. Das konnte ich nicht leugnen und dafür war ich wirklich dankbar. Sie waren alle für mich da gewesen und hatten mich in der kritischen Zeit unterstützt.

Inzwischen war diese Zeit aber vorbei und ich brauchte keine Hilfe mehr. Ich wollte behandelt werden, wie davor und ich merkte, dass das niemand von ihnen konnte. Vielleicht war es nicht ihre Schuld. Vielleicht wussten auch sie nicht anders damit umzugehen. Es war nur ihre Art, es zu verarbeiten und zu versuchen, das Beste für mich zu tun.

Nur brachte mir das nichts. Ich drehte durch und in erster Linie musste ich immer noch selbst schauen, wo ich blieb. Dafür sorgen, dass ich mich erstens selbst nicht verlor und zweitens ein selbstbestimmtes Leben führte, das man auch als solches bezeichnen konnte.

Weder meine Eltern noch Nadine konnten das anscheinend anerkennen und verletzten mich mit ihrem Verhalten. Deswegen musste ich Abstand nehmen. Am liebsten würde ich es ihnen genauso erklären. Doch ich wusste genau, sie würden es nicht verstehen.

Ich war bei Weitem auch nicht perfekt und vielleicht rastete ich wirklich zu schnell aus oder war bei bestimmten Themen überempfindlich. Doch sie hatten ihre vorgefertigte Meinung über mich, mein Leben und meinen Charakter. Alles, was davon abwich, konnten sie nicht akzeptieren. Das machte mich so hilflos, dass sich eine tiefe Wut in mir anstaute, die ich noch nie in diesem Ausmaß gespürt hatte. Und jedes Mal kam sie noch stärker zum Vorschein – wie ein Vulkan, der zu explodieren drohte.

Womit wir zu dem Thema Nadine kamen. Nadine, von der ich mich mies hintergangen fühlte. Mit ihr hatte ich noch eine Rechnung offen. Und ich konnte es kaum erwarten, sie zu begleichen. Eine Weile hatte ich gebraucht, um mich bei ihr zu einer Entschuldigung wegen des verschlafenen Treffens zu überwinden. Anschließend hatte ich als Versöhnung vorgeschlagen, dass Tayfun und ich heute Abend bei ihr und ihren Freunden in der Bar vorbeischauen würden.

Nadine hatte sich ebenfalls versöhnlich gezeigt und schien sich wirklich darauf zu freuen, uns zu sehen. Wahrscheinlich eher nur mich. Denn wenn man ihren Worten meinen Eltern gegenüber Glauben schenkte, hatte sie eine Menge ungerechtfertigter Vorurteile gegen Tayfun. Ja, er war an dem Tag, als sie ihn kennengelernt hatte durch das Koks scheiße drauf gewesen. Aber ich hätte mich an seiner Stelle genauso verhalten, wenn jemand so einen Auftritt wie Nadine hingelegt hätte. Also ließ ich mich davon nicht beirren.

Freute ich mich auf heute? Ja, ich war sogar ein bisschen euphorisch. Auch wenn ich mir eigentlich verbot, zu viele Erwartungen an den Abend zu haben, nachdem ich letztes Mal so enttäuscht wurde. Dieses Mal würde so etwas sicherlich nicht passieren! Das hoffte ich inständig. Abgesehen davon hatte ich das Gefühl, eine Menge konnte passieren und ein ereignisreicher Abend lag vor mir. Der Gedanke daran versetzte mich in helle Aufregung. Ich wiederholte Tayfuns Worte in meinem Kopf.

Glaub mir, wir werden viel Spaß haben.

Die Zeit verging wie im Flug und der Abend rückte näher. Nachmittags gab ich nun schon zum wiederholten Male einen Kurs im Fitnessstudio und obwohl ich merkte, dass ich wieder mehr Kondition aufbauen musste, machte es mir großen Spaß.

Auch meine Kursteilnehmer gaben mir positive Rückmeldungen und zwei Mädchen, die etwas jünger waren als ich, verrieten mir erschöpft, wie gut ihnen die neuen anstrengenden Übungen gefielen, die ich für Beine und Po eingebaut hatte. Ich gab ihnen gegenüber offen zu, dass die neuen Übungen auch mir erst vor Kurzem starken Muskelkater beschert hatten, woraufhin sie kichern mussten.

»Wir haben schon richtig Lust auf nächstes Mal!«

Ihre Freude steckte mich an. Es war wieder eine Bestätigung für mich, dass ich etwas draufhatte und auch leisten konnte und nicht das unfähige Kind war, für das meine Eltern mich manchmal hielten.

Zuhause eilte ich die Treppen hoch, um niemandem begegnen zu müssen und stieg unter die Dusche. Das heiße Wasser war eine Wohltat für meine müden Muskeln. Ich wusch Schweiß und den Rest der übrig gebliebenen negativen Gedankenfetzen ab. Während ich genoss, wie das heiße Wasser über meine Haut rann und sie beinahe verbrannte, fragte ich mich, wie manche Leute gerne kalt duschen konnten. Eine Sache, die ich niemals freiwillig tun würde. Nicht einmal im Sommer.

Gemächlich föhnte ich danach meine Haare, cremte mich ein und schminkte mich. Doch vor dem Kleiderschrank stand ich heute etwas länger als sonst, da ich an meiner Klamottenwahl zweifelte. Ich wollte auf Dimitris Party nicht zu sehr auffallen, aber auch nicht zu langweilig und brav wirken. Als ich mich bei meinen Überlegungen erwischte, ärgerte es mich, dass es überhaupt einen Einfluss auf mich hatte.

Also blieb ich im Endeffekt einfach bei meinem Outfit – weißen, ausgefransten Highwaist-Hotpants und einem dunkelrot geblümten Croptop – und entschied mich dafür, der Meinung anderer keine Beachtung zu schenken und stattdessen einfach so zu sein, wie ich war.

Ich sah mich im Spiegel an, nahm das freudige Leuchten in meinen blauen Augen wahr und musste lächeln. Gleich würde Tayfun bei mir sein und wir würden losziehen. Ob meine Eltern sahen, dass ich mit ihm fortging, war mir inzwischen egal. Sie wussten ja sowieso schon über ihn Bescheid.

Schlendernd lief ich auf Tayfun zu, der vor meinem Haus wartete. Trotz der sommerlichen Abendtemperaturen trug er einen dunkelgrauen Kapuzenpulli mit Reißverschluss, dessen Ärmel er hochgekrempelt hatte.

Er stieß einen Pfiff durch die Zähne aus, nachdem ich bei ihm angekommen war und wir uns geküsst hatten. »Hübsch. Willst du meine Freunde beeindrucken?«

Nicht sicher, ob es ein Scherz war oder er es ernst meinte, lehnte ich meinen Kopf zurück und sah ihn fragend an, bis er grinste.

Ich schüttelte amüsiert den Kopf, als ich verstand. »Danke. Ist dir nicht warm?«

Er zuckte mit den Schultern und holte aus den Taschen seines Pullis ein paar Spraydosen hervor. »Falls du später Lust hast.«

Alarmiert legte ich meine Hände auf seine, damit er die Dosen wieder zurück in seine Taschen schob und warf einen unsicheren Blick zum Küchenfenster meines Hauses, das zur Straße hin zeigte.

»Angst, dass deine Eltern misstrauisch werden?« Tayfun warf mir einen undefinierbaren Blick zu und meinte sarkastisch: »Die denken doch eh schon, ich wäre Abschaum.«

Ich zog ihn mit mir in Richtung Straßenbahn und verdrehte die Augen. »Abschaum ist übertrieben. Aber du musst ihnen ja nicht noch mehr Gesprächsstoff geben.«

Als wir in die nächste Bahn gestiegen und uns auf der Sitzbank niedergelassen hatten, streckte ich meine Hand aus. »Gib mir die Dosen. Ich tue sie in meine Tasche. Wäre schade, wenn sie verloren gehen. Schließlich brauchen wir sie später noch.«

»Sehr gut.« Zufrieden ließ er die Dosen klackernd in meine Handtasche fallen und wandte sich dann wieder mir zu.

»Bist du bereit, gleich deine tollen Freunde aufzumischen?«

»Das sind nicht meine Freunde, sondern Nadines«, protestierte ich. »Bis auf Nadine habe ich praktisch niemanden mehr. Und jetzt zähle ich nicht mal mehr sie dazu.«

Etwas leiser fügte ich hinzu: »Das sollte jetzt nicht so deprimiert klingen, wie es eigentlich ist.«

Gleichgültig hob Tayfun seine Schultern und erwiderte: »Meine alten Freunde sind auch nicht mehr das, was sie mal waren. Dann sind wir eben zwei Einzelgänger. Wir brauchen niemanden außer uns.«

Mein Herz setzte einen Schlag aus. »Meinst du?«

In meinem Bauch kündigte sich ein verheißungsvolles Durcheinander an. Es war, als würde er vollkommen auf den Kopf gestellt werden.

»Klar, warum nicht?« Vielsagend betrachtete er mich und ich wollte am liebsten eine Hand ausstrecken und über die dunklen Bartstoppeln an seiner Wange streichen.

Stattdessen lächelte ich ihn an. »Okay, ich bin bereit. Für alles.«

»Komm schon« murmelte er daraufhin, packte und zog mich heran, um mir einen Kuss zu geben.

Als unsere Lippen aufeinandertrafen, kam die Bahn mit einem Quietschen zum Stehen und die Türen öffneten sich.

»Wir sind da«, flüsterte Tayfun gegen meinen Mund. »Lass uns gehen.«

Überwältigt nickte ich, schulterte meine Tasche und wir traten auf eine der belebten Straßen im belgischen Viertel.

Auf dem Weg zur Bar schickte Nadine mir eine Nachricht, wo genau sie mit ihren Freunden saß, damit wir sie finden würden.

Nach einer Weile erreichten wir den Außenbereich, in dem überdachte Holzbänke und Tische standen und uns die lauten Stimmen von Menschengruppen empfingen. Ich machte Nadine und ihre Freunde in einer der hinteren Ecken ausfindig, zeigte sie Tayfun und sah ihn nochmal fragend an: »Showtime?«

»Ja. Lass es einfach raus.« Zur Bestätigung nahm er meine Hand, drückte sie etwas fester und zog mich mit, während er sich durch die aufgestellten Tische hindurch zu den anderen schlängelte.

Nadine sprang lächelnd auf, als sie uns sah, musterte uns aber einen Augenblick zu lang. Sie nahm es mir immer noch übel, dass ich sie versetzt hatte, das sah ich ihr an.

»Hey.« Ich begrüßte sie mit einem Küsschen links und rechts und tat so, als würde ich es ihr nicht anmerken.

»Hey«, erwiderte sie ebenfalls. »Stellt sich dein Begleiter diesmal vielleicht richtig vor?«

Den Vorwurf konnte ich deutlich aus ihrer Stimme heraushören. Plötzlich wusste ich, dass es mir heute nicht schwerfallen würde, mich daneben zu benehmen. Sie machte es mir einfacher als gedacht, wenn sie sich so verhielt.

»Klar«, schaltete Tayfun sich ein, zog Nadine in eine etwas zu feste, unnachgiebige Umarmung und brachte seinen Mund dicht an ihr Ohr. »Schön, dich kennenzulernen.«

Nadine versuchte sich voller Unbehagen aus seinem Griff zu befreien und er ließ sie nach einer Weile wieder los. Ich wusste genau, wie bedrohlich seine Ausstrahlung auf sie wirkte und wie sie von seiner Stimme Gänsehaut bekommen haben musste. Hatte sie Angst vor ihm? Zumindest schien sie froh zu sein, wieder zwischen ihren Freunden verschwinden zu können.

Neben ihr saßen Annika und die zwei Freundinnen, die auch schon mit uns im Crystals gewesen waren. Wir ließen uns auf der Bank gegenüber nieder, wo sich zwei Typen befanden, die ich auch schon mal gesehen hatte.

»Hallo«, warfen wir in die Runde und ernteten begrüßendes Murmeln.

Tayfun holte eine Zigarette hervor, die er sich anzündete. Die zwei Freundinnen von Nadine, die, soweit ich wusste Esther und Cora hießen, steckten ihre Köpfe zusammen und tuschelten etwas. Es ging in der lauten Musik unter.

»Dann erzähl mal Tayfun, was machst du so?«, fragte Nadine und ihre Neugier war eine der wenigen Sachen, die heute definitiv echt war.

»Was mache ich?«, wiederholte er fragend.

»Studium, Beruf ...«, fügte sie ungeduldig hinzu.

Plötzlich hatte er die Aufmerksamkeit aller am Tisch. Genüsslich zog er an seiner Kippe, als würde er das plötzliche Interesse genießen und ließ sich mit seiner Antwort Zeit. »Hab noch nie studiert.«

Annika, die gegenüber von mir saß, zog ihre Augenbrauen nach oben und auch die anderen sahen ihn skeptisch an. Als hätten sie das nicht sowieso schon erwartet.

»Muss man ja auch nicht unbedingt«, antwortete nun Alex, einer der Typen. »Ich hatte auch eine Phase in meinem Studium, in der ich mir unsicher war, ob ich das überhaupt durchziehen möchte oder lieber eine Ausbildung anfange.«

»Echt jetzt? Aber heutzutage braucht man doch für alles Mögliche ein Studium. Ohne kommt man nicht wirklich weit«, erwiderte Annika in leicht abschätzigem Tonfall.

Hätten wir nicht unseren gemeinsamen Plan zu verfolgen, wäre das wahrscheinlich schon der Moment gewesen, in dem ich am liebsten gegangen wäre. So zwang ich mich dazu, es auszuhalten. Ich versuchte, keine Wut in mir hochköcheln zu lassen, sondern mir einzureden, dass sich die anderen im Nachhinein mehr über uns ärgern würden als wir über sie. Dann war es das Ganze wert.

»Bin ich auch der Meinung, kann man aber so oder so sehen. Was hast du denn für einen Job?«, bohrte Nadine weiter. So viel zu ihrem Versprechen, sie würde ihn nicht ausfragen. Ich hatte es geahnt.

»Bin arbeitslos«, entgegnete Tayfun unbeeindruckt und die anderen wechselten fassungslose Blicke. Vermutlich waren sie zu befangen, um ihre Meinung darüber offen zu äußern.

»Äh, du machst also gar nichts?«, wollte Esther verwirrt wissen.

»Genau. Eigentlich hänge ich den ganzen Tag nur zuhause rum, rauche und schaue Netflix«, bestätigte er sie in ihrer Meinung.

»Cooler Typ«, hörte ich einen der Jungs neben uns sarkastisch zu seinem Kumpel sagen.

»Also ich hätte an deiner Stelle ein schlechtes Gewissen, wenn ich dem Staat so auf der Tasche liegen würde«, meinte Nadine herablassend. »Aber gut, da ist anscheinend jeder etwas anders.«

»Stimmt.« Tayfun inhalierte den Rauch und blies ihn dann langsam in Nadines Gesicht.

Sie tat so, als würde diese respektlose Geste sie nicht stören, doch ich merkte, wie sie langsam sauer wurde. Und das, obwohl wir erst wenige Minuten hier waren.

Am liebsten hätte ich gekichert. Das hier wurde von Minute zu Minute unterhaltsamer. Wie viel Spaß es machte, einfach selbst mal in der Position zu sein, in der andere sich über dein unmögliches Verhalten aufregten. Natürlich war das mit Tayfuns Arbeitslosigkeit nur vorübergehend. Er war ja schon dabei, sich etwas Neues zu suchen.

Davon abgesehen war ich der Meinung, dass keiner der anderen in der Position war, ihn zu verurteilen. Er hatte in seinem Leben schon mehr gearbeitet als alle der Mädels zusammen, denn die hatten ihr Studium und alles immer nur von den Eltern finanziert bekommen. Genau wie ich auch, denn natürlich nahm ich mich da nicht aus. Aber wenigstens hatte ich vor einem Jahr angefangen, nebenbei etwas zu arbeiten und wollte mich auch zukünftig nicht mehr auf dem Geld meiner Eltern ausruhen. Wie ich aus Gesprächen mit Nadine herausgehört hatte, taten das die anderen nicht.

»Wisst ihr schon, was ihr trinken wollt?« Ein Kellner trat an den Tisch und Tayfun und Nadine unterbrachen ihr Blickduell.

»Für mich einen doppelten Whiskey«, meinte Tayfun und es war das erste Mal, dass ich mitbekam, wie er Alkohol trank.

Ich überlegte selbst kurz, holte mir dann aber einen Kiba, wie ich es auch sonst tun würde. Alkohol war einfach nicht so meins.

»Ich hätte gerne eine Weinschorle«, gab auch Nadine ihre Bestellung auf.

»Heute keinen Alkohol?«, fragte Tayfun mich gespielt überrascht. »Ansonsten kriegst du doch nicht genug davon, wenn wir zusammen unterwegs sind.«

Seine Mundwinkel zuckten amüsiert, was wahrscheinlich nur ich wahrnahm, mich aber in meinem Vorhaben bestärkte.

»Du scheinst Dalia schlecht zu kennen. Sie mag gar keinen Alkohol«, mischte Nadine sich ein und innerlich war ich erstaunt darüber, wie gut sie auf Tayfuns Sticheleien ansprang.

»Tayfun mischt aber die besten Gin Tonics«, schwärmte ich. »Da kann ich nie nein sagen.«

»Generell kannst du bei mir eigentlich nie nein sagen«, murmelte er gerade so laut, dass es alle mitbekamen.

»Da hast du recht.« Lasziv biss ich mir auf die Lippe und sah, wie sein Blick darauf fiel.

Ihm gefiel unser Spiel sogar. Das machte es doppelt so aufregend für mich. Ohne Vorwarnung packte er mich an den Hüften und zog mich in einen leidenschaftlichen Kuss. Seufzend erwiderte ich ihn und versuchte es zu genießen, auch wenn ich mir vorstellen konnte, wie unangebracht die anderen unsere Aktion fanden. Unsere Zungen fanden sich und er schob mich halb auf seinen Schoß und griff mit einer Hand in meinen Nacken.

Sollte Nadine sehen, was es wirklich bedeutete, aneinanderzukleben. Wir beide ignorierten das Räuspern, das von irgendjemandem am Tisch kam, und taten, als wären wir völlig versunken in unserer eigenen Welt. Tayfun ließ ein leises Stöhnen entweichen und fuck, obwohl es mich irgendwie anmachte, musste ich aufpassen, nicht loszulachen, weil ich wusste, wie unmöglich wir uns verhielten.

»Dalia ... «, hörte ich Nadines Stimme, doch ignorierte sie einfach.

»Dalia!«, kam es nun lauter und ich unterbrach den Kuss, um ihr meinen Kopf zuzuwenden. Da sah ich den Kellner wieder an unserem Tisch stehen, der uns etwas verwirrt musterte.

»Oh.« Peinlich berührt rückte ich von Tayfun ab, obwohl es natürlich gut war, dass der Kellner unser Rumknutschen mitbekommen hatte. Denn den anderen war es noch viel unangenehmer als mir. Tayfun legte seine Hand unter dem Tisch trotzdem weiter auf meinen Oberschenkel und streichelte dessen Innenseite, während er ganz gelassen sein Getränk annahm.

Ich presste meine Oberschenkel zusammen und warf ihm einen warnenden Blick zu, den er jedoch mit einem Grinsen abtat.

»Wo hast du denn deine Manieren gelassen?«, zischte Nadine mir zu, was mich dazu brachte, sie verwirrt anzusehen.

So, als wüsste ich nicht, was sie meinte.

»Danke«, sagte ich nun lächelnd zum Kellner, der mir mein Glas überreichte und saugte etwas von dem Kirsch-Bananensaft durch den Strohhalm.

»Ich verstehe nicht, was dein Problem ist«, gab ich mich ratlos.

Nadine schnaubte nur leise auf und fragte nicht weiter. Inzwischen war ich mir sicher, dass ihre schlechte Laune nicht länger nur Tayfun galt. Schon jetzt war die Stimmung am Tisch getrübt. Allerdings herrschte keine wesentlich langweiligere Atmosphäre als sonst, wenn ich mit ihr und ihren Freunden unterwegs war. Was sie wohl dazu sagen würden, wenn ich ihnen vorschlug, gemeinsam Graffiti sprühen zu gehen?

»Ist aber nicht gerade der beste Whiskey.« Tayfun verzog den Mund, nachdem er an seinem Drink genippt hatte.

»Großer Whiskey-Kenner, oder wie?«, fragte Julius, der direkt neben ihm saß, leicht spöttisch.

»Genug, um zu wissen, dass das hier Dreck ist.« Missmutig schüttelte er den Kopf und fügte dann hinzu: »Brauche mal was zum Nachspülen.«

Rasch griff er das Bierglas von Julius, das noch zur Hälfte voll war und leerte es in einem Zug.

»Hast du ein Problem, Alter?«, fuhr Julius ihn an. Einen Moment lang sah er so aus, als würde er Tayfun das Glas entreißen wollen, entschied sich dann aber dafür, ihn nur sauer anzufunkeln.

»Nein. Du?« Unbeeindruckt, fast schon herausfordernd hielt der seinem Blick stand. Julius wandte nur seinen Blick ab und schüttelte verärgert den Kopf.

»Wie kann man nur so dreist sein?«

Er forderte ihn jedoch nicht dazu auf, ihm ein neues Bier zu holen. Das traute er sich anscheinend nicht.

»Sei doch nicht so unentspannt.« Tayfun ließ seine Finger in der hinteren Tasche verschwinden, holte sie wieder hervor und legte einen Joint auf den Tisch. »Ich teile auch mit dir.«

»Spinnst du? Doch nicht hier!«, mischte sich Annika ein und zischte: »Pack den sofort weg!«

Tayfun ignorierte ihre Einwände und sah Julius weiterhin fragend an.

»Du hast sie gehört«, brummte Julius bestimmt, auch wenn ich das Interesse in seinen Augen aufblitzen gesehen hatte.

»Was hast du dir denn da für einen angeschleppt?«, offenbarte Nadine mir nun endlich ihre Gedanken.

Ihre verborgenen Absichten, ihn als das zu entlarven, was er in ihren Augen war, war nicht mal von Nöten. Tayfun zeigte sich bereits ohne ihre Hilfe von seiner schlimmsten Seite. Trotzdem schien sie ehrlich bestürzt zu sein. Ziel erreicht, oder?

»Ich wusste, dass es keine gute Idee ist. Habe ich dir von Anfang an gesagt«, erwiderte ich. »Bist du nicht zufrieden, dass sich deine Vorurteile bestätigt haben? Hast du jetzt nicht das, was du wolltest?«

Mit gerunzelter Stirn sah Nadine mich an, als hätte sie keine Ahnung, wovon ich sprach. Stattdessen fuhr sie mich an: »Dalia, was ist eigentlich los mit dir? Auch deine Eltern machen sich schon Sorgen.«

»Genau das ist das Problem. Seit wann erzählen wir unseren Eltern von unseren Bekanntschaften und machen sie voreinander schlecht?«

Das war der Hauptgrund, warum ich mich von ihr verraten fühlte. Mit allem anderen hatte ich noch irgendwie umgehen können.

»Weil er gar nicht deiner Klasse entspricht«, entgegnete sie schnippisch. »Schau ihn dir doch an.«

»Du sprichst von Klasse?« Sarkastisch lachte ich auf. Dieser Satz machte mich nun doch wahnsinnig sauer. Ich konnte nicht fassen, wie sie über ihn herzog, während er neben mir saß und alles mitbekam.

Schnell warf ich Tayfun einen Blick zu und nahm für einen kurzen Moment wahr, wie sich seine Kiefermuskeln anspannten.

»Du hältst dich auch für etwas ganz Besonderes, oder?«, sagte er und seine dunklen Augen funkelten feindselig. »Dabei bist du nur eine dahergelaufene, reiche Tussi, die an Oberflächlichkeit kaum zu überbieten ist.«

»Besser als asozial«, verteidigte Nadine sich und versteckte ihre bebenden Lippen hinter einem falschen Lächeln.

Am gesamten Tisch waren die Gespräche verstummt. Alle folgten nur noch unserer Diskussion, hielten sich aber selbst mit Kommentaren zurück. Das war auch besser so.

»Da irrst du dich«, mischte ich mich wieder ein und stand auf. Länger würde ich es hier nicht mehr aushalten. Es war besser, wenn wir endlich gehen würden.

»Wenn sich jemand nicht so verhält, wie du es möchtest, passt dir das gar nicht und ist automatisch nicht das Richtige. Damit will ich nichts mehr zu tun haben.«

Bitter lachte ich auf, bevor ich fortfuhr. »Ehrlich gesagt habe ich keine Ahnung, warum ich noch so lange mit dir befreundet war. Du bist langweilig, oberflächlich, aber das Schlimmste von allem: Du bist so falsch. Das ist einfach nur ekelhaft.«

Auch Tayfun erhob sich, bereit zum Gehen, während Nadine wie versteinert dasaß und mich entgeistert anstarrte. Plötzlich kam mit einem Ruck Bewegung in sie. Zu meiner Überraschung griff sie ihr Weinglas und dann ging alles so schnell, dass ich es gar nicht richtig realisierte.

In der nächsten Sekunde schüttete sie impulsiv den Wein in meine Richtung und traf mein gesamtes Oberteil. Vor Kälte durchfuhr mich im ersten Moment ein Schock. Der gekühlte Alkohol durchnässte mein Top sofort. Mir wollte ein Schrei entfahren, doch ich hielt ihn mit aller Macht zurück. Regungslos stand ich da, im ersten Moment unfähig vor Schreck, mich zu bewegen.

Ich konnte nicht glauben, dass sie das wirklich getan hatte. Der klatschnasse Stoff hing schwer an mir herab und erinnerte mich deutlich daran, dass ich es mir nicht nur einbildete. Fassungslos sah ich Nadine an und konnte nicht recht erkennen, ob sie mich triumphierend ansah oder erschrocken über ihr eigenes Verhalten war. Stumm blickte sie zurück.

Ich brauchte eine Weile, um mich zu fangen, doch bei dem Satz, den ich nun hervorbrachte, war ich seltsam ruhig.

»Wow. Und wer ist hier jetzt asozial?«

Ohne ein weiteres Wort drehte ich mich um und ließ den Tisch hinter mir. Bei meinem Abgang wurde gerade *Hot girl bummer* von *blackbear* gespielt und ließ mich noch etwas selbstbewusster davonschreiten. Ich spürte, wie mir jemand folgte, vermutlich Tayfun. Obwohl ich die Aufmerksamkeit aller umliegenden Tische auf mich gezogen hatte, machte sich mit jedem Schritt, den ich Nadine und die anderen hinter mir ließ, Triumph in mir breit. Trotz meines vorerst ruinierten Oberteils und der Tatsache, dass ich bei jedem Windhauch, der auf meine nasse Haut traf, fröstelte.

Wenigstens hatte ich mir nicht die Finger schmutzig gemacht. Nadine dagegen schon. Ich hatte noch nie erlebt oder gar erwartet, dass man sie so aufstacheln könnte. Innerlich musste sie am Durchdrehen gewesen sein, wenn sie sich so verhielt. Das hieß, ich hatte es geschafft! Ich hatte Tayfuns Plan verwirklicht und es fühlte sich eigenartig gut an.

Im Licht der Straßenlaternen blieb ich stehen und musste plötzlich befreit lachen. Tayfun musterte mich amüsiert.

»Trotz der Aktion eben alles gut?«, fragte er nach.

»Gerade deswegen. Erst war ich geschockt, aber es ist besser gelaufen, als ich dachte.«

Tayfun hielt mir mit einem zufriedenen Grinsen seine offene Hand hin und ich klatschte ein. Daraufhin zog er mich heran und küsste mich so vereinnahmend, dass mir fast schwindlig wurde. Mein Herz klopfte etwas lauter in meiner Brust, als würde es mir zeigen, dass ich das Richtige tat. Doch ich brauchte nicht mal mehr eine Bestätigung dafür.

Als er sich wieder von mir löste, bemerkte er meine Gänsehaut, die sich auf meinen Armen ausgebreitet hatte. Auch mir wurde wieder bewusst, dass mein Oberteil nach Alkohol stank und kalt an meiner Haut klebte.

»Zieh das Top aus, Baby«, sagte Tayfun fordernd.

Baby. Aus seinem Mund klang es nicht mal schnulzig. Erst da fiel mir auf, was er soeben verlangt hatte.

»Wie bitte? Doch nicht hier«, gab ich verwirrt zurück und sah mich um. Wir standen an einer Hausecke, die etwas schwacher beleuchtet war. Es kamen zwar nur ab und zu Menschen vorbei, aber trotzdem: Was hatte er vor?

»Mach schon!«, drängte er und zog sich in einer raschen Bewegung sein eigenes T-Shirt über den Kopf.

Zum Vorschein kamen seine definierten Schultermuskeln und die sonst verdeckten Tattoos, von denen ich meinen Blick kaum noch abwenden konnte. Er trug nun lediglich noch ein geripptes, schwarzes Tanktop.

Jetzt verstand ich. Nachdem ich mich ein letztes Mal umgesehen hatte, um mich zu vergewissern, dass niemand in der Nähe war, zog auch ich mein Top über den Kopf. Gleichzeitig befreite ich mich damit von dem Stück nassen

Stoff, das mich an den bisherigen Abend erinnerte und wischte mit meinen Händen schnell meinen Bauch trocken, bevor ich Tayfuns T-Shirt entgegennahm.

Dabei stellte er sich vor mich, um mich zu verdecken, falls doch jemand vorbeikommen würde. Ich streifte das zu große schwarze Shirt mit Brusttasche über und verknotete es unter meiner Brust.

»Gefällt mir, dich darin zu sehen«, raunte er mir zu und entlockte mir ein Lächeln.

Mir gefiel es auch viel zu gut. Als würden wir wirklich zusammengehören. Alle, die etwas gegen uns hatten, konnten mir von nun an gestohlen bleiben. Der Stoff schmiegte sich weich an meinen Körper an und roch nach ihm. Nach Zimt und Vertrautheit und nach einem aufregenden Versprechen, dass der heutige Abend nun erst richtig beginnen würde.

KAPITEL 11

- FREUNDE AUS DER VERGANGENHEIT -

Die Bahn ruckelte auf dem Weg in den Stadtteil Mülheim und wir ließen Straße für Straße in der Dunkelheit hinter uns. Ich saß neben Tayfun und hatte meinen Kopf an seine Schulter gelehnt, während er gedankenverloren mit dem Finger Linien ans Fenster malte und seinen einen Fuß auf dem leeren Sitz gegenüber von uns abgestützt hatte. Leise spielte Musik aus den Kopfhörern, die wir uns teilten. Jeder von uns hatte einen im Ohr.

Als mich die Melodie von *Queen of the night* von *Hey Violet* einen Moment hinfortnahm, stellte ich fest, wie passend der Songtext für mich war. Es war, als befände ich mich in einem Film über mein Leben, zu dem jemand den Soundtrack spielte.

Ich machte Tayfun darauf aufmerksam, der mich mit funkelnden Augen ansah und mit seiner Hand leicht den schmalen Streifen meiner nackten Haut zwischen T-Shirt und Hotpants entlangstreichelte, während er der Stimme der Sängerin lauschte. Heute Nacht schien wirklich alles zu stimmen. Ich vergrub meinen Kopf weiter in seiner Halsbeuge und lächelte glücklich.

Am Wiener Platz verließen wir die Bahn und liefen nebeneinander her. Tayfun wollte mir nicht verraten, wo es hinging, also folgte ich ihm einfach, als er mich zum Eingang eines dunklen Parkhauses führte. Ratlos sah ich ihn an. Die Party würde wohl kaum hier stattfinden.

»Schon vergessen, was in deiner Tasche liegt?«, murmelte er, während er die Tür zum Treppenaufgang öffnete.

Einen Augenblick brauchte ich, um zu schalten. Die Spraydosen, natürlich. Flammende Aufregung erfasste mich.

»Komm schon«, raunte er.

Hand in Hand liefen wir die schmale Treppe hinauf, Stockwerk um Stockwerk, bis wir oben ankamen und durch eine weitere Tür ins Freie traten. Nun befanden wir uns über den Dächern der Stadt.

Hier oben auf dem Parkdeck standen um diese Zeit keine Autos mehr, nur die Parkplatzbegrenzungen wiesen darauf hin, wofür die asphaltierte Fläche normalerweise genutzt wurde. Trotz der Dunkelheit konnte ich die weißgestrichene, niedrige Betonbrüstung ausmachen, die das Parkdeck umzäunte. Sie war vermutlich nicht hoch genug, um Platz für ein Graffiti zu bieten.

Daher drehte sich Tayfun zu der Wand des kleinen Gebäudes um, durch das wir soeben herausgekommen waren und schien die passende Stelle gefunden zu haben.

»Hier?«, fragte ich trotzdem nochmal nach, woraufhin er nickte. Schnell öffnete ich meine Tasche und kramte die verschiedenfarbigen Dosen hervor, um sie ihm zu reichen.

»Du brauchst bestimmt Licht, oder?«

»Wäre gut«, gab Tayfun zurück und ich schaltete meine Handytaschenlampe ein.

Dieses Mal waren wir weniger hektisch. Meine Angst, erwischt zu werden, hielt sich auch in Grenzen. Wer sollte uns hier oben in der Dunkelheit schon sehen? Wir fielen nicht auf, denn selbst die Laternen waren ausgeschaltet. Einzig und allein der abgeschwächte Schein meiner Taschenlampe erhellte die Finsternis, jedoch bezweifelte ich, dass es jemandem auffallen würde.

Gespannt beobachtete ich Tayfun dabei, wie er die klackernden Spraydosen schüttelte und mit der Grundierung des Graffitis anfing. Mehr noch als beim ersten Mal faszinierte es mich, welches Händchen er für das Sprayen hatte, wie gut es aussah und wie geübt seine Sprühbewegungen wirkten. Schritt für Schritt verfolgte ich mit, wie sein Kunstwerk entstand. Wie er nach und nach verschiedene Farben einbaute, um dem Ganzen seine persönliche Note einzuhauchen und es zum Leben zu erwecken.

Konzentriert wischte sich Tayfun nach einiger Zeit über die Stirn, ließ die letzte Dose zu Boden fallen und trat schließlich einen Schritt zurück.

»Gefällt es dir?«

Sprachlos lief ich ein Stück darauf zu und bestaunte, was er in so kurzer Zeit vollbracht hatte. In ungeordneten, schiefen Lettern standen untereinander, in einem warmen Gelbton, die Wörter »Us against the world«. Sie wirkten plastisch, beinahe dreidimensional durch die schwarzen Umrandungen und eingesetzten Lichtreflexe. Der kreisförmige Hintergrund bestand aus einem Verlauf von hellem Blau, Grün und Rot und setzte sich von der Schrift ab. Im unteren Bereich der roten Farbe züngelten sich leicht angedeutet Flammen. So ein detailreiches Graffiti mit klaren Linien hatte ich vorher noch nie gesehen. Strahlend prangten einem die Worte entgegen. *Us against the world.*

»Wow, das ist einfach toll geworden!«, sagte ich überwältigt und drehte mich zu ihm um. »Ich weiß gar nicht, was ich sagen soll.«

Tayfuns unergründlicher Gesichtsausdruck wich einem etwas Sanfterem, den ich so bisher noch nicht bei ihm gesehen hatte. Mit beiden Händen griff er mein Gesicht, lehnte seine Stirn gegen meine und sah mich an.

»So kann es immer sein, hörst du? Wir beide gegen den Rest der Welt.«

Um uns herum schien sich alles zu drehen und ein Rausch erfasste mich. Er hatte recht. Außer ihn brauchte ich niemanden. Ich nickte ergriffen. »Nur wir beide. Das ist alles, was zählt.«

Und zum allerersten Mal spürte ich es. Dass hinter meinem hämmernden Herzen wirklich noch mehr steckte. Wahrscheinlich konnte man noch nicht von Liebe reden. Aber genauso fühlte es sich an. Ein immer stärkeres Empfinden in meiner Brust, das ich nicht in Worte fassen konnte.

Mit allem, was ich hatte, gab ich mich Tayfuns nächstem Kuss hin, vor dieser Kulisse und den Worten, die mir bedeutungsvoll entgegenzuschreien schienen. Das war unser Zeichen der Verbundenheit und es gehörte niemand anderem als uns. Wärme floss durch ihn auf mich über, legte sich wie ein Film über meine Haut und setzte mich langsam, aber sicher in Flammen.

»Jetzt lass uns von hier verschwinden«, sagte Tayfun mit rauchiger Stimme und brachte mich ins Hier und Jetzt zurück. »Die Party wartet.«

»Ich kann es kaum erwarten«, gestand ich mit einem befreiten Lächeln.

Im Hinterhof des Hauses, in dem Dimitri wohnte, hörten wir bereits dumpf die Musik durch die Wände zu uns herüberschallen. Aufregung machte sich in mir breit, als Tayfun die Klingel drückte. Er fluchte, weil nach einer Weile immer noch niemand öffnete und hielt sich sein Handy ans Ohr, um jemanden zu erreichen.

Da öffnete sich die Eingangstür und zwei finster dreinblickende Typen kamen herausgelaufen. Sie grüßten Tayfun auf ihrem Weg nach draußen mit einem Nicken und hielten uns die Tür auf, durch die wir in den Eingangsbereich gelangten. Ich folgte ihm durch die Eingangshalle, während die Lautstärke immer weiter zunahm. Vor uns lag eine Wohnungstür, die nur angelehnt war. Klang so, als wären wir angekommen.

Kurz hielt Tayfun mich zurück und sah mir tief in die Augen. Dann beugte er sich zu meinem Ohr und musste schon ein bisschen lauter reden, damit ich ihn problemlos verstehen konnte.

»Hey, egal was dich dort erwarten wird, denk nicht so sehr darüber nach. Denk an unseren Moment vorhin. Und lass dich von keinem blöd anlabern, okay?«

Bei seinen Worten wurde mir etwas flau im Magen und meine Nervosität steigerte sich. Was wollte er mir damit sagen? Doch bevor ich etwas entgegnen konnte, riss er schwungvoll die Tür auf und ich tappte unsicher hinter ihm in die Wohnung.

Wir betraten einen etwas größeren Raum, der in schummriges bläuliches Licht getaucht war. Hip-Hop dröhnte aus den Boxen. Der starke Geruch von Cannabis und Rauch drang in meine Nase und ließ mich beinahe husten.

Ich ließ meinen Blick über die Leute wandern. Einige tanzten mit ihren Bierflaschen in der Hand hemmungslos auf der freigeräumten Fläche in der Mitte des Raumes, während andere am Rand in Gruppen herumstanden und sich angeregt, aber gleichzeitig geheimnisvoll unterhielten. In einer der Ecken hatte ein Typ eine Frau fest gegen die Wand gedrückt und die beiden machten ungezügelt rum, als würden sie sich gleich verschlingen wollen.

Es waren definitiv mehr Männer als Frauen da. Auf mich wirkten sie allesamt etwas dubios und zwielichtig. Es war keine Atmosphäre, in der ich mich direkt wohl fühlte und zugegebenermaßen würde ich keinem von ihnen gerne nachts alleine begegnen wollen.

Eingeschüchtert begleitete ich Tayfun in einen kleineren Nebenraum, in dem der Bass noch lauter aus den Lautsprechern wummerte. Das Licht war gedimmter und ich konnte ein paar Leute ausmachen, die um einen Glastisch herum saßen und nacheinander Lines von der Glasplatte zogen. Zwei Typen saßen mit einer Bong da und inhalierten tief den Rauch, der daraus aufstieg. Die Luft war stickig, fast schon beißend, da hier jeder entweder Zigarette oder Joint in der Hand hielt. Übelkeit stieg langsam in mir hoch und mein Magen drehte sich um.

Oh Gott, das hier war ganz und gar nicht meine Welt. Scheiße, war das etwa Tayfuns? Sollte ich mir deswegen keine Gedanken darüber machen?

Ein relativ breit gebauter Typ, der gerade noch über der Tischplatte gebeugt gewesen war und voller Elan eine Line Koks durch ein Röhrchen in seine Nase gezogen hatte, richtete sich auf. Nachdem jemand ihn anstieß und auf uns aufmerksam gemacht hatte, drehte er sich zu uns um.

Er trug ein weißes T-Shirt, welches sich über seinen breiten Oberkörper spannte. Zuerst fielen mir seine markanten Kieferknochen auf. Der Typ schniefte einmal und fuhr sich mit der Hand grinsend über seine kurzen dunkelblonden Haare.

»Hey, Alter, was führt dich denn hierher?«, rief er mit einem leicht russischen Akzent über die Musik hinweg und kam auf Tayfun zu. »Was geht?«

»Leila hat mich eingeladen.«

Sie klatschten sich ab und umarmten sich dabei halb.

»Wer ist das?« Der Typ nickte zu mir herüber und musterte mich interessiert.

Leider konnte ich nicht verstehen, was Tayfun genau antwortete, aber ich versuchte, so selbstbewusst wie möglich einen Schritt auf die beiden zuzumachen und stellte mich vor: »Hi, ich bin Dalia.«

»Dimitri.« Der Typ gab mir die Hand, hielt sie einen Moment länger als nötig und grinste mich undurchdringlich an.

Das war also der Gastgeber. Keine Ahnung, was ich von ihm halten sollte. Genauso wenig wusste ich, was ich von dem Rest halten sollte. Ich hatte mit vielem gerechnet, aber das hier war mir dann irgendwie doch zu viel. Alles fühlte sich befremdlich an.

Trotzdem bemühte ich mich um ein Lächeln. »Ich hoffe, es war okay, dass ich mitgekommen bin.«

»Wie dir vielleicht aufgefallen ist, sind die Männer hier in der Überzahl. Also: Schöne Frauen sind immer willkommen.« Dimitri betrachtete mich weiter, seine Augen wirkten jedoch dunkel und abwesend.

»Tayfun. Du bist gekommen!«

Eine Frau kam mit ausgebreiteten Armen auf uns zugelaufen und ließ mich zum Glück die Unterhaltung mit ihm unterbrechen. Ich kniff die Augen zusammen und erkannte auf den zweiten Blick, dass es sich um Leila handeln musste, die wir schon im Odonien getroffen hatten.

Als sie Tayfun umarmte und ihm etwas ins Ohr flüsterte, machte sich bei mir wieder ein unschönes Gefühl breit. Wie viele kleine Nadelstiche in meinem Inneren. *Reiß dich zusammen,* dachte ich mir angespannt.

Nun fiel Leila mir in einer fließenden Bewegung um den Hals und ihre weichen, schwarzen Haare kitzelten mein Gesicht. »Hey, schön, dass du auch gekommen bist.«

Sie zwinkerte mir zu und augenblicklich entspannte ich mich wieder etwas. Sie schien wirklich okay zu sein.

Zumindest hatte ich nicht das Gefühl, sie wäre mir gegenüber falsch.

Ausgelassen ließ sie sich auf den Schoß eines der Typen fallen, die am Tisch saßen und nahm ihm den Joint ab. Genussvoll zog sie daran, atmete den Rauch nach einer Weile durch ihre roten Lippen aus und reichte ihn wieder zurück. Der Typ raunte ihr etwas zu, woraufhin sie lachte und sich mit ihrem Kopf ein Stück zu ihm nach hinten auf die Schulter lehnte.

All das tat sie mit einer solchen Leichtigkeit und Selbstverständlichkeit, dass ich mich fragte, ob sie immer in diesen Kreisen hier unterwegs war. Ob sie sich bei dieser Atmosphäre hier wirklich wohlfühlen konnte.

Dimitri holte mich aus meinen Gedanken, als er das Röhrchen vom Tisch nahm und es Tayfun reichte.

»Hier Bruder, damit du endlich wieder das gute Zeug kriegst. Bedien dich.«

Mit klopfendem Herzen schluckte ich und beobachtete fieberhaft, was Tayfun tun würde. Was, wenn er jetzt eine Line nahm? Doch zu meiner Erleichterung lehnte er ab.

»Lass mal. Bin davon losgekommen.«

Am liebsten hätte ich ihn geküsst, so froh war ich. Ich wusste, er hatte es nicht nur mir zuliebe versprochen, sondern auch, weil er selbst damit aufgehört hatte und es so bleiben sollte. Dennoch erschien er mir in dieser Umgebung eigenartig fremd. So, als könnte ich ihn plötzlich nicht mehr einschätzen. Ich dachte an seine Worte und verstand langsam, was er mir damit sagen wollte.

Kurz rief ich mir das abgespeicherte Bild von vorhin in Erinnerung. Wir beide, verschlungen in einem Kuss, vor dem Graffiti, das Tayfun für uns gesprüht hatte.

Mein stolperndes Herz beruhigte sich wieder etwas. Ich wusste, wer er war. Und ich konnte ihm vertrauen.

»Oh, da ist jemand unter die Spielverderber gegangen.«
Dimitris laute Stimme und sein süffisanter Kommentar rissen mich erneut zurück in die Realität.

Im nächsten Moment legte sich seine Hand auf meinen unteren Rücken und er beugte sich zu mir, um mir etwas zu sagen. Sein Dreitagebart kitzelte beinahe mein Ohr und irgendwas an seiner Nähe ließ mich verkrampfen.

Den anderen Arm um Tayfuns Schulter gelegt, erzählte er mir: »Ich entführe ihn mal kurz. Wir haben uns Ewigkeiten nicht mehr gesehen und müssen mal zusammen einen heben. Fühl dich wie zuhause und greif ruhig zu. Das Zeug ist gute Qualität. Ballert richtig.« Wie zur Bestätigung strich er sich über die Nase und grinste.

»Lass sie, Dimi«, mischte Tayfun sich ein, worüber ich ihm dankbar war.

»Kommst du klar?«, fragte er nun an mich gerichtet.

Ich nickte, obwohl ich am liebsten vehement den Kopf geschüttelt hätte. »Geh nur.«

Die beiden verließen das Zimmer und ich blieb alleine zurück. Natürlich waren in dem Raum noch ein Dutzend anderer Leute, aber ich fühlte mich einsam. Verloren sah ich mich um, wusste nicht recht, wohin mit mir, aber wollte es mir gleichzeitig nicht anmerken lassen. Angespannt umklammerte ich meine Handtasche und tat so, als würde ich nicht merken, wie die Blicke der anderen mich streiften.

Leila fing meinen Blick auf. Sie saß immer noch auf dem Schoß des Typen und winkte mich zu sich. »Hey, komm mal!«

Zögerlich machte ich ein paar Schritte auf sie zu, bis ich bei ihr stand.

»Du kennst hier niemanden, oder?« Sie wartete gar nicht erst meine Antwort ab, sondern griff nach meinen

Handgelenken, um sich hochzuziehen. Leichtfüßig sprang sie auf, ließ mich jedoch nicht los.

»Wir trinken jetzt erst mal was. Dann entspannst du dich vielleicht ein bisschen.« Sie stupste mich mit der Schulter an und dirigierte mich aus dem Raum. »Und dann führe ich dich ein bisschen rum und zeige dir, was es hier außer der Drogenhöhle noch so gibt. Kein Wunder, dass du so verschreckt bist. Wie ich Tayfun kenne, macht er sowas nämlich nicht.«

»Eigentlich trinke ich keinen Alkohol«, gestand ich, war aber heilfroh, nicht mehr so blöd alleine dazustehen und vor allem endlich aus diesem beengenden Raum herauszukommen.

»So gar nicht? Oder kannst du mal eine Ausnahme machen?« Schon drückte sie mir ein Glas mit einer klaren Flüssigkeit in die Hand.

»Trink. Danach siehst du alles nicht mehr so schwer. Glaub mir, ich weiß, das hier kann alles etwas extrem wirken, wenn man es nicht gewöhnt ist. Aber mit dem richtigen Pegel macht es auch dir nichts mehr aus.«

Unschlüssig sah ich auf mein Glas hinab und schwenkte es leicht. Hatte sie vielleicht recht?

»Gin Tonic«, warf sie ein. »Prost!«

Sie stieß ihr Glas gegen meines und setzte es dann an ihre Lippen, um davon zu trinken. Ohne länger darüber nachzudenken, tat ich es ihr gleich und nahm zwei große Schlucke. Ich merkte genau, wie der Alkohol meine Kehle hinunterlief und dort ein unangenehmes Brennen hinterließ. Angewidert schüttelte ich mich, ohne dass ich es verhindern konnte und brachte Leila damit zum Lachen.

»Das ist aber nicht dein erstes Mal, oder?«

»Nein«, brachte ich hervor und verzog den Mund, weil sich das Brennen nun auch in meinem Bauch breitmachte.

»Bis ich vor zwei Jahren achtzehn wurde, habe ich beim Feiern auch getrunken, aber geschmeckt hat es mir noch nie. Damals war es der Gruppenzwang und das aufregende Neue. Irgendwann habe ich das nicht mehr gebraucht.«

Dachte sie nun das Gleiche über mich, wie ich über Nadines Freundinnen? Spießer und Langweiler?

»Oh, du hast es gut. Ich habe schon viel zu früh angefangen zu trinken und auszuprobieren. Habe nie darüber nachgedacht, aufzuhören. Wahrscheinlich schmeckt es mir aber auch einfach zu gut. Und ich mochte das Gefühl, das es in mir auslöst.« Sie zuckte mit den Schultern. »Aber bleib ruhig dabei. Nur nicht heute. Vertrau mir, ist besser so.«

Sie fuhr sich durch ihren schulterlangen Bob, verwuschelte die Haare und sah mich dann neugierig an.

»Du sagst, du bist vor zwei Jahren achtzehn geworden. Das heißt, du bist erst zwanzig?« Dieses Detail hatte sie sich gemerkt?

»Ja.« Ich dehnte das Wort aus, nicht sicher, worauf sie hinauswollte.

»Tayfun, dieser Racker. Schnappt sich eine fünf Jahre Jüngere.« Abwesend grinste sie und sah mich dann wieder an. »Na gut, ich kann es ihm nicht verübeln. Du bist echt schön.«

Ich lief rot an. Ihr Verhalten und ihre selbstbewusste, offene Art überforderten mich ein bisschen.

»Danke«, erwiderte ich unsicher. »Du doch genauso.«

Und das meinte ich wirklich ernst. So sehr sie mich überforderte, sie faszinierte mich gleichermaßen auch. Sie war eine dieser Frauen, die man heimlich beobachtete und bewunderte. Vermutlich wusste sie das auch.

»Wie alt bist du denn?«, wollte ich wissen.

»Vierundzwanzig«, antwortete sie, aber schwenkte auf ein anderes Thema. »Trink aus. Jetzt zeige ich dir erst mal wie versprochen die Wohnung.«

Tapfer schüttete ich den Rest des Gin Tonics in mich hinein und versuchte es hinunterzuschlucken, ohne dass mir schlecht wurde. Erstaunt stellte ich fest, wie mich bereits ein angenehmer Schwindel überkam. Ich hatte ganz vergessen, wie sich das anfühlte. Er legte sich wie ein Schleier über meinen Kopf und ließ alles etwas leichter erscheinen.

»Die Tanzfläche – normalerweise Wohnzimmer – hast du ja schon gesehen«, erklärte Leila, während wir den großen Raum vom Anfang durchquerten. Die Musik schallte unaufhörlich weiter, wurde aber durch ihre laute Stimme übertönt.

»Hier ist das Billardzimmer«, zeigte sie mir den nächsten Raum, in dem einige Männer offensichtlich Billard spielten und andere mit Spielkarten und Whiskeygläsern in der Hand um einen schmalen Tisch herumsaßen.

»Spielst du Billard?«, fragte ich sie.

»Nein, mir fehlt Können und Lust dazu.« Sie winkte ab. »Ich schaue lieber nur zu.«

Schnurstracks lief sie zum nächsten Raum, der jedoch abgeschlossen war. Es handelte sich um das Badezimmer. Man hörte gedämpfte Laute hinter der Tür und wenn ich mich nicht täuschte sogar Stöhnen. Leila verdrehte die Augen und klopfte laut gegen die Tür.

»Mona und Carlos, seid ihr da immer noch drin? Ich glaub's nicht, ihr könnt doch nicht die ganze Zeit das Bad blockieren! Habt ihr nie was anderes als Vögeln im Kopf?«

Zu mir gewandt, die peinlich berührt auf die Tür starrte, sagte sie: »Ach, lass uns weitergehen. Die starten da drinnen glaube ich schon die dritte Runde.«

Ihr helles Lachen brachte mich nun unfreiwillig doch zum Grinsen und wir liefen weiter durch den Gang.

»Wie groß ist denn Dimitris Wohnung?«, fragte ich erstaunt.

»Mit krummen Geschäften verdient man eben ganz gut.« Sie verdrehte die Augen. »Frag mich nicht, ich versuche mich da rauszuhalten. Für mich springt eben auch was raus. Man hat immer einen coolen Platz zum Chillen.«

»Seid ihr gut befreundet?«, fragte ich interessiert.

»Sehr gut«, verbesserte sie mich, während sie auf das nächste Zimmer deutete. »Schlafzimmer – also tabu.«

Dabei fiel mein Blick auf ihr Handgelenk, an dem ihr Armband verrutscht war. Zum Vorschein gekommen war das leicht verschwommene Tattoo, das Tayfun an seinem Knöchel trug. Das Tattoo, das er sich mit sechzehn selbst gestochen hatte. Ich spürte wieder ein etwas unschönes Gefühl in mir hinaufkriechen. Bedeutete das, sie kannten sich schon so lange? Hatte Tayfun ihr auch dieses Tattoo gestochen?

Vielleicht führte der Alkohol in mir dazu, dass ich die nächste Frage stellte: »Und du und Tayfun?«

Für eine Weile sah sie mich unergründlich an, stellte fest, dass mir ihr Tattoo aufgefallen war und lachte etwas verlegen. »Okay, ich merke, wir brauchen definitiv mehr Alkohol. Dann erzähle ich dir am besten mal, was Sache ist.«

Mit großen Augen sah ich sie an. Oh Gott, das klang so, als würde das Ganze eine längere Geschichte werden. Aber war ich nicht genau aus diesem Grund auf der Party? Um mehr zu erfahren? Über Tayfun, seine Vergangenheit und seine Freunde? Mir brannten tausende Fragen auf der Zunge. Sie alle drehten sich um Tayfun. Und um ihn und Leila.

»Hier ist die Küche«, machte sie unbeirrt mit ihrer Führung weiter.

Als wir den Raum betraten, fanden wir dort Dimitri und Tayfun wieder, die sich unterhielten. Tayfuns Blick hob sich, als er mich sah und der Anflug eines Lächelns erschien in seinem Gesicht. Ich versuchte zurückzulächeln und mir nichts von dem Karussell aus Gedanken und Alkohol an-merken zu lassen. Eine gefährliche Mischung, wenn es sich erst mal zu Drehen angefangen hatte.

Leila schüttete uns unbeirrt Whiskey-Cola ein und ich gab auf, ihr zu erklären, wie absolut eklig ich Whiskey fand. Vielleicht war es die einzige Möglichkeit, das bevorstehende Gespräch zu überstehen.

Sie reichte mir das Glas, als Tayfun sie plötzlich am Handgelenk packte. »Hör auf, Dalia abzufüllen.«

»Alles locker. Sie entscheidet selbst, ob sie trinken will oder nicht, du Alphatier. Wir bereden Mädelszeug«, bot sie ihm die Stirn und ich musste schmunzeln, obwohl es mir gefiel, zu sehen, dass er sich um mich sorgte.

»Schon gut«, beschwichtigte auch ich ihn.

Er ließ Leila los und wir wollten die Küche wieder ver-lassen, als hinter unseren Rücken plötzlich Dimitris Stimme ertönte: »So leicht kommt ihr nicht davon.«

Verwirrt drehte ich mich um und sah, wie er mit Shotgläsern in der Hand auf uns zukam.

»Wir vier trinken jetzt. Darauf, dass wir alle mal wieder vereint sind. Fast alle. Und auf dich natürlich.« Mit hoch-gezogenem Mundwinkel sah er mich an.

Seufzend nahm ich den Shot entgegen. Wir stießen an und Tayfun neben mir sah mir besonders tief in die Augen. Er grinste auf eine Weise, die mich durch meine neu gewonnene Unbeschwertheit ein bisschen anmach-te. Wir kippten das Gesöff hinunter, von dem ich keine Ahnung hatte, was es war. Nur dass es sowas von nicht mein Geschmack war.

Angewidert atmete ich aus und musste ein Röcheln unterdrücken, was mir belustigte Blicke einbrachte. Der Alkohol stieg mir fast schon zu Kopf.

Kaum hatte ich mich versehen, zog Leila mich schon mit sich. Mir fiel noch auf, wie Tayfun mir nachdenklich über die Schulter hinweg hinterhersah, da betraten wir schon stolpernd das letzte Zimmer des Ganges.

»Voilà. Ich hoffe, du magst Shisha.«

Leila ließ sich auf das mit Kissen gepolsterte Sofa fallen und ich tat es ihr nach.

Der Raum war komplett nebelig. Lediglich ein kleines Fenster neben mir war gekippt, was ich heimlich zu meiner Rettung ernannte, da es mir wenigstens etwas frische Luft bescherte und dafür sorgte, dass ich noch einigermaßen klar denken konnte.

Auf den kleinen quadratischen Tischen vor uns standen Shishas, die jedoch komplettes Neuland für mich waren. Nadine hatte sich damals immer vehement geweigert in die »viel zu asozialen« Shishabars in Köln zu gehen und mir war es nie wichtig gewesen. Unter die Musik mischte sich das Blubbern des Wassers, das sich in den Glasgefäßen der Wasserpfeifen befand.

Leila nahm den Schlauch der Shisha vor uns in die Hand, zog daran und atmete genussvoll den fruchtig duftenden Rauch aus. »Sorry. Ich bin süchtig danach, weißt du?«, sagte sie entschuldigend.

Dann hob sie ihr Glas an und nickte mir auffordernd zu. Ich tat ihr den Gefallen, ließ mein Glas gegen ihres klirren und nippte an der braunen Flüssigkeit. Zumindest hatte sie Erbarmen gehabt und mir eine schwache Mischung gemacht, sodass mein Getränk überwiegend nach Cola schmeckte.

»Die Sache ist die«, setzte sie nun bedeutungsvoll an, schien nach einer Formulierung zu suchen und sah mich schließlich mit ihren dunklen Augen an.

Aufmerksam blickte ich zurück, spürte den leichten Schwindel, der durch den fehlenden Sauerstoff im Zimmer etwas verstärkt wurde und versuchte mich zu konzentrieren. Würde sie mir jetzt endlich einige der Fragen beantworten können?

»Es waren immer wir vier«, fing Leila an zu erzählen. »Tayfun, Dimi, Cem und ich. Wir kennen uns schon unser halbes Leben. Mit fünfzehn haben wir uns alle angefreundet. Wir kamen aus der gleichen armen Gegend, hatten keinen Bock auf Schule und zu viel Blödsinn im Kopf. Jeder hatte so seine Probleme und ein schweres Päckchen zu tragen, aber wir redeten nie darüber. Es reichte, wenn wir füreinander da waren und uns durch die Anwesenheit der anderen ablenken konnten. Wir waren unzertrennlich. Das Tattoo hat Tayfun uns allen mit sechszehn als Zeichen unserer Freundschaft gestochen. Scheinbar hat er dir davon erzählt. Es war ein Zeichen für Stärke. So haben wir uns damals gefühlt – unbesiegbar.«

Sie lachte auf, auch wenn ihre Augen einen traurigen Glanz annahmen. »Wir waren so dumm. Klar, es war auch eine coole Zeit, aber wir haben nicht gemerkt, wie wir immer weiter abdrifteten. Die anderen haben irgendwelches kleinkriminelles Zeug gemacht. Sachen klauen, Drogen dealen, so ein Zeug. Mich nicht ausgenommen. Wir haben alle zu viele Drogen genommen. Frag mich nicht wie, aber irgendwann wurde ich wachgerüttelt und habe gemerkt, dass es so nicht weitergeht. Ich habe die Verbindung zu den anderen abgebrochen und verspätet mein Fachabi nachgeholt, um eine Ausbildung zu machen.«

Ich schluckte. Es war schwer für mich, mir vorzustellen, wie Tayfun damals drauf gewesen sein musste. War er auch so kriminell gewesen? Ich traute mich gar nicht, nachzufragen.

»Wie kommt es, dass ihr jetzt wieder befreundet seid?«, wollte ich stattdessen wissen.

»Wir haben uns zufällig beim Weggehen wiedergetroffen. Ähnlich wie letztens im Odonien auch. Tayfun und Dimi haben mir erzählt, dass Cem in der Zwischenzeit in den Knast gewandert ist. Anscheinend ist er richtig auf die schiefe Bahn geraten. Die anderen sind davongekommen. Sie haben anscheinend immer noch Dinger gedreht, aber nicht mehr so in dem Ausmaß. Dabei war eigentlich immer Dimi derjenige, der die anderen mit in die Scheiße gezogen hat. Naja, wir haben gelegentlich wieder Sachen unternommen. Ich habe mich da einfach rausgehalten. Das war ihr Ding. Oder Dimis. Keine Ahnung inwiefern Tayfun auch involviert war.«

Sie machte eine Pause, nahm einen ausgiebigen Zug von der Shisha und ließ mir kurz Zeit, das zu verarbeiten, was ich soeben gehört hatte. Klar hatte ich mir gedacht, dass Tayfuns Vergangenheit einen andere gewesen war als meine. Schließlich wusste ich von seinem Koksen damals, auch wenn ich es so gut es ging, verdrängte. Aber dass sie so ausgesehen haben sollte, konnte ich mir kaum vorstellen.

Nun aber auch von Leila zu erfahren, wie er zwischendurch womöglich auf eine kriminelle Schiene gerutscht war, beschäftigte mich. Ich wusste gar nicht, was ich sagen sollte. Zu viele Dinge schossen mir durch den Kopf. *Er war bestimmt nicht so*, redete ich mir ein. Schnell nahm ich einige Schlucke meines Getränks, als Leila mich mit der nächsten Nachricht schockte.

»Und vielleicht sollte ich dir fairerweise noch erzählen, dass Tayfun und ich eine zeitlang was am Laufen hatten.«

Da waren sie wieder – die Stiche, die mich durchfuhren. Diesmal glichen sie jedoch keinen kleinen Nadeln, sondern eher einer Klinge, die sich schmerzhaft in mich bohrte. Ich hatte also recht gehabt mit meiner Vermutung. Irgendwie hatte ich gesehen, dass da mal etwas gewesen war. Fuck, ich hasste dieses Gefühl und die damit verbundenen Gedanken. Ob er sie auch so berührt hatte wie mich?

Mein Mund fühlte sich trocken an und ich musste mich räuspern, um zu sprechen. »Echt?«, brachte ich hervor.

Ich will mehr darüber wissen, schrie es in meinem Inneren, aber etwas hinderte mich, nachzufragen. Wollte ich überhaupt Details?

»Wir waren nicht zusammen oder so«, beeilte sie sich zu sagen, als sie meinen Blick sah und irgendwie fiel mir ein kleiner Stein vom Herzen. »Vermutlich haben wir beide nur etwas Halt gesucht, um uns davon abzulenken, wie abgefuckt wir waren. Hat sich aber auch wieder von beiden Seiten verlaufen und ist wie gesagt schon einige Zeit her.«

Der anfängliche kurze Schmerz ließ etwas nach und ich atmete durch. Es war weniger schlimm als gedacht. Ich konnte zwar nicht leugnen, dass es mich störte, aber Leila war cool und ich mochte sie. Wenn sie sagte, es war längst vorbei, glaubte ich ihr. Leicht zitternd griff ich nach meinem Glas und nahm einen weiteren Schluck. Dieser Abend machte mich fertig. Absolut fertig. In jeder Hinsicht.

»Seitdem habe zumindest ich nicht mehr wirklich etwas mit Tayfun zu tun gehabt. Er und Dimi waren weiterhin befreundet, habe ich so mitbekommen. Die Verbindung ist dann erst vor einem halben Jahr abgebrochen. Umso schöner, dass wir jetzt wieder alle etwas zusammen machen.« Sie klatschte in die Hände und schien gar nicht zu merken, was in meinem Inneren alles ablief.

»Okay, jetzt habe ich das Gefühl, du kennst meine halbe Lebensgeschichte. Ich würde ja sagen, der Alkohol ist schuld, aber ich bin nicht mal angetrunken.« Sie lächelte mir zu und ihr

Zungenpiercing blitzte auf. »Nachdem ich das alles losgeworden bin, ist es dringend Zeit, dass du mal erzählst, wie ihr euch kennengelernt habt. Ich halte jetzt meine Klappe und höre zu.«

Wie zur Bestätigung leerte sie ihr Glas zu Hälfte und rauchte dann Shisha, ohne mich aus den Augen zu lassen.

»Wir haben uns vor dem Crystals kennengelernt«, berichtete ich ihr von unserem ersten Aufeinandertreffen. »An einem Abend, an dem ich unvernünftig sein und etwas erleben wollte.«

»Die perfekte Kombi, wenn man Tayfun trifft.« Sie grinste. »Wollte gerade fragen, wie jemand wie du dich auf so einen Idioten einlassen kannst. Aber das wäre gemein. Er ist echt in Ordnung. Gerade zu früher hat er sich sehr verändert. Mir kommt es so vor, als wollte er endlich etwas aus seinem Leben machen.«

Ihre Worte schenkten mir Mut und den Glauben daran, dass ich mich nicht in ihm getäuscht hatte. Gedankenverloren fächerte ich mir mit der Hand etwas Wind zu. Die Luft war einfach zu stickig.

»Er ist schon ganz anders als alles, was ich kenne«, gab ich trotzdem zu. »Aber auf keinen Fall negativ gemeint.«

»Kann ich mir vorstellen. Sag mal, ist das Tayfuns Shirt?«, bemerkte sie plötzlich und zupfte an dem schwarzen T-Shirt, in dem ich mich so wohlfühlte, dass ich es bereits komplett vergessen hatte. Der erste Teil des Abends schien schon Ewigkeiten entfernt.

»Ja.« Ich grinste. »Längere Geschichte.«

»Wow, das ist ja richtig süß. So kenne ich ihn gar nicht«, entgegnete sie schmunzelnd und in diesem Moment wollte ich sie am liebsten umarmen. Scheiß drauf, dass sie wusste, wie Tayfun küsste. Genau das war es immer, was ich bei Nadine vermisst hatte.

»Danke, dass du vorhin auf mich zugekommen bist«, meinte ich ehrlich. »Ich war echt etwas eingeschüchtert.«

»Habe ich mir gedacht. Aber ich bereue es nicht. Ich mag dich irgendwie. Außerdem tust du Tayfun gut.« Sie stupste mich an. »Und jetzt bin ich ganz Ohr. Ich will hören, wie du zu seinem T-Shirt kamst!«

Beschwipst und lachend streiften wir durch den Gang zurück in den großen Raum. Nach allem, was ich erfahren hatte, war die Whiskey-Cola in meinem Glas dann doch die beste Lösung gewesen. Plötzlich fühlte sich alles so leicht an. Die ganzen Gestalten auf der Party, die vorhin noch so bedrohlich auf mich gewirkt hatten, bemerkte ich nun nicht mal mehr. Ein- oder zweimal rempelten wir versehentlich jemanden an und entschuldigten uns kichernd.

»Einen Raum habe ich dir noch gar nicht gezeigt«, fiel Leila plötzlich ein.

»Welchen denn?«, hakte ich nach.

»Dimi hat im Keller einen eigenen Fitnessraum«, erzählte sie mir. »Der hat es in sich. Riesig und sieht ziemlich cool aus!«

Ich musste leuchtende Augen bekommen haben. »Dein Ernst? Kann ich den sehen?«

»Okay, du scheinst ja echt begeistert zu sein. Ist das dein Ding?«

Eifrig nickte ich. »Ich liebe Kraftsport. Seit Kurzem gebe ich auch wieder Kurse in meinem Fitnessstudio.«

»Nicht schlecht«, sagte Leila anerkennend. »Dann ist das wahrscheinlich etwas für dich. Komm mit.«

Gespannt folgte ich ihr. Ein Homegym zu haben, war schon immer mein Traum gewesen. Wenn ich irgendwann genug Geld dafür haben sollte, wäre es vermutlich das erste, was ich mir einrichten würde.

Wir gingen durch die Eingangstür und tappten die Stufen hinunter in den Keller. Alles, was man von hier aus noch hörte, war das dumpfe Vibrieren des Basses.

»Dimi hat es eigentlich nicht so gern, wenn man Leute hier hinbringt, aber er kriegt davon ja nichts mit«, verriet Leila mir leise.

Vorsichtig schaltete sie das kalte Kellerlicht an. Als wir unten angekommen waren, fanden wir uns vor einer Doppelflügeltür wieder.

»Darf ich vorstellen?« Sie drückte die Klinke hinunter, doch die Tür ließ sich nicht öffnen.

»Mist. Abgeschlossen.«

Nach ein paar weiteren Versuchen gab sie auf. »Sorry. Jetzt habe ich es so angepriesen und es wird nichts.«

»Schade«, entgegnete ich schon enttäuscht.

Plötzlich ging das Licht aus und mein Herz machte einen Satz.

»Erwischt«, erklang eine Stimme hinter uns und anhand des Akzentes erkannte ich, dass es Dimitri sein musste. Trotzdem erschreckte ich mich im ersten Moment etwas und suchte unbewusst Leilas Nähe in der Dunkelheit.

Sie sagte ganz locker: »Schön. Dann mach das Licht jetzt wieder an und schließ uns auf.«

Ich hörte, wie Schritte näher kamen und er nun direkt vor uns stehen musste. Seine leise Stimme bescherte mir Gänsehaut, aber anders als bei Tayfun. In seiner Gegenwart war ich irgendwie unangenehm nervös.

»Du weißt genau, dass mir das nicht gefällt.«

»Ja, aber Dalia ist kraftsportbegeistert und hätte dein Gym gerne mal gesehen«, erwiderte Leila beharrlich.

»Ist das so?« Er schaltete das Licht wieder ein und ich atmete etwas auf.

Während er noch ein wenig den Abstand zwischen uns verringerte und mich abcheckte, nickte ich nur.

»Siehst auf jeden Fall durchtrainiert aus, ist mir vorhin gar nicht so aufgefallen.« Dann warf er überraschenderweise noch ein: »Wenn du Lust hast, komm doch demnächst mal zum Trainieren vorbei.«

Was war das denn jetzt für ein Angebot? Unschlüssig blickte ich zu Leila.

»Zusammen mit Tayfun«, ergänzte diese daraufhin absichtlich und sah Dimitri streng an.

»Apropos Tayfun«, meinte er unbeeindruckt von ihrem tadelnden Blick. »Er wusste nicht, wo du bist. Deswegen habe ich nach euch gesucht.« Grinsend stellte er sich zwischen uns und lehnte sich mit seinen Unterarmen auf unsere Schultern auf.

»Dann gehe ich am besten mal wieder nach oben«, erwiderte ich erleichtert, ihm entkommen zu können.

»Wir auch. Aber das Angebot steht auf jeden Fall«, machte Dimitri klar.

»Das wäre echt cool. Ich werde Tayfun mal fragen«, antwortete ich unverfänglich, froh darüber, nun wieder zu ihm zurückzukommen, nachdem wir uns, seit wir auf der Party waren, kaum gesehen hatten.

Es war nicht schwer, ihn aufzuspüren. Dimitri meinte, er habe sich auf eine Runde Billard eingelassen, also war das der erste Ort, wo ich nach ihm suchte. Und tatsächlich, dort stand er über den Billardtisch gebeugt, mit konzentriertem Gesichtsausdruck und dem Queue in der Hand. Gerade lochte er die letzte Kugel ein, die ihm zum Sieg verhalf.

Der andere Typ warf verärgert seinen Queue hin und verließ den Raum. In der Ecke, in der vorhin Karten gespielt wurden, pennten lediglich noch zwei Typen mit dem Kopf auf dem Tisch. Wahrscheinlich wurden die Leute mit der Zeit einfach zu betrunken, um sich auf das Spielen konzentrieren zu können.

Tayfun erblickte mich im Türrahmen und nachdem ich lächelnd auf ihn zugegangen war, hellte sich sein Gesichtsausdruck auf und er schloss seinen Arm um meine Hüfte. Plötzlich wirbelte er mich einmal im Halbkreis herum, hob mich hoch und setzte mich auf die Kante des Billardtischs. Ein erschrockener Laut entwich mir.

»Ich habe dich gesucht«, murmelte er in mein Haar, gerade so laut, dass ich es durch die Musik noch leise hören konnte.

»Sah aber nicht danach aus«, neckte ich ihn, woraufhin er mich angrinste.

»Okay, die meiste Zeit über.«

Nun betraten auch Dimitri und Leila den Raum. Dimitri hob den Queue auf und lief damit um den Tisch herum, während Leila sich auf einen der Stühle pflanzte und ihre Füße hochlegte.

»Spielen wir eine Runde?«, fragte er Tayfun.

Der schüttelte den Kopf. »Nachher vielleicht.«

Dimitri ließ einen frustrierten Laut los und zündete sich stattdessen einen Joint an, den er sich mit Leila teilte.

Tayfun erregte wieder meine Aufmerksamkeit, als er sich zwischen meine Beine stellte, die über dem Boden baumelten. Er stand so dicht vor mir, dass sein Jeansbund leicht an meinem Bauch rieb. Langsam sah ich hoch und blickte in seine glänzenden, dunklen Augen. Sie waren leicht glasig und mir fiel ein, dass auch ich heute zum ersten Mal mitbekam, dass er etwas trank.

Leicht aber bestimmt lehnte er sich ein Stück nach vorne und drückte seine Lippen auf meine. Ich schloss die Augen und ließ mich von dem warmen Gefühl, dass mich durchströmte, vereinnahmen. Es reichte bis in meine Zehen und Fingerspitzen, die leicht zu kribben anfingen. In meinem Kopf drehte es sich, aber es fühlte sich gut an. Als würde ich Achterbahn fahren, mit seinen Lippen auf meinen.

Er presste sich dichter an mich, sodass ich die Beule in seiner Hose an meiner Mitte spürte und unterdrückte ein Seufzen.

»Wow, was für eine Show«, kommentierte Leila unseren Kuss amüsiert, woraufhin ich mit glühenden Wangen von ihm abließ.

»Macht ruhig weiter.« Dimitri lehnte sich zurück und beobachtete uns.

Mir war gar nicht mehr bewusst gewesen, dass wir nicht alleine waren. Tayfun lachte leise und nahm Dimitri den Joint aus der Hand. Ruhig zog er daran, atmete ein und drehte seinen Kopf dann nach einer Weile, um den Rauch gleichmäßig zur Seite wegzupusten. Jedes Mal fesselte er mich dabei mit seinen Blicken. Nachdem er es ein paar Male wiederholt hatte, reichte er ihn an Leila weiter.

»Du weißt, was ich tun würde, wenn wir alleine hier wären?«, murmelte Tayfun mir zu und der süße Geruch von Cannabis, der ihn umgab, stieg mir in die Nase.

»Was?«, hauchte ich ihm leise zu.

Er küsste mich kurz und drängte sich dann nochmal gegen meine geöffneten Oberschenkel, bevor er mir ins Ohr flüsterte: »Ich würde dich direkt hier auf dem Billardtisch nehmen.«

Meine Haut kribbelte bei seinen Worten, aber daran durfte ich jetzt gar nicht erst denken, sonst verlor ich endgültig meinen Verstand. Durch den Alkohol war ich sowieso ungehemmter und verzehrte mich mehr und mehr nach Tayfun.

Wenn ich mir nur vorstellte, wie er mich mit der Hand nach hinten auf den Tisch drückte und meine Beine noch ein Stück weiter öffnete ... Ich ermahnte mich mit dem letzten Funken Vernunft dazu, mich von diesem Gedanken abzulenken, während Tayfun, der mit seiner Hand mein Bein hochfuhr, vermutlich genau wusste, was in meinem Kopf vorging.

Plötzlich rief Leila uns zu: »Wie cool, das ist schon ewig alt, aber immer noch eines meiner Lieblingslieder. Richtiger Klassiker!«

Durcheinander lauschte ich dem Lied, was soeben begonnen hatte und mir zumindest irgendwoher bekannt vorkam.

»*Erase me* von *Kid Cudi*«, klärte sie mich auf und verdrehte die Augen. »Okay, ich will euch nur ungerne unterbrechen, aber darauf müssen wir tanzen!«

Polternd sprang sie von ihrem Stuhl auf und zerrte an Dimitri, der als erstes nicht wirklich aufstehen wollte. Doch ihre Begeisterung war ansteckend. Zögernd rutschte ich vom Tisch hinunter und auch wenn Tayfun aussah, als würde er gerade lieber andere Dinge tun, liefen wir alle Leila hinterher in den Raum mit der Tanzfläche.

Um mich herum drehte sich immer noch alles. Ich nahm Tayfuns Berührungen wahr, seine Schritte zur Musik und wie Leila voller Hingabe ihren Kopf hin und herschwang. Sie griff nach meiner Hand, um sich um ihre eigene Achse zu drehen, während Dimitri den Kopf in den Nacken gelegt hatte und sich in einer anderen Welt zu befinden schien.

Wir bewegten uns im schummrigen Licht, welches anfangs noch so düster auf mich gewirkt hatte. Doch jetzt erlebte ich es anders. Das hier fühlte sich an wie die Unendlichkeit. Keine Grenzen, keine Regeln, nur wir mitten in den nostalgischen Klängen von *Kid Cudis* Lied – wo nichts anderes mehr zählte.

Tayfun und Dimitri hatten sich früher als Leila und ich wieder vom Tanzen verabschiedet. Dimitri wollte wohl noch eine Nase ziehen, um wieder euphorischer zu werden und Tayfun beobachtete uns lieber vom Rande der Tanzfläche aus.

Er lehnte dort an einer Wand und seine Augen fixierten mich. Aber egal wie sehr ich tanzte, ich konnte ihn immer direkt aus der Ferne ausmachen. Seine Haltung und das Tattoo am Hals verrieten ihn sofort. Ich spürte seinen Blick auf meiner Haut brennen, genau wie damals, als ich ihn vor dem Club stehen gelassen und er mich inmitten der Menschen auf der Tanzfläche wiedergefunden hatte.

Langsam schloss ich die Augen und dachte daran, was heute alles passiert war. Dass ich hier im Endeffekt doch noch Spaß gehabt hatte, trotz der befremdlichen Atmosphäre, in der ich mich befand. Gewöhnt hatte ich mich trotzdem nicht daran. Das hier war nach wie vor nicht meine Welt. Die scheinbare Normalität, mit der hier alle Drogen nahmen oder in kriminelle Geschäfte involviert waren, machte mir Angst. Genau wie die Dinge, die ich über Tayfuns Vergangenheit erfahren hatte. Was hatte er mit all dem zu tun gehabt? War er jetzt immer noch darin verstrickt?

Ja, mit etwas Alkohol, ihm und Leila an meiner Seite hatte ich all das noch für heute ausblenden können. Trotzdem hatte ich so viele Fragen. Fragen, die ich ihm stellen musste. Sie würden bis morgen warten können, aber irgendwann konnte ich sie nicht mehr aufschieben. Und ich hoffte, es würde sich mit dem Wissen, das ich danach hatte, nicht alles ändern.

KAPITEL 12

- GESTÄNDNISSE -

Dieser verfluchte Alkohol. Alle Gründe, aus denen ich eigentlich nicht trank, wurden mir auf einen Schlag wieder bewusst. Mit einem unangenehmen Druck auf dem Kopf und trockenem Mund drehte ich mich im Bett um. Nicht nur, dass ich mich körperlich nicht gut fühlte, der Kater drückte am Tag danach auch immer auf meine Laune und legte sich wie ein grauer Schleier über meine Sicht.

Direkt nachdem ich meine Augen geöffnet hatte, kniff ich sie schnell zusammen, weil es gleißend hell im Zimmer war und ich noch absolut nicht bereit dafür.

Nach einigen Sekunden gewöhnte ich mich langsam an die Helligkeit und sah, dass Tayfun neben mir im Bett schon etwas aufrechter an die Wand gelehnt saß. Er tippte auf seinem Handy herum. Wie lange er wohl schon wach war?

»Alles gut?«, erkundigte er sich und sah auf.

Ich nickte, zuckte aber kurz darauf die Schultern. Das komische Gefühl, das ich gestern schon gehabt hatte, war immer noch präsent und meine Gespräche mit Leila fielen mir wieder ein. Ich wusste noch nicht, wie ich es ansprechen sollte, aber ich würde es tun.

Träge richtete ich mich auf und quälte mich nach und nach aus dem Bett. Er beobachtete mich dabei, doch ich war mir gerade nicht sicher, was ich sagen sollte.

Also schwieg ich und lief stattdessen schnurstracks ins Badezimmer, um mich frisch zu machen.

Vielleicht verhalte ich mich etwas ungerecht, überlegte ich, während ich mir mein Gesicht mich kaltem Wasser wusch und meine Zähne putzte. Schließlich dürfte Tayfun keine Ahnung haben, was mit mir los war. Die einzige Möglichkeit war, endlich meinen Mut zusammenzunehmen und ihm zu erklären, was in mir vorging.

Entschlossen lief ich zurück zu ihm und nachdem ich in meine Hose geschlüpft war, hockte ich mich neben ihn auf die Matratze.

»Was ist los?« Tayfun rückte ein Stück enger an mich und seine Nähe machte es mir schwer, mich zu konzentrieren.

»War alles ein bisschen viel gestern«, gab ich ehrlich zu.

»Kann ich mir vorstellen«, murmelte er und strich über meine Wange. »Aber Spaß hattest du trotzdem, oder?«

»Klar. Auch Leila ist cool drauf. Und ich finde es gut, dass du mich überhaupt mitgenommen hast.« Meine Kehle wurde etwas trocken und ich zwang mich zu einem Lächeln.

»Aber?« Aufmerksam musterte er mich, als würde er meinen Gesichtsausdruck deuten wollen.

»Ich habe Fragen. Viele Fragen. Fragen, auf die ich eine Antwort will«, brachte ich mit viel Mut hervor.

»Was für Fragen?«, entgegnete er eine Spur zu kalt, was dazu führte, dass er mir plötzlich fremder als sonst erschien.

Ich schüttelte meine Gedanken ab und ermahnte mich, das Ganze jetzt durchzuziehen. Um meiner selbst willen.

»Über deine Vergangenheit. Ich habe gestern einiges erfahren und ich brauche einfach deine ganze Geschichte, um sie für mich selbst einordnen zu können, weißt du? Dieses Kriminelle, das bin nicht ich. Ich muss einfach wissen, was du damit zu tun hast«, sprudelte es fast schon aus mir heraus, nachdem ich erst mal zu reden begonnen hatte.

Regungslos sah Tayfun mich an und ich fragte mich, ob es in seinem Kopf gerade arbeitete. Ob er wissen wollte, was das alles bedeutete. Die Wahrheit war, ich konnte ihm darauf keine Antwort geben. Ich wusste selbst nicht, was es für uns bedeutete.

»Okay, was hat Leila dir erzählt?«, setzte er an und auch wenn er etwas versöhnlicher klang, merkte ich, dass er sich angegriffen fühlte.

Kurz fasste ich zusammen, was ich von ihr erfahren hatte. Vom gemeinsamen Tattoo, über die kriminellen Machenschaften, den Drogenkonsum in der Gruppe und nicht zuletzt, dass die beiden etwas gehabt hatten.

»Bist du abgefuckt deswegen?«, wollte er wegen ihrem Verhältnis wissen, woraufhin ich den Kopf schüttelte.

»Ist schon okay. War natürlich trotzdem blöd, es zu erfahren. Aber wie gesagt – ich mag Leila und deswegen komme ich damit klar«, erklärte ich ihm und merkte tatsächlich, dass es weniger schlimm für mich war als gedacht. Mein Problem lag schließlich bei etwas anderem.

»Und zu dem Rest ... « Tayfun kratzte sich am Bart und zog seine Augenbrauen zusammen. »Ich bin mir nicht sicher, ob du das alles hören willst.«

»Nicht sicher, ob ich es hören will oder ob du es erzählen willst?«, hakte ich nach und mein ungutes Gefühl verstärkte sich.

»Beides vermutlich.« Er zuckte mit den Schultern. »Ich rede normalerweise nicht über so Zeug.«

»So Zeug? Das ist dein Leben. Deine Vergangenheit. Wahrscheinlich redest du viel zu wenig darüber.«

»Ich habe einiges an Scheiße gebaut, Dalia.« Er sah auf. Sein Blick traf mich und es lag plötzlich eine Traurigkeit darin, die ich so noch nicht kannte. Reue. Und etwas Fremdes, das ich nicht richtig deuten konnte. Gänsehaut breitete sich auf meiner Haut aus.

»Aber ich muss es wissen«, sagte ich entschieden.

»Und ich will nicht, dass du dann wegläufst.« Seine Stimme war etwas kratzig geworden.

»Ich kann nichts versprechen. Aber Ehrlichkeit ist immer am besten«, wagte ich mich vor. »Es ist mir wirklich wichtig.«

»Okay«, überwand Tayfun sich, nachdem ein paar Sekunden Stille vergangen waren.

Doch bevor er weitersprach, drückte er sich gegen mich und presste seine Lippen auf meine, fast als wäre es das letzte Mal. Sein Herz schlug fest gegen meine Brust und vereinnahmte mich so sehr, dass mein Herz seinen Rhythmus annahm. So schlimm konnte es nicht sein, was er mir zu sagen hatte, oder?

Schließlich rückte er ein Stück von mir ab und ich atmete durch, um mich irgendwie darauf vorzubereiten, was nun kommen würde.

»Früher habe ich mit meinem Vater und meinem Bruder in Köln-Kalk gewohnt«, begann Tayfun und sein Blick schien starr geradeaus an irgendeinen Punkt vor ihm geheftet zu sein. »Meine Mutter ist schon früh verschwunden und hat uns alleine gelassen.«

Ich erinnerte mich daran, was er mir bereits in unserer ersten Nacht erzählt hatte. Er hatte gesagt, er wüsste nicht, was gut oder schlecht sei, weil das einer der vielen Sachen war, die seine Eltern ihm nicht beigebracht hätten.

»Warum?«, fragte ich leise, nicht sicher, wie er darauf reagierte.

»Keine Ahnung, ob sie vor meinem Vater weggelaufen ist oder ob wir ihr zu viel Verantwortung waren.«

Tayfun hob resigniert die Schultern.

»Was war mit deinem Vater?«

»Er war ein mieses Arschloch. Wenn er zu viel getrunken hatte, hat er mich und meinen Bruder regelmäßig verprügelt.« In seiner Stimme lag Verachtung, während er sprach. »Selbst als wir noch sehr jung waren, ist er nicht davor zurückgeschreckt. Er hatte immer so viel Kraft. Wir hatten keine Chance, uns zu wehren.«

Fassungslos starrte ich ihn an und musste schlucken. Die Vorstellung, dass jemand in der Lage war, seinen eigenen Kindern so etwas anzutun, ließ mich die Fäuste ballen. Es tat mir so leid für Tayfun. Ich war unfähig, etwas zu sagen.

»Als er irgendwann seinen Job verlor und wir in eine noch kleinere Wohnung nach Mülheim ziehen mussten, waren wir auf engstem Raum zusammen. Es eskalierte immer häufiger, weil mein Vater noch mehr Zeit hatte, um sich zu besaufen und Probleme zu bekommen. Wir lebten mit der ständigen Unsicherheit, wann es wieder mal so weit war«, erzählte er tonlos weiter.

Ein flaues Gefühl entstand in meinem Magen, wenn ich daran dachte, was sie alles erlebt haben mussten. Ich war so behütet aufgewachsen, dass ich mich mit solchen Problemen niemals beschäftigt hatte. Auch wenn ich inzwischen nicht mehr in dieser heilen Welt lebte, so konnte ich nun verstehen, was Tayfun damals meinte, als er mir vorwarf, aus einer »rosa Zuckerwattenwelt« zu kommen. Ich kannte das Gefühl nicht, keine Mutter zu haben und von einem Vater großgezogen zu werden, der eigentlich ein Vorbild sein und Fürsorge, Liebe und Vertrauen vermitteln sollte, stattdessen aber nur Angst und Schmerz verbreitete.

»Wie habt ihr das ausgehalten?«, fragte ich mit kratzigem Hals.

»Irgendwann wirst du innerlich taub. Aber das Schlimmste war immer das Gefühl, keine Kontrolle darüber zu haben, was passierte. Und dass man sich immer wie ein Schwächling gefühlt hat. Alles wurde besser, als ich mit fünfzehn Dimitri und Leila kennengelernt habe. Davor hatte ich keine Lust auf andere Leute um mich herum gehabt, aber die zwei verstanden mich irgendwie. Mit ihnen fühlte sich alles leichter an. Und zusammen waren wir stark.«

Ich lauschte seinen Worten und der Stille, die jedes Mal entstand, wenn er eine Pause machte. Die Stille, in der all seine Worte und schrecklichen Dinge, die er erlebt hatte, mithallten und es mir unmöglich machten, einen klaren Gedanken zu fassen.

»Wir hatten alle kein Geld, keine Perspektive und niemanden, der an uns glaubte. Aber seit dem Tag, an dem wir uns kennengelernt hatten, hatten wir alle irgendwie die Hoffnung, es könnte sich etwas ändern. Wie ich träumten auch sie davon, irgendwann ihrem Viertel und ihrem Leben zu entkommen. Wir entschlossen uns bald dazu, unseren Erfolg selbst in die Hand zu nehmen und fingen an, in Geschäften zu klauen. Nach und nach merkten wir, dass wenn wir es geschickt anstellten, sogar Alkohol und auch Markenklamotten klauen konnten. Besonders Leila hatte großes Geschick dafür. Der Rest von uns, Dimitri, Cem und ich feierten sie dafür und nach jedem erfolgreichen Mal schütteten wir uns mit dem Alkohol zu. Die Klamotten versuchten wir nach einer Weile, weiterzuverkaufen, was gut klappte. Doch das hat uns nicht gereicht. Wir hatten keine Lust mehr auf Schule und Leute, die uns vorschreiben wollten, was wir zu tun hatten und sind stattdessen von einer Party auf die nächste. Da haben wir auch zum ersten Mal Drogen ausprobiert.«

»Mit fünfzehn?«, wollte ich wissen.

Er nickte unbeeindruckt und ich spürte genau, dass er noch längst nicht alles erzählt hatte. Schon wieder merkte ich, wie mir all das zu viel wurde. Ich wusste nicht, wie ich damit umgehen sollte.

»Als erstes nur Gras, also Joint oder Bong rauchen, aber dann wurden daraus schnell auch ‚E‘s. Wir haben es geliebt, Zeug auszuprobieren. Mit sechzehn wurde es dann LSD und schließlich auch Koks. Das Schlimme war vor allem der Mischkonsum. Eine Droge am Abend reichte nicht. Wir sind alle drauf hängen geblieben und bald ging es nur noch darum, jedes Wochenende im Vollrausch zu erleben.«

Die Vorstellung schmerzte mich so sehr. Mit sechzehn? Sie waren praktisch noch Kinder gewesen.

»Das war der perfekte Weg, Spaß zu haben, unvergessliche Nächte zu erleben und sich frei und unbestimmt zu fühlen.«

»Aber zu welchem Preis?«, fragte ich bitter.

»Der Tag danach war immer die Hölle. Man kam weder aus dem Bett heraus, noch hatte man Lust auf irgendetwas. Die Konsequenz war meistens, weiterzurauchen oder was zu starten, das uns den nächsten Kick brachte.« Tayfun leckte sich über die Lippen, als wäre er unsicher, ob er weiterreden sollte.

»Und was?«, hakte ich mit ungutem Gefühl nach.

»Naja, das ganze Zeug, das wir nahmen, kostete verdammt viel. Also fingen wir an, es zu verticken. Nur Leila hielt sich da größtenteils raus. Aber wir machten viel Kohle damit. Und als uns auffiel, wie viel wir damit verdienen konnten, fassten wir den Plan, endlich von daheim auszuziehen und uns eine gemeinsame Wohnung zu mieten. In der Gegend machten wir uns langsam einen Namen. Die Leute, die Schulden bei uns hatten, meistens welche, die auf unsere Schule gingen, suchten wir auf und verprügelten sie, bis sie checkten, dass wir keinen Spaß machten.«

Also war er wirklich ein Dealer gewesen? Ein Krimineller? Und gewalttätig? Jemand, den ich normalerweise auf große Entfernung meiden würde? Und wer war er jetzt? Immer noch nahm er Drogen, verwickelte sich in Prügeleien und beging Straftaten. In was zur Hölle war ich da hineingeraten? Zum ersten Mal fragte ich mich, ob ich an jenem Abend im Crystals nicht besser bei Nadine und ihren Freunden geblieben wäre und schämte mich gleichzeitig für meine Gedanken. Hatte er sich nicht geändert?

»Mit siebzehn verdienten wir dann genug, um alle in eine kleine Wohnung in Köln-Kalk zu ziehen. Bis zu dem Zeitpunkt hatte ich sowieso kaum noch in meinem eigenen Bett geschlafen. Wir waren so viel draußen herumgestreunt, dass ich mich immer seltener zuhause aufhielt. Das führte auch dazu, dass ich immer seltener den Aggressionen meines Vaters ausgesetzt war. Ich fühlte mich nicht mehr wie ein Schwächling in seiner Anwesenheit, denn obwohl es noch vorkam, dass er mich verprügelte, wusste ich, ich konnte es dafür noch am gleichen Tag anderen Leuten heimzahlen. Ich konnte meine Wut an denen rauslassen, die uns Geld schuldeten. Ich genoss es, sie zu schlagen. Denn dann hatte ich Macht darüber, was passierte. Ich hatte die Kontrolle zurück, die mir sonst immer fehlte. Deswegen brauchte ich es.«

Entsetzen machte sich in mir breit, denn die Kälte in seinen Worten traf mich und verursachte mir eine solche Gänsehaut, dass ich fast zu zittern anfing. Eigentlich wollte ich nicht mehr hören. Eigentlich reichte es mir.

»Sobald wir dort wohnten, wurde unser Drogenkonsum allerdings noch schlimmer. Wir feierten selbst unter der Woche regelmäßig Partys, gingen high zur Schule und benahmen uns schließlich so daneben, dass wir flogen. Aber es war uns damals egal. Wir hatten keine Ahnung, was das für uns bedeutete. Nur Leila checkte es irgendwann. Eines Tages, als die Bullen vor unserer Tür standen und in unserer Wohnung achtzig Gramm Cannabis fanden, packte sie ihre Sachen und verließ uns.«

»Habt ihr eine Strafe dafür bekommen?«, fragte ich wie ferngesteuert weiter, auch wenn ich mir nicht sicher war, ob ich noch Antworten wollte.

»Nein, wir waren alle noch unter achtzehn und wurden zum ersten Mal erwischt. Das Verfahren wurde eingestellt.«

Mein Herz klopfte schneller, so sehr nahm mich die Geschichte mit. Ich konnte es nicht verhindern.

»Habt ihr daraus gelernt?«

Tayfun sah mich kurz an, bevor er weiter nach vorne starrte. »Ich wünschte, ich könnte ja sagen. Aber wir hatten nach der Sache nur noch eher das Gefühl, unbesiegbar zu sein. Cem stieg schließlich eine Stufe weiter oben ins Geschäft ein.«

Ich räusperte mich. »Hattest du nochmal irgendwann Kontakt zu deinem Vater, nachdem du ausgezogen bist?«

»Den Dreckskerl habe ich seitdem zum Glück nie wieder gesehen«, entgegnete er. »Wollte ich auch nie. Für mich ist er gestorben.«

»Und was ist mit deinem Bruder?«, fiel mir ein. Hatte er ihn bei seinem Vater gelassen, als er gegangen war?

Tayfun warf mir einen irritierten Blick zu. »Habe ich das nicht gesagt? Mein Bruder ist Cem.«

»Wirklich? Nein, davon wusste ich nichts«, erwiderte ich überrascht über diese Wendung und versuchte zu rekonstruieren, wann er ihn überall erwähnt hatte. Als mir einfiel, was Leila mir gestern über Cem erzählt hatte, zog sich mein Herz auf einmal schmerzhaft zusammen.

»Ist er wirklich im Gefängnis?«, erkundigte ich mich vorsichtig.

Tayfun schwieg, aber das war Antwort genug. »Ich brauche eine Kippe«, sagte er stattdessen mit heiserer Stimme. »Komm mit nach draußen, wenn du willst.«

Die Bettdecke raschelte unter ihm, als er aufstand und nach draußen ging. Erneut hinterließ er Bestürzung in mir und gleichzeitig eine Stille, die nicht lauter sein könnte.

Wortlos folgte ich ihm und spürte, wie zugeschnürt meine Kehle sich anfühlte.

Um diese Zeit war es eigentlich viel zu heiß, um sich draußen aufzuhalten, aber der Balkon lag zur Hälfte im Schatten. Tayfun lehnte sich über die Brüstung und steckte sich eine Zigarette an. Er runzelte die Stirn und kniff die Augen zusammen, als ein paar Sonnenstrahlen seine Augen trafen und es aussah, als würden sie dort in seiner Iris ein Feuer entfachen. Er sah so schön aus mit der zimtfarbenen Haut und den dunklen Haaren. Aber zum ersten Mal wirkte er irgendwie gebrochen. Und ich verstand es. Er hatte zu viel erlebt.

»Cem hat es übertrieben, wollte immer mehr. Er war der Jüngere von uns beiden, aber dafür noch krasser drauf«, erklärte er weiter, bevor er den nächsten Zug nahm und gleichmäßig wieder ausatmete, als würde es ihn beruhigen.

»Er wurde unvorsichtiger und ist Risiken eingegangen, die er nicht hätte eingehen dürfen. Hat sich mit den Falschen angelegt. Es war nur eine Frage der Zeit, bis er auflog.«

»Was ist passiert?«, fragte ich atemlos.

»Er war in eine Messerstecherei verwickelt und hat jemanden schwer verletzt. Noch in derselben Nacht wurde er festgenommen. Die Bullen haben ihn dabei übel zugerichtet. Er hat fünf Jahre bekommen.« Tayfun lachte bitter auf. »Mit achtzehn Jahren in den Knast, kannst du dir das vorstellen?«

Mein Herz klopfte schneller, je mehr schreckliche Details ich erfuhr. »Das ist echt hart. Ist die andere Person gestorben?«, flüsterte ich.

»Nein, aber Cem wurde von mehreren Leuten verpfiffen. Die Polizei hat daraufhin nochmal unsere Wohnung durchsucht und einiges mehr an Zeug gefunden als beim letzten Mal. Neben Gras auch Kokain und Ecstasy. Wir haben alle nichts dazu gesagt. Das meiste wurde Cem angelastet, deswegen hat er insgesamt die fünf Jahre bekommen. Bei Dimi und mir ist es nur ein Jahr auf Bewährung geworden.«

»Du wurdest auch verurteilt?« Ungläubig sah ich ihn an.

»Nicht das, was du dir vorgestellt hast, oder? Tut mir leid, dich enttäuschen zu müssen.« Gedankenverloren tippte Tayfun mehrmals auf seine Zigarette, sodass die Asche hinabfiel, während ich nur geschockt neben ihm stand und es mir schwerfiel, all das zu begreifen, was er mir erzählte.

»In dem Jahr habe ich mich zurückgehalten und mir nichts zuschulden kommen lassen. Als das Jahr vorbei war, bin ich wieder eingestiegen und habe Aufträge für Dimi erledigt. Der hatte mehr oder weniger Cems Platz eingenommen. Irgendwann haben wir Leila wiedergetroffen. Genau wie wir hatte sie viel Scheiße gebaut, wenn auch nichts Kriminelles. Ihr ging es nicht gut zu der Zeit und auch ich war abgefuckt. Ich kam immer noch nicht drauf klar, dass mein Bruder noch für so viele Jahre im Knast sitzen würde. Wir haben uns gegenseitig abgelenkt, aber irgendwie hat es nicht geholfen. Mit der Zeit habe ich mich immer einsamer gefühlt. Irgendwie hilflos. Als ich an einem Tag wieder Dimis Drecksarbeit erledigt habe, bin ich in eine Schlägerei geraten und durchgedreht. Ich konnte nicht mehr aufhören. Der Typ hat mich im Nachhinein angezeigt. Ich habe praktisch damit gerechnet, auch in den

Knast zu wandern. Aber es dauert teilweise Ewigkeiten, bis es zum Gerichtsverfahren kommt.«

Tayfun drückte die Kippe aus und schnickte sie in die Tiefe. Ich stand wie gelähmt da und konnte nicht glauben, was ich alles hörte und mit welcher scheinbaren Gleichgültigkeit er mir all das gestand.

»Und dann?«

»Langsam merkte ich, dass ich etwas ändern musste. Zu dem Zeitpunkt hatte ich schon mit den härteren Drogen aufgehört. Gedealt habe ich noch. Ich wollte noch ein großes Ding abwarten, bei dem ich gut verdienen würde, damit ich mir endlich was Eigenes suchen konnte, unabhängig von Dimi. Er hat mich immer dazu überredet weiterzumachen und ich wollte Abstand von ihm. Parallel habe ich schon länger in Bars und Clubs gearbeitet, um Geld anzusparen. Vor einem halben Jahr etwa habe ich dann vorläufig den Kontakt zu ihm abgebrochen und bin in meine jetzige Wohnung gezogen. Seitdem deale ich auch nicht mehr. Ich rauche nur noch Gras. Beruhigt mich irgendwie. Dieser Rückfall mit dem Koks letztens war eine Ausnahme. An dem Tag war ich vor Gericht wegen der Körperverletzung. Die Beweislage war zum Glück nicht ausreichend für eine Verurteilung und die Beweisführung fehlerhaft. Ich bin davongekommen. Aber es hat mir nur klargemacht, wie nah dran ich schon wieder war, mein Leben zu verbauen. Gleichzeitig sollte mein Bruder eigentlich früher aus dem Knast freikommen und ich habe an dem Tag erfahren, dass er wegen irgendeiner Scheiße doch noch die restlichen Monate sitzen muss. Es war alles zu viel. Und trotzdem hat mich das Koksen direkt wieder in die nächste Schwierigkeit gebracht. Ich habe da keinen Bock mehr drauf. Ich will mein altes Leben nicht mehr.«

Er blickte nach oben und schloss für kurze Zeit die Augen. Aber warum traf er sich dann wieder mit seinen alten Freunden? Brachte ihn das nicht wieder in Versuchung? Führte es nicht dazu, wieder in etwas mit hineingezogen zu werden?

So oder so hatte ich keine Ahnung, was ich mit meinem Wissen nun anfangen sollte. Was richtig und was falsch war. Was ich von Tayfun halten sollte. Ich schätzte seine Ehrlichkeit und dass er mir alles erzählt hatte. Aber gerade konnte ich das nicht. All diese schlimmen Dinge, die ich erfahren hatte und von denen ich mir gar nicht mehr so sicher war, ob ich sie lieber nicht gewusst hätte, vermischten sich zu einem großen Chaos in meinem Kopf. Es überforderte mich vollkommen. Mit jedem weiteren Atemzug schnürte es mir weiter die Kehle zu und mein Drang fortzugehen und für mich zu sein, wurde immer stärker.

»Hör zu, ich … ich bin dir dankbar, dass du mir das erzählt hast, aber ich weiß nicht, ob ich das alles will. Ich brauche Zeit, um nachzudenken. Alleine.« Mit schmerzender Brust wollte ich mich abwenden. Ich musste hier erst mal raus.

»Ich wusste es.« Tayfuns Stimme ließ mich innehalten. »Aber ich habe dir von Anfang an gesagt, dass ich kein guter Einfluss bin. Ich habe dich gewarnt, aber es war genau das, worauf du aus warst. Erinnerst du dich? Meinst du nicht, du wusstest, worauf du dich einlässt?«

Er stand direkt vor mir und sein Blick schien mich zu durchbohren. Das Problem war, er hatte recht. Die Gefahr und seine dunkle Aura hatten mich angezogen und gereizt. Aber nun die Gewissheit zu haben, was er wirklich alles getan hatte und dass sich seine Vergehen nicht nur auf Graffiti sprühen und Gras rauchen beschränkten, ließen mich Tayfun plötzlich in einem anderen Licht sehen.

Er war ein Krimineller gewesen. Auch wenn ich ihm Glauben schenkte und er sich geändert hatte, so konnte er seine Vergangenheit nicht ausradieren. Sie machte mir Angst. Und sie war ein Teil von ihm und würde ihn immer wieder einholen können. War ich bereit dafür?

»Hieß es nicht, wir beide gegen den Rest der Welt?«

Tayfun griff meine Hüfte und ohne, dass ich schnell genug reagieren konnte, zog er mich in einen vereinnahmenden Kuss. Ließ mich zum ersten Mal die Verzweiflung und die Emotionen, die ihn beherrschten, wirklich fühlen. Er nahm mir den Atem, hielt mich so fest, dass ich mich ihm nur hinzugeben brauchte und ließ mein Herz wie verrückt klopfen. Noch nie hatte mich ein Kuss so tief berührt. Gerade deswegen kostete es mich all meine Willenskraft, mich gegen ihn zu stemmen, denn er wollte mich nicht ohne Weiteres freigeben.

»Tayfun, lass mich los«, sagte ich schwach.

»Was ist, wenn ich nicht will?«, entgegnete er murmelnd.

»Wenn ich gehe, bedeutet das nicht, dass es vorbei ist«, wehrte ich mich und wusste in dem Moment, als ich es aussprach, nicht, ob ich mir selbst etwas vormachte. »Ich muss mir einfach nur über einiges klar werden.«

Ich wand mich aus seinen unnachgiebigen Armen und ließ ihn auf dem Balkon zurück. Rasch lief ich durch die Wohnung, sammelte meine Tasche auf und bevor ich es mir anders überlegte, ging ich.

Auch wenn es sich anfühlte, als würde ich etwas Wichtiges zurücklassen. Auch wenn mir bereits auf den Treppen nach unten die Tränen kamen. Mein Kopf war voll von seinen geflüsterten Worten. Voll mit Bildern und Erinnerungen, die wir teilten. Ich roch und spürte ihn noch auf meiner Haut.

Aber dann, nach und nach, tödlich wie Gift, flossen die Sätze über seine Vergangenheit durch meine Adern, verunreinigten meine Gedanken und all unsere Erlebnisse und ließen mich ausgebrannt zurück.

Ich stopfte mir meine Kopfhörer in die Ohren und stellte so laut es ging *Habits* von *Quarterhead* an. Die Tränen rollten über meinen Wangen. Mit zitternden Fingern wischte ich sie weg und trat in die heiße Nachmittagssonne. Wann war mein Leben so verdammt kompliziert geworden?

KAPITEL 13

- KLEINE UND GROßE ENTSCHEIDUNGEN -

Die letzten Tage hatte ich mich zurückgezogen. Ich wollte niemanden sehen, aber wenn ich ehrlich war, hätte ich auch nicht gewusst, wen. Meine Eltern? Ich versuchte mich vor ihnen zu verkriechen, damit sie keine Fragen stellten. Nadine? Auf gar keinen Fall.

Was mir jetzt fehlte, war eine gute Freundin, der ich mein Herz ausschütten konnte. Kurz hatte ich daran gedacht, wie viel Spaß ich mit Leila gehabt hatte. Aber ich hatte weder ihre Nummer, noch war es eine realistische Möglichkeit, da sie Teil des ganzen Problems war.

Momentan wechselte ich dauernd von einem Zustand, in dem ich *Side effects* von *Carlie Hanson* in Dauerschleife hörte und laut den Refrain mitsang, um meine Gedanken zu übertönen und nicht in Tränen auszubrechen, hinein in einen Zustand, in dem ich dann doch in einem sich ständig drehenden Gedankenkarussell gefangen war und mich von all den einprasselnden immer wiederkehrenden Gedankenfetzen erschlagen fühlte. Langsam, aber sicher hatte ich das Gefühl, verrückt zu werden.

Zeit, etwas daran zu ändern. Nachdenken und Selbstbemitleiden konnte ich mich nachher immer noch. Ich arrangierte den wirren Dutt auf meinem Kopf neu. Da ich erst gestern einen Kurs im Studio gegeben und danach noch ein eigenes Training gestartet hatte, war mein Körper dementsprechend erschöpft, aber eine lockere Runde Reiten müsste möglich sein. Wenn ich an Thors treuen Blick aus den ruhigen, dunklen Augen dachte, vermisste ich ihn schon. Ich zwängte mich in meine enge Reithose, nahm ein paar Möhren aus dem Kühlschrank und packte sie in eine Tasche. Meine Eltern waren beide arbeiten und so traf ich glücklicherweise keinen von beiden auf meinem Weg nach draußen.

Die Sonne und Wärme auf meiner Haut fühlten sich falsch an, weil sie mir vermittelten, dass es gar keinen Grund gab, traurig zu sein. Wolken und Regenwetter hätten viel besser zu meiner Laune gepasst als der strahlend blaue Himmel. Aber vielleicht war es ganz gut, wenn ich mich damit abfinden musste.

Ich öffnete das Gatter der Koppel und lief über den ge-schotterten Untergrund zum Futtertrog, an dem ich Thor ausmachen konnte. Er lag mit angewinkelten Beinen auf dem Boden. Überall im Schopf und in der zerzausten Mähne hing Heu und er döste in der Sonne. Der verschlafene Anblick zauberte mir ein Lächeln aufs Gesicht.

Als der Wallach mich erblickte, öffnete er die Augen und hob aufmerksam seinen Kopf. Bevor ich ihn erreichte, stemmte er seine Vorderbeine in den Boden und im nächs-ten Moment ging einen Ruck durch seinen Körper. Er stand auf und schüttelte sich kräftig, sodass der Staub und einige der Halme von ihm abfielen.

»Ich wollte dich nicht wecken«, sagte ich liebevoll und streichelte über seine warmen Nüstern. Thor stupste mich auffordernd an und ich gab ihm amüsiert die Möhre, die ich in meiner Tasche versteckt hatte.

Es dauerte eine Weile, bis ich den ganzen Staub und Dreck von ihm abgebürstet hatte und ihn endlich satteln und trensen konnte.

Der Staub wirbelte an seinen Hufen hoch, als wir den kurvigen Weg hinauftölteten. Wie die meisten Islandpferde besaß auch Thor zwei Gangarten mehr als andere Pferde – Pass und Tölt. Vor allem den Tölt konnte ich mir beim Reiten nicht mehr wegdenken. Leicht schaukelnd, aber angenehm saß ich im Sattel, während Thors Mähne im Takt auf- und abwippte.

Als der Weg zu steil wurde, gab ich die Zügel etwas nach, sodass er in Galopp überging, bis er mit bebenden Flanken schließlich die Spitze des Hügels erreichte und ich durchparierte. Oben wehte ein leichter Wind und wir blieben für einen Moment einfach nur stehen und genossen den Ausblick und die Luft hier oben.

Von hier aus wirkte alles etwas weniger dramatisch, dachte ich seufzend. Aber ich wusste ganz genau, sobald ich wieder zuhause war, den Abstand nicht mehr hatte und die ganzen Gedanken zurückkehrten, würde sich das wieder ändern.

Wie vorausgesagt war die Ablenkung nur von kurzer Dauer gewesen. Selbst meine Eltern merkten, dass ich mich noch mehr verkroch als sonst und wollten wissen, ob alles in Ordnung war. Da sie aber mit die letzten Personen waren, denen ich inzwischen meine Probleme anvertrauen wollte, wimmelte ich sie nur damit ab, dass ich Kopfschmerzen hatte und Ruhe bräuchte.

Ich fragte mich, wo die Leichtigkeit hin war, die ich beim Gedanken an Tayfun immer verspürt hatte. Sollte es nicht so mit ihm sein? Einfach und leicht? War es nicht genau das gewesen, was ich an ihm geschätzt hatte? Dass ich bei ihm meine Sorgen vergessen konnte? Wo war all das hin? Es gelang mir einfach nicht, einen klaren Gedanken zu fassen. Zu viele verworrene Klumpen mit negativen Fragen und Sätzen schwirrten in mir herum.

Ich lag im Bett, starrte an die Decke und wusste einfach nicht weiter. Was sollte ich tun? Auf meinen Kopf oder mein Herz hören? Selbst wenn, würde mir das nichts bringen, denn beide waren verwirrt und dachten oder fühlten widersprüchliche Dinge. Ich kam einfach zu keinem Ergebnis.

In der Nacht weinte ich mich irgendwann vor lauter Überforderung in den Schlaf.

Am Morgen danach fühlte ich mich endlich etwas besser. So, als wäre ich bereit, meine Emotionen etwas mehr außen vor zu lassen und rationaler heranzugehen. Ich musste herausfinden, was mein Problem war und ob es eine Lösung dafür gab.

Schweigend saß ich mit meinen Eltern am Esstisch und kaute lustlos auf meiner Brotscheibe herum. Sie saßen mir gegenüber und musterten mich halb mitleidig, halb argwöhnisch.

»Was ist los, Spätzchen? Du bist die letzten Tage noch verschlossener als sonst. Ist etwas vorgefallen?«, brach meine Mutter schließlich das Schweigen.

»Alles gut, was soll sein?«, erwiderte ich unbeteiligt.

Was hätte ich auch sonst sagen sollen? *Ihr hattet recht damit, mich vor Tayfun zu warnen. Habe herausgefunden, dass er auf Bewährung verurteilt wurde, Drogendealer und Schläger ist und praktisch drogenabhängig war.* Sicher nicht. Mir war es gehörig vergangen, meine Eltern mit irgendetwas zu schocken, jetzt, da ich wusste, wie scheiße es sich anfühlen konnte.

Für den Moment nahmen sie es hin, auch wenn mein Vater grummelte, er würde sich das nicht mehr lange mitanschauen. Egal, ob sie nur das Beste für mich wollten oder nicht, das alles half mir momentan auch nicht weiter. Also schwieg ich und verdrückte mein Frühstück so schnell es ging, um mich dann wieder in mein Zimmer zurückzuziehen.

Mir ging Tayfun und seine Geschichte einfach nicht aus dem Kopf. Ich fragte mich, warum die Wahrheit für mich so überraschend war. Warum sie mir so den Boden unter den Füßen wegzog und ich mich irgendwie betrogen fühlte. Hatte ich wirklich gewusst, worauf ich mich einließ?

Der Punkt ist, ich hatte mich von seiner dunklen Seite angezogen gefühlt und auch sein Verhalten aufregend gefunden. Selbst die verbotenen Sachen. Aber zu keinem Augenblick hatte ich damit gerechnet, dass er so tief in kriminelle Machenschaften verwickelt war. Vielleicht war es ein naiver Gedanke von mir, vielleicht lag es auch daran, dass ich bisher noch nie mit Männern zu tun gehabt hatte, die praktisch mit einem Bein im Gefängnis standen.

Die Männer, mit denen ich bisher Erfahrungen gesammelt hatte, waren einfach anders drauf. Natürlich waren sie auch auf Partys gewesen oder hatten mal den einen oder anderen Abend zu viel getrunken, aber illegale Drogen hatte es nie gegeben, zumindest hatte ich nichts davon mitbekommen. Das Schlimmste, weswegen die Polizei eine Party gecrasht hatte, war, weil die Nachbarn sich über die Lautstärke beschwert hatten. Der Gastgeber hatte anschließend sogar Hausarrest von seinen Eltern bekommen.

In dem Alter hatte Tayfun mit seinen Freunden gedealt, geklaut, Leute verprügelt und den Rest der Zeit zugedröhnt verbracht. Ganz abgesehen davon, was sein Vater ihm und

Cem regelmäßig angetan hatte. Es passte einfach nicht mit meiner Entwicklung und Vergangenheit zusammen.

Aber als Tayfun bei unserem Treffen auf dem Spielplatz von der Polizei gründlich durchsucht wurde, weil er bereits bekannt bei ihnen war oder spätestens sein Rückfall mit dem Koks, den damit verbundenen Aggressionen und seiner Aussage, er wäre eigentlich davon weggekommen, hätten mich doch aufhorchen lassen müssen.

Wie hatte ich das alles so ausblenden können? Hatte es mit meinen positiven Gefühlen für ihn zu tun? Oder hatte ich bewusst in dieser Ungewissheit gelebt, um mir selbst einreden zu können, es sei alles nicht wahr? Selbst als Leila mir von ihrer Vergangenheit erzählte, hatte ich es nicht wahrhaben wollen, dass Tayfun genauso kriminell war wie die anderen.

Normalerweise wollte man nie mit der Ungewissheit leben, weil sie einem Angst machte. Aber mir hatte die Wahrheit Angst gemacht. Und bis ich sie nicht eindeutig wusste und aus seinem Mund erfuhr, so lange hatte ich es noch verdrängen können. Bis zu diesem Zeitpunkt hatte ich mir noch einreden können, er wäre nicht so. Nun konnte ich mir einreden, was ich wollte, aber ich hatte eindeutig und unwiderruflich gehört, was er getan hatte. Und es war noch schlimmer als alles, was ich in meinem Unterbewusstsein die ganze Zeit über erwartet hatte.

Während er Wort für Wort über seine extreme Vergangenheit sprach und die Wahrheit immer weiter ans Licht kam, war ich mir gar nicht mehr sicher gewesen, ob ich sie überhaupt noch hören wollte, so schockierend war es für mich gewesen. War ich zu sensibel?

Leila beispielsweise schien damit keine Probleme zu haben. Sie hatte jedoch selbst Dreck am Stecken gehabt. Sie war ganz anders aufgewachsen als ich. Meine Eltern hatten mich mit bestimmten Wertvorstellungen erzogen und auch wenn diese mich geformt hatten, so hatte ich mit der Zeit meine eigenen Werte entwickelt, gerade in den letzten Monaten.

Doch eine Sache hatte sich nicht geändert: Der tief verankerte Wille, etwas Gutes zu tun und mit dem, was ich machte, nicht dazu beizutragen, anderen etwas Schlechtes anzutun. Bei anderen war mir das auch wichtig. Tayfun war das genaue Gegenteil gewesen. Er hatte sehr viel Schlechtes getan. Auch wenn ich mich selbst nicht für etwas Besseres hielt, so konnte ich einfach nicht mit dem Wissen umgehen, dass es ihm Freude und Genugtuung verliehen hatte, andere zu verletzen und er durch das Dealen vermutlich auch Minderjährige zum Drogenkonsum verleitet hatte.

Gleichzeitig konnte ich tief in mir drin auch verstehen, wieso es so weit gekommen war. Wenn jemand vor Gericht stand und sich der Verteidiger auf dessen schwere Kindheit berief, schüttelte man immer nur fassungslos den Kopf. Aber stimmte es nicht in vielen Fällen? Wäre nicht alles anders gekommen, wenn Tayfuns Eltern ihn liebevoll umsorgt hätten? Wenn er keine körperliche Gewalt in seinen Kindheitstagen erfahren hätte?

Ich war der Meinung, das Verhalten in der Gegenwart wurde nicht durch schwere Erfahrungen in der Kindheit gerechtfertigt. Aber es erklärte vielleicht zumindest, was dazu beigetragen hatte. Wie es so weit kommen konnte. Das Ganze war einfach ein schwieriges Thema, das ich, bevor ich selbst von einem schlimmen Ereignis betroffen gewesen war, nie so wahrgenommen hatte.

Hinzu kam, dass Tayfun sich scheinbar geändert hatte. Es war zwar erst einige Monate her, seitdem er sein Leben umgekrempelt hatte, aber hatte das nicht auch etwas zu sagen? Zeugte es nicht auch von Größe, wenn man seine Fehler in der Vergangenheit einsah und versuchte sich zu bessern? Konnte ich ihn überhaupt für etwas bestrafen, was er in der Vergangenheit getan hatte? Zählte nicht eigentlich nur das Hier und Jetzt?

Eine weitere Frage, die mich herumtrieb: Gehörte die Vergangenheit und Zukunft eines Menschen genauso zu ihm wie die Gegenwart? Oder kam es nur darauf an, wie er in der Gegenwart war? Sollte ich wirklich nur danach entscheiden?

Ich dachte an die abgedroschenen Sprüche, die auf dem Aufstellkalender meiner Mutter in der Küche abgedruckt waren. Normalerweise schenkte ich ihnen nie Beachtung, aber heute beim Frühstück war der Kalender um einiges interessanter gewesen, als in die fragenden Gesichter meiner Eltern zu sehen.

»In die Zukunft blicken, in der Gegenwart leben und aus der Vergangenheit lernen«, hieß es diesen Monat. So perfekt abgestimmt auf meine Situation. Es war fast schon ironisch. Leicht verschnörkelt und in fröhlichen, grünen Buchstaben hatte der Spruch auf der Seite gestanden und mich verhöhnt. Als ob es so einfach wäre. In der Realität war es das doch nie.

Davon abgesehen steckte natürlich zumindest ein Funken Wahrheit darin. Hatte es nicht jeder verdient, dass man ihn nicht nach seinen vergangenen Taten verurteilte? Sondern dass man Vergangenheit Vergangenheit sein ließ? Die Kindheit, Jugend und alles, was seitdem passiert war, würden immer ein Teil von Tayfun bleiben. Sie hatten ihn geprägt und irgendwie auch zu dem gemacht, was er war. Er hatte schwere Zeiten durchlebt und viel Scheiße gebaut.

Aber er sagte selbst, er hatte keine Lust mehr darauf und wollte dieses Leben nicht mehr. So sehr konnte ich mich doch nicht in ihm getäuscht haben. Ich glaubte ihm, dass er die Wahrheit sagte. Er hätte mich auch einfach anlügen können, weil es einfacher für ihn gewesen wäre. Stattdessen hatte er den Mut gehabt, mir alles zu erzählen. Auch mit dem Risiko, mich zu verlieren.

Ich konnte nicht leugnen, dass mich seine Vergangenheit beschäftigte. Mehr noch, sie störte mich und schreckte mich ab. Sie lag belastend auf meinen Schultern und jedes Mal, wenn ich daran dachte, wozu er fähig war, diese kriminelle Energie, die – egal, ob er sich geändert hatte oder nicht – immer tief in ihm drin schlummern würde, durchfuhr mich ein schmerzhafter Stich. Schlimmer als jede Eifersucht, die ich bisher gespürt hatte. Würde ich damit in Zukunft umgehen können?

Mittags besuchte ich für meinen Kurs das Fitnessstudio. Ich teilte meinen Kursteilnehmerinnen für das Bein- und Potraining ausnahmsweise Widerstandsbänder aus und ging mit ihnen Übung für Übung durch, um die vielen Möglichkeiten aufzuzeigen, die man damit hatte. Es waren sogar einige Neue da, die sich für das erste Mal wirklich gut schlugen, aber auch die anderen gaben alles bis zur Erschöpfung.

Es war schön zu sehen, wie ich sie motivieren konnte und sie trotz Anstrengung sichtlich Spaß dabei hatten. Abgesehen davon, dass es mir das Gefühl gab, wirklich etwas Sinnvolles zu tun, lenkte es mich außerdem ein bisschen von meinem Gefühlschaos ab.

Nachdem ich mich nach Ende des Kurses noch kurz mit ein paar der Mädels unterhalten hatte, um ihnen Fragen über die Fitnessbänder zu beantworten, nahm ich mein Handtuch und meine Wasserflasche und entschied mich spontan dazu, nochmal auf das Laufband zu steigen.

Ich schlenderte zu dem Bereich, in dem sich die Ausdauergeräte befanden und konnte bereits auf dem Weg von Weitem eine Person ausmachen, die mir leider nur allzu bekannt vorkam. Dort, auf einem der Crosstrainer, stand Nadine und bewegte sich halbherzig mit dem Gerät mit, während sie in einer Hand ihr Handy hielt und wie wild darauf herumtippte.

Ohne es verhindern zu können, spürte ich bei ihrem Anblick eine tiefe Abneigung. Kurz war ich gewillt, meinen Plan vorschnell zu verwerfen und mich doch direkt in die Umkleide zu begeben, aber dann besann ich mich eines Besseren. In Zukunft konnte es öfters vorkommen, dass ich sie hier antraf und schließlich würde ich nicht jedes Mal wieder auf der Stelle umdrehen können.

Zielstrebig lief ich an ihr vorbei zu einem der Laufbänder, die sich hinter den Crosstrainern befanden und stieg darauf. Nadine war so in ihr Handy vertieft, dass sie mich anscheinend sowieso nicht bemerkt hatte. Mit Musik in den Ohren fing ich in lockerem Takt an zu laufen, während mir Nadines rötlicher Pferdeschwanz die ganze Zeit vor dem Blickfeld hin- und herwippte und mich ständig an ihre Anwesenheit erinnerte.

Nur leicht geriet ich außer Atem, während ich lief, da ich mich nach dem Krafttraining nicht mehr zu sehr verausgaben wollte. Ich hatte eine angenehme Geschwindigkeit gewählt, mit der mein Puls auf einem vertretbaren Level blieb.

Gleichzeitig beobachtete ich ungewollt Nadine weiter, zu der sich nun ihre Freundin Cora gesellte. Auf dem Crosstrainer neben ihr fing nun auch sie an, sich zu bewegen. Natürlich nicht, ohne ihren Kopf nonstop zu Nadine zu drehen und sie vollzutexten. Die lachte theatralisch und zwirbelte einige Strähnen ihres Zopfes, während die beiden immer auffälliger über die anderen Leute im Studio tuschelten. Obwohl ich Kopfhörer aufhatte, war es offensichtlich.

Es war mehr als deutlich, dass die zwei nicht hier waren, um wirklich Sport zu treiben. Es schien eher wie eine lästige Nebentätigkeit zu sein, wenn man davon absah, dass ihre laschen Ausführungen der Bewegungen mit großer Wahrscheinlichkeit sowieso nicht mal anstrengend waren.

Nach der halben Stunde, die ich im Vorfeld auf dem Bildschirm des Laufbandes eingestellt hatte, kam das Band nach einigen Minuten langsamerer Geschwindigkeit endgültig zum Stehen. Ich wischte mir die Schweißperlen mit einem Handtuch von der Stirn und stieg ab. Wenn ich ehrlich war, war ich froh, endlich in die Umkleide verschwinden zu können. Wie es aussah, brachte Nadine schlechte Seiten in mir zum Vorschein und ich wollte nicht weiter so verbittert und herablassend über sie nachdenken.

In der Umkleide angekommen, duschte ich mich schnell ab und zog mir frische Klamotten an. Ich war gerade dabei, mir meine Schuhe zu binden, als sich die Tür quietschend öffnete und Nadine und Cora schnatternd die Umkleide betraten.

Nadine erblickte mich und verstummte mitten im Satz. Sie fixierte mich, sagte jedoch nichts und die sonderbare, irgendwie auch peinliche Situation war deutlich in der Luft greifbar. Wenn man daran zurückdachte, wie wir bei unserem letzten Treffen auseinandergegangen waren, ließen wir vermutlich beide keinen Zweifel daran, nichts mehr mit dem anderen zu tun haben zu wollen. Trotzdem schienen unausgesprochene Dinge zwischen uns zu stehen. Wir hatten wohl beide keine Ahnung, wie wir uns verhalten sollten.

»Sieh an«, brachte Nadine als erste über die Lippen und stolzierte an mir vorbei zu ihrem Spind. Kränkung spiegelte sich dabei in ihren Augen wider. Sie würdigte mich jedoch keines Blickes.

Mehr sagte sie nicht zu mir, ehe sie wieder in ein lautstarkes Gespräch mit Cora verfiel. Mir sollte es recht sein, denn ich hatte ihr ebenso wenig zu sagen. Bei dem Pegel bekam ich nur leider unfreiwillig jedes Wort ihrer Konversation mit.

»Ja, du hast recht, Esther hat auch gesehen, wie Julius gestern einen Joint geraucht hat«, stimmte Cora ihrer Freundin bekräftigend zu.

»Gott, ich kann gar nicht glauben, dass ich ihn mal attraktiv fand. Das ist so ein No-Go bei Kerlen, echt schlimm. Es schreit immer so nach: Schaut mich alle an, ich bin so cool.« Nadines hohe Stimme triefte vor Spott. »Dabei finde ich es nur peinlich. Wenn man erwachsen genug ist, hat man sowas gar nicht nötig.«

Der Seitenhieb auf Tayfun war offensichtlich und ich merkte, wie sie meine Temperatur wieder in Wallungen brachte. Doch momentan war das Letzte, wonach mir stand, eine Diskussion mit Nadine über Drogen zu führen. Also biss ich die Zähne zusammen und ignorierte die spitze Bemerkung, die ihren Mund verließ.

»Wie dem auch sei, unseren Spaß hatten wir ja trotzdem«, kicherte Cora.

»Oh ja, so lustig war es lange nicht mehr«, stimmte Nadine ihr zu. »Das habe ich wirklich mal wieder gebraucht nach der ganzen Zeit.«

Wenn sie damit versuchte, mir eins auszuwischen, verfehlten die Kommentare ihre Wirkung. Als würde es mich im Entferntesten interessieren. Es hielt mir nur wieder vor Augen, wie sehr wir uns die ganze Zeit schon auseinandergelebt hatten. Wie fremd wir uns im Grunde geworden waren.

»Ich finde, wir haben uns wieder eine Maniküre verdient, oder?« Ihr Blick huschte kurz zu mir, doch als ich ihren

Blick aus dem Augenwinkel bemerkte, sah sie wieder starr geradeaus zu Cora. Die lachte hell auf.

»Ja, ich kann meine glitzernden Nägel nicht mehr sehen. Dieser komische Asiate mit der Brille hat es letztes Mal gar nicht auf die Reihe bekommen. Ich brauche unbedingt eine Auffrischung. Am besten etwas Knalliges. Vielleicht lasse ich die Nägel auch wieder etwas länger machen. Ich habe ja irgendwie ein Faible dafür.«

»Knallig und länger klingt gut. Aber ich habe dich vor dem mit der Brille gewarnt. Der hat seinen Job verfehlt. Sollen die lieber einen anderen von der Sorte einstellen, der was bringt. Vielleicht beschwere ich mich mal«, echauffierte Nadine sich.

Wie respektlos war das denn bitte? Ich wandte mich ab und atmete durch, bevor ich irgendetwas Beleidigendes sagte. Ohne ein weiteres Wort zu verlieren, verließ ich schnellen Schrittes die Umkleide. Außerdem gratulierte ich Nadine im Stillen. Sie hatte jemanden gefunden, den ihr dämliches Gerede über Maniküre wirklich interessierte.

Umso mehr war mir klar geworden, dass ich es bei Personen wie ihr einfach nicht mehr aushielt. Stattdessen geisterte Tayfun wieder in meinem Kopf umher und erinnerte mich daran, wie sich Lebensfreude wirklich angefühlt hatte.

Mit einem tiefen Seufzer nahm ich zuhause das Handy aus meiner Tasche und scrollte durch die letzten Bilder, die ich geschossen hatte. Alles Erinnerungen, die nun weit her schienen, obwohl sie gerade mal ein paar Tage alt waren. Tayfun, der im Sonnenuntergang am Balkongeländer lehnte und rauchte. Unsere verschränkten Hände im Zug auf dem Weg zur Party. Tayfun, der das Graffiti auf dem Parkhausdach sprühte. Ein Bild von der Party mit ihm,

Dimitri, Leila und mir Arm in Arm und zuletzt ein dunkles Selfie von Tayfun und mir im Bett, auf dem wir uns küssten.

Plötzlich stieg eine heftige Wehmut in mir auf, die jedes schmerzliche Gefühl wegen Tayfuns Vergangenheit in den Schatten stellte. Ein Ziehen von meinem unteren Bauch direkt bis nach oben in mein Herz trieb mir fast Tränen in die Augen.

Scheiße, ich vermisste ihn so unglaublich. Was er wohl gerade machte? Ich zoomte das Bild heran, auf dem er rauchte, studierte seine attraktiven Gesichtszüge, den verwegenen Bart und die feinen Linien seines Halstattoos, das mir inzwischen so vertraut war. Der dichte Rauch, der aus seinen leicht geöffneten Lippen austrat, von denen ich nichts lieber tun würde, als sie stundenlang zu küssen.

Ich war verloren, wenn ich ihn nie wieder sehen würde. Konnte ich nicht einfach darauf scheißen, was war und ein bisschen Vertrauen darauf haben, dass das Leben es gut mit mir meinte? Denn verdammt, ich wollte ihn wirklich nicht verlieren. Das wurde mir mit jeder Sekunde mehr bewusst.

Können wir uns sehen?

Zögerlich tippte ich Wort für Wort in die Nachrichtenleiste ein und löschte dann alles wieder, nur um es erneut einzugeben. Vielleicht war es noch zu früh dafür. Ich sollte mir erst bewusst machen, was es wirklich für mich bedeutete.

Meine Gefühle für ihn waren definitiv zu stark, um sie zu ignorieren, ganz abgesehen davon, was er mit mir anstellte, wenn er mich berührte oder küsste. Wir hatten zusammen schon einiges erlebt und den Großteil der Zeit hatte er mir ein unglaublich aufregendes Gefühl gegeben.

Obwohl er gezögert hatte, mir Dinge über sich zu erzählen, so war er immer bei der Wahrheit geblieben, was bedeutete, ich konnte ihm vertrauen. Er brachte mich zum Nachdenken und auch dazu, bisher selbstverständliche Dinge zu hinterfragen.

Er zeigte mir, dass es eine Welt außerhalb meiner bisherigen Blase gab, die ihre Vorzüge, aber auch Nachteile hatte. Und in seiner Vergangenheit hatte er schlimme Dinge getan, auf die er nicht stolz war. Die er vielleicht sogar bereute.

Ich fragte mich, ob ich mich nicht längst entschieden hatte. Unschlüssig kaute ich auf meiner Lippe herum. Wenn ich das wirklich tat – mich für ihn entscheiden, dann bedeutete es zugleich, mich vollkommen auf ihn einzulassen. Aufzuhören, ihn zu hinterfragen und seine Vergangenheit als das zu akzeptieren, was sie war – etwas Vergangenes. Wenn ich das nicht konnte, würde das Problem immer wieder zwischen uns stehen.

Am Ende des Tages hatte ich mich noch immer nicht so recht entschieden. Doch ich wollte nicht länger warten oder grübeln. Ich musste ihn sehen und dann würde vielleicht alles von alleine klarer werden. Auf die Nachricht, in der ich ihn gefragt hatte, ob wir uns sehen konnten, kam von Tayfun die Antwort, er würde an unserem Treffpunkt warten.

Also lief ich mit pochendem Herzen in den Park, der an mein Wohngebiet angrenzte. Der Himmel färbte sich in ein zartes Rosa, welches mich normalerweise dazu bewegt hätte, anzuhalten und den Anblick in mir aufzunehmen. Aber nicht heute. Heute hatte ich keine Zeit dafür.

Immer schneller eilte ich den Weg entlang, konnte es kaum erwarten, anzukommen. Und da stand er. Mit den Händen in den Hosentaschen und wartete. Auf mich.

Ein Anflug von Sehnsucht flackerte in seinen Augen auf, als er mich entdeckte und ließ meine Knie weich werden.

In diesem Augenblick merkte ich, dass es für mich nur eine richtige Entscheidung gab. Ihn. Das Hier und Jetzt zählte. Alles andere war nicht mehr wichtig. Sondern nur wir beide. Wenn ich mit ihm zusammen war, brauchte ich niemand anderen mehr. Genau wie er auch. Er wollte endgültig von seiner Vergangenheit loskommen und ich glaubte ihm.

Ich merkte gar nicht, wie sich meine Schritte beschleunigt hatten, sodass ich fast rannte. Es fiel mir erst auf, weil Tayfun seinen Mundwinkel zu einem leichten Grinsen hochzog. Meine Brust fühlte sich an, als würde sie vor Wiedersehensfreude zerbersten, als ich ihm um den Hals fiel. Viel zu hart prallte ich gegen ihn und er schloss mich ebenfalls zu fest in seine Arme und raubte mir damit die Luft. Es war genau das, was ich gerade brauchte. Unsere Lippen verschlossen sich kurz darauf und ließen uns beiden ein leises Keuchen entweichen. Wie sehr ich ihn vermisst hatte!

Ich schmeckte das vertraute Aroma von Zimt und Minze auf seiner Zunge und roch den süßlichen Duft von gerauchtem Gras, der noch an seinem Pulli haftete. Aber es gehörte zu ihm, wie alles andere auch. Obwohl ich es nicht wollte, zog ich mich ein Stück zurück, um Tayfun ansehen zu können. Er ließ mich dabei keine Sekunde los.

»Ich will dich trotz allem. Offensichtlich.« Lächelnd blickte ich zu ihm auf und konnte seinen Atem spüren, so nah war sein Gesicht an meinem. Er kitzelte angenehm auf meiner Haut.

»Habe ich ehrlich gesagt nicht mehr erwartet. Aber ich bin froh, dass es so ist. Dass du dich so entschieden hast.«

Von seiner Seite aus brauchte es nicht mehr als ein Murmeln, aber ich konnte jedes Wort klar und deutlich verstehen. Es in seinen Augen ablesen.

In mir drin war noch einiges, was ich loswerden musste. Also holte ich tief Luft und versuchte, es in Worte zu fassen.

»Ich finde es schlimm, was du alles erlebt hast. Die Dinge, die du nicht ändern konntest, aber auch das, wofür du dich damals entschieden hast«, erklärte ich. »Und deine Vergangenheit wird zwar immer zu dir gehören, aber ich glaube dir auch, dass du dich geändert hast. Ich vertraue dir. Und deswegen akzeptiere ich alles, was es mit sich bringt. Den ganzen Rest. Die guten und die schlechten Seiten.«

Tayfuns Blick verdunkelte sich etwas und ich meinte, Unsicherheit darin zu erkennen.

»Ich war ein Idiot. Bin es manchmal immer noch. Aber mit dir ist es anders. Keine Ahnung.« Er schüttelte den Kopf und rang mit den Worten. »Du machst mich irgendwie ein Stück besser. Ich will noch mehr erreichen, seit ich dich kenne. Wenn das irgendwie Sinn macht.«

Ein warmes Brennen entstand in meinem Herzen, ausgelöst durch die Bedeutung dessen, was er mir versuchte zu sagen. Ergriffen nickte ich. »Für mich macht es Sinn.«

Gott, ich war dabei, meinen Verstand zu verlieren. Aber gleichzeitig war ich noch nie so klar im Kopf gewesen. Die vergangenen Zeiten fühlten sich lediglich wie ein kleiner Pieks mit der Nadel an. Jetzt, wo ich wieder bei ihm war, sah ich alles klarer. Ich wusste, wer er war. Ich konnte es jedes Mal spüren, wenn ich ihn küsste.

Seine Lippen trafen erneut auf meine und ich ließ mich endgültig fallen. In ihn, seine Welt und die Empfindungen, die er so heftig in mir auslöste. Keine Ahnung, ob ich verloren war, aber noch nie hatte ich so sehr das Gefühl, mich endlich gefunden zu haben.

KAPITEL 14

- BIS ZUR LETZTEN WIEDERHOLUNG -

Seite an Seite liefen wir den Gehweg entlang. Ich hatte mich bei Tayfun eingehakt und sah ihn erwartungsvoll an.

»Verrätst du mir jetzt endlich, wo es hingeht?«

Ein amüsiertes Zucken umspielte seinen Mundwinkel. »Wir gehen genau den gleichen Weg wie vor einer Woche auch und du trägst Sportsachen. Kannst du dir das wirklich nicht denken?«

Einen Moment brauchte ich, um zu schalten, aber dann wollte ich mir am liebsten mit der flachen Hand gegen die Stirn schlagen. Natürlich! Warum war mir das nicht vorher eingefallen? »Dimitris Fitnessraum!«

»Genau«, bestätigte er meine Reaktion mit einem Grinsen.

»Wir trainieren zusammen bei ihm?«, fragte ich begeistert.

»Sieht ganz so aus. Kann es kaum erwarten, dich mit diesen heißen Sachen beim Training zu sehen«, erwiderte Tayfun und strich an meiner Hüfte entlang.

Meine Haut kribbelte vor lauter Vorfreude. Ich blickte hinunter auf meine gebräunten Beine, die in weißen Turnschuhen mit dunkelrotem Emblem steckten. Dazu trug ich knallrote kurze Sporttights und ein leicht bauchfreies weißes Funktionstop mit Ringerrücken. Meine Haare hatte ich zu lockeren Boxer Braids geflochten, an denen er nun leicht zog, damit ich ihn ansah.

»Hey, du siehst unglaublich aus.«

Ich bedankte mich mit einem stürmischen Kuss, was während dem Laufen gar nicht so einfach war. Widerstehen konnte ich trotzdem nicht. Seit ich mich erneut auf Tayfun eingelassen hatte, erschien alles wieder leichter. Ich brauchte keine Geheimnisse mehr zu befürchten oder unerwartete Dinge, die mich aus der Bahn warfen. Alles Aufregende war nur positiv, und davon konnte ich nicht genug bekommen.

Wir erreichten den Hinterhof, von welchem aus man zu Dimitris Haus gelangte. Tayfun tippte eine Nachricht an ihn und kurz darauf summte die Haustür, sodass wir eintreten konnten. Als wir dieses Mal zur Wohnungstür schlenderten, empfing uns nicht direkt in der Eingangshalle schon laute Musik. Etwas nervös schulterte ich meine Sporttasche nochmal.

Dimitri öffnete die Wohnungstür und bat uns herein. Tayfun begrüßte er mit einem Handschlag und mich mit einem Kuss links und rechts auf meine Wange. Wahrscheinlich war es für ihn normal, aber mich überforderte diese Geste etwas. Als wäre das nicht genug, sah er an mir herab und stieß einen Pfiff zwischen seinen Zähnen aus. Unwohl trat ich vom einen aufs andere Bein. Wie er seinen Blick über mich wandern ließ, war nicht gerade unauffällig.

Auch wenn er heute weniger aufgedreht und klarer im Kopf wirkte, so wusste ich nicht, was ich von ihm halten sollte. Es war nett, dass Dimitri mich bei sich trainieren ließ, aber gleichzeitig hatte ich den Eindruck, er tat nichts einfach so. Keine Ahnung, ob seine Blicke oder eher etwas in seinem Auftreten mich dazu brachte, zu denken, er hätte irgendwelche Hintergedanken.

Nicht nur sein selbstüberzeugtes Verhalten und die auf mich bezogenen Kommentare gaben mir unterschwellig ein mulmiges Gefühl. Wie schon letzte Woche auf der Party umgab ihn diese bedrohliche, unberechenbare Aura, die er durch Lockerheit überspielte, aber trotzdem gegenwärtig war. Vor allem jetzt, da ich wusste, dass er immer noch in dem Geschäft tätig war, dem Tayfun den Rücken gekehrt hatte.

Als ich merkte, worüber ich wieder nachdachte, befahl ich mir, es für den Moment gut sein zu lassen und betrachtete stattdessen nochmal das Wohnzimmer, in dem wir uns befanden. Im Hellen kam es mir so anders vor als mitten in der Nacht mit düsterem Licht und vielen Leuten. Es wirkte viel freundlicher und weniger bedrückend. Dimitri hatte bei der Auswahl seiner Ausrichtung zwar weniger auf farbige Akzente als auf kühle graue Farben gesetzt, aber das gesamte Wohnzimmer war durch die Fensterfront auf einer Seite mit einem Ausgang zur Terrasse hell und lichtdurchflutet.

»Was steht an?«, fragte Tayfun ihn und hockte sich auf die Ecke des großen Sofas.

»Musste ganz schön viel aufräumen nach der Party letztens. Die haben die Bude richtig auseinandergenommen. Der Boden hier hat noch nie so schlimm geklebt«, antwortete Dimitri amüsiert. »Leider habt ihr die kleine Schlägerei am Ende verpasst, aber nachdem ich mich eingemischt und einem von ihnen richtig eine verpasst habe, war Ruhe. Der Wichser hat ganz schön geblutet, als ich ihn rausgeworfen habe.«

»Weswegen gab es Stress?«, wollte Tayfun wissen.

»Weiber, wie immer«, entgegnete Dimitri und warf mir einen Seitenblick zu. »Nichts gegen dich.«

Er klopfte Tayfun auf den Rücken. »Du als Backup wärst trotzdem geil gewesen. Wie in alten Zeiten, Bruder. Wir beide, die paar Leute aufmischen.«

Würde ich mich jemals daran gewöhnen, wenn sie ohne

Weiteres über gewalttätige Dinge redeten, als wäre es das Normalste der Welt?

»Dimi, ich mache das nicht mehr. Habe ich dir schon mal gesagt.« Tayfuns Worte ließen keinen Zweifel daran, dass er sich wirklich Mühe geben wollte. Für ihn, aber vielleicht auch ein bisschen für mich und das erleichterte mich ungemein.

»Hat sie mal gesehen, was du draufhast?«, ignorierte Dimitri seinen Einwand und fuhr an mich gewandt fort: »Wenn er wie ein Berserker im Rausch ist?«

Die Bilder von dem blutverschmierten Typen nach unserem Restaurantbesuch kamen mir unfreiwillig in den Sinn und ich nickte nur starr.

»Beeindruckend, hm?« Breit grinste er Tayfun an. »Du warst mein bester Mann.«

Er sollte aufhören, ihn für solche Dinge noch zu feiern und zu verherrlichen, was sie getan hatten. Kein Wunder, dass es so lange gedauert hatte, bis Tayfun davon losgekommen war, wenn niemand ihm sagte, wie scheiße es war.

Mein Gesicht musste sich verzogen haben, denn Dimitri legte einen Arm um meine Taille.

»Ach, komm schon. Er kann dich verteidigen wie kein anderer, meinst du nicht? Das macht dich doch bestimmt an.«

»Ich bin mir sicher, Dalia kann sich auch selbst verteidigen«, erwiderte Tayfun ungewohnt kühl und ich fragte mich, was genau zwischen den beiden damals eigentlich vorgefallen war und ob es noch irgendein Problem gab. Oder gefiel es Tayfun nicht, mit welcher Selbstverständlichkeit Dimitri Körperkontakt mit mir suchte? Da konnte ich ihm zustimmen. Auch mir gefiel es nicht.

Doch Dimitri lachte nur auf, als würde er nichts davon überhaupt ernst nehmen und zog seinen Arm weg.

»Ich laber wieder zu viel, oder?«

»Ja. Wir sollten mit dem Training anfangen«, sagte Tayfun, woraufhin ich mich aufs Stichwort hin dankbar erhob.

»Danke nochmal, dass ich den Keller nutzen darf«, sagte ich an Dimitri gerichtet, weil ich nicht so unfreundlich wirken wollte.

Er hob seine Schultern. »Ich habe schon Tayfun gesagt: Jederzeit. Kommt mit.«

Auf dem Weg nach unten griff ich nach Tayfuns Hand und er drückte sie kurz. Wie zur Bestätigung, dass alles in Ordnung war. Dimitri steckte den Schlüssel in die massive Flügeltür und drehte ihn herum. Als er die Tür aufstieß und wir ihm in den großen Raum hinein folgten, staunte ich nicht schlecht.

»Willkommen im Paradies«, stellte er das Homegym vor, welches keinen Zweifel daran ließ, dass es einiges gekostet hatte.

Ich ließ meinen Blick über die Hantelbank schweifen, die an der Wand rechts neben der Tür stand. Gegenüber hing ein großer Spiegel, vor dem sich Reihen mit Ablagen für verschiedene Kurzhanteln befanden. Links neben der Tür waren ein Fahrrad und ein Laufband aufgestellt.

Überwältigt drehte ich mich weiter zur anderen Wand, an der sich mittig ein großer Cage befand. Darauf konnten unter anderem Langhanteln für Squads oder Kreuzheben abgelegt werden. In einiger Entfernung daneben gab es einen Zugturm, der auf der einen Seite als Seilzug und auf der anderen als Latzug genutzt werden konnte.

Auf zwei verblichenen Europaletten stand eine Halterung, an der verschiedene Griffe für den Zugturm hingen, außerdem Gewichtscheiben für die Langhanteln und Kettlebells in unterschiedlichen Ausführungen. Sogar ein Lkw-Reifen lehnte dort.

Als letztes fiel mir die Klimmzugstange etwa einen Meter entfernt von der gegenüberliegenden Wand ins Auge. Die

Ausstattung war mehr als hochwertig und konnte sich wirklich sehen lassen. Keines der Geräte kam mir auf den ersten Blick abgenutzt vor. Sie waren alle in mattem Schwarz gehalten.

In Kontrast dazu stand die Aufmachung des Raumes. Der Boden war vorwiegend mit schwarzen Matten ausgelegt und die Wände in leicht verdrecktem Weiß gehalten. Nur die zwei Wände, an denen sich die Klimmzugstange und der Power Cage befanden, waren in einem staubigen Grau gestrichen. Sie bildeten einen schönen Gegensatz zu den hochwertigen Geräten und der Raum wirkte weniger klinisch.

Auch die in weißen Rahmen eingefassten kleinen Bilder von männlichen Sportidolen, die über den Ausdauergeräten an der Wand hingen, trugen dazu bei. Am auffälligsten jedoch war der schwarze Schriftzug neben der Klimmzugstange, den jemand dort hingeschrieben hatte. Mit groben und sichtbaren Pinselstrichen stand dort in ungeordneten, aber trotzdem kunstvoll wirkenden Großbuchstaben: *Till the last rep.*

Wow. Womöglich war mein Staunen für viele nicht nachvollziehbar, doch ich hatte diesen Keller betreten und plötzlich überkam mich das Gefühl, nirgendwo anders mehr trainieren zu wollen. Er wirkte gerade im richtigen Maße heruntergekommen, aber hatte gleichzeitig Stil. Nicht zu kalt, aber immer noch eine gute Trainingsatmosphäre.

»Ich bin echt sprachlos«, gab ich anerkennend zu, nachdem ich mich noch ein letztes Mal im Raum umgedreht hatte. Ich konnte es kaum erwarten, mit dem Training zu beginnen.

»Die Frauen, die ich kenne, fahren normalerweise nie so darauf ab«, tönte Dimitris Stimme zu mir herüber.

»Dalia ist eben anders.« Tayfuns dunkle Stimme bescherte mir aufregende Gänsehaut.

»Das stimmt wohl«, meinte Dimitri vielsagend, während er zu einer Box hinüberlief.

Zuerst knipste er an einem Schalter die Lüftung an und erklärte dann noch während er auf die Box deutete: »Hier könnt ihr euer Handy für Musik verbinden. Kennst du ja.«

»Ich weiß, danke. Wir kommen klar.« Mit Nachdruck boxte Tayfun ihm gegen die Schulter.

»Bis nachher. Viel Spaß.« Dimitri setzte sein typisches dreckiges Grinsen auf und schloss die Tür hinter uns.

»Endlich habe ich dich wieder für mich.«

Tayfun kam auf mich zu, drängte seinen Oberschenkel zwischen meine Beine und küsste mich besitzergreifend. Ich drückte mich voller Leichtigkeit an ihn und erwiderte seinen Kuss, glücklich darüber, dass er das Gleiche dachte wie ich.

»Wollen wir loslegen?«, fragte er mich mit einem Kopfnicken, nachdem er von mir abließ.

»Unbedingt.« Sicherlich lächelte ich bis über beide Ohren.

Während Tayfun sich noch kurz mit der Musikbox beschäftigte, sah ich mich um und überlegte, wie ich mich aufwärmen würde.

»Seilspringen?« Fragend hob er ein Springseil auf und wartete auf meine Antwort.

Warum nicht? War mal etwas anderes zu dem, was ich sonst machte. Als ich nickte, warf er es mir zu.

Ich begann mit kleinen, federnden Sprüngen auf beiden Seiten und lockerte meine Beine. Die Musik startete ebenfalls.

»Deutschrap?«, fragte ich zweifelnd, denn damit konnte ich nicht so viel anfangen.

»Motivierend beim Training«, antwortete Tayfun mir schulterzuckend.

Mein Blick wanderte zu den definierten Muskeln seiner Schultern, die wirklich beachtlich waren. Es kam nicht oft vor, dass er wie jetzt ein Tanktop und eine kurze Hose trug. Beides war selbstverständlich schwarz. Das war einfach seine Farbe.

Nachdem meine Waden vom Springen brannten, mein Puls sich etwas beschleunigt hatte und auch Tayfun lange genug auf dem Laufband gewesen war, konnte es losgehen.

Zu der zugegebenermaßen erstaunlich motivierenden Trainingsmusik schraubte ich Gewichte an eine der Langhanteln, legte mich auf die Hantelbank und rutschte entlang, bis ich mit dem Gesicht unter der Stange lag.

Dann drückte ich den ersten Satz an Wiederholungen. Tayfun stellte sich hinter mich und als die Muskeln in meiner Brust und den Armen schlapp machten, legte er seine Hände unter die Stange und nahm mir mit dem leichten Druck, den er darauf ausübte, etwas von dem Gewicht ab. So schaffte ich noch ein paar weitere Wiederholungen.

»Nicht schlecht«, sagte er anerkennend.

Dann legte er sich selbst auf die Bank, mit einem Vielfachen von dem, was ich an Gewicht an die Hantel geschraubt hatte. Trotzdem konnte auch ich ihm am Ende helfen. So unterstützten wir uns bei den meisten Übungen.

Es machte unglaublich viel Spaß, hier mit ihm in diesem toll eingerichteten Kraftraum und einer Vielzahl an Möglichkeiten zu sein. Nur wir beide und im Hintergrund Musik, die einen pushte. Obwohl Tayfun mich mit seinem Anblick ablenkte und ich mich dabei erwischte, wie ich ihn immer wieder bei einer der Übungen beobachtete und fasziniert das Zusammenspiel seiner vor Schweiß glänzenden Muskeln betrachtete, so ließ ich ihn seinen Blicken zufolge wohl auch nicht kalt.

»Erinnerst du dich noch, als du mir den Soundtrack zu deinem Leben gezeigt hast?«, fragte mich Tayfun am Ende unseres Trainings plötzlich überraschend.

»Klar.« Ich nickte. Auf dem Weg zur Party hatten wir das Lied im Zug gehört und inzwischen passte es sogar noch besser zu dem, was ich fühlte.

»Das hier ist meiner«, sagte er über den Track, der gerade neu begonnen hatte.

Aufmerksam lauschte ich dem Text von *Bei dir* von *Kummer*. Zusammen mit dem harten Beat vereinnahmte es mich von der ersten Sekunde an. Bewegungsunfähig stand ich da, ließ die harten Worte auf mich einprasseln, die mich gleichzeitig auf traurige, aber auch rührende Art bewegten. Traurig, wegen der ungeschönten Weise, auf die Tayfun sich selbst sah und gerührt, weil das Lied genau das aussagte, was er mir bei unserer Versöhnung auch gesagt hatte. Dass er mit mir anders sei und ich ihn besser machte.

Ich beobachtete Tayfun, der zur Klimmzugstange hinüberlief und sich mit einem kleinen Sprung daran hängte, um seinen letzten Satz zu beenden. Die Muskeln in seinem Körper spannten sich an, als er sich nach oben zog, und ich blinzelte aufkommende Tränen der Überwältigung weg.

Ohne zu wissen, was ich eigentlich tat, lief ich auf ihn zu, bis ich ihm gegenüber stand. Dann sprang ich kraftvoll nach oben und griff ebenfalls nach der Klimmzugstange. Ich platzierte meine Hände auf der inneren Seite von seinen, schwang meine Beine um seine Hüfte und verhakte die Füße hinter seinem Rücken ineinander.

Tayfun schien zu verstehen, was ich vorhatte. Mit gemeinsamer Kraft zogen wir uns nach oben mit dem Kinn bis über die Stange. Unsere Gesichter befanden sich direkt voreinander, als der Refrain erneut losging. Mit klopfendem Herzschlag überbrückte ich den letzten Zentimeter, der uns voneinander trennte und küsste ihn.

Für wenige Sekunden stand alles still – nur unsere Lippen aufeinander und der salzige Geschmack von Schweiß auf unserer Haut – bis wir uns lösen mussten und uns nach unten gleiten ließen. Erneut zogen wir uns hoch und gaben uns einen Kuss. Meine Arme begannen zu zittern, da meine Kraft nachließ und ich von Tayfun ablassen musste.

Außer Atem ließ ich mich nach unten fallen und sprang auf meine Füße. Tayfun tat es mir nach, ließ mich dabei aber nicht aus den Augen. Sie funkelten vor Verlangen. Der Blick, den ich schon oft bei ihm gesehen hatte, der meine Knie aber jedes Mal aufs Neue weich werden und Hitze in mir aufsteigen ließ.

Im nächsten Moment drückte er sich an mich, fuhr mit seinen Händen meinen Hintern hinab und hob mich dann hoch. Unsere Münder pressten sich aufeinander, unsere Muskeln zitterten schon vor Erschöpfung, aber wir dachten nicht daran aufzuhören. Tayfun drehte sich mit mir um und im nächsten Moment krachten wir gegen die Wand, direkt unter die Aufschrift *Till the last rep*. Der harte Aufprall ließ die Luft noch mehr aus meinen Lungen weichen und ich keuchte auf. Den Laut erstickte er mit einem weiteren Kuss.

Tayfun war meine Droge. Er machte mich süchtig nach seinen Küssen. Abhängig von seinen Berührungen. Ich war ihm schlicht und ergreifend verfallen. Ihm und seinen verdammten Lippen. So wie jetzt. Bestimmt schob er mein Oberteil nach oben, hielt mich nur noch mit einem Arm und fuhr mit der anderen Hand darunter. Er streichelte über meine Brust, was mich leise aufstöhnen ließ. Beschämt wehrte ich seine Hand ab und sah mich um, als mir in den Sinn kam, was er vorhatte.

»Wir können doch nicht hier ... «, flüsterte ich und mein Herz setzte einen Schlag aus.

»Wer sagt das?«, raunte Tayfun. »Ich will dich. Jetzt. Hier.«

»Aber wenn Dimitri ... « Mein Einwand ging in einem Keuchen unter, als Tayfun sich hart gegen meinen Unterleib presste und ich ihn deutlich spürte.

»Dimi ist mir scheißegal. Der wird schon nicht kommen«, entgegnete er selbstsicher.

Eine leichte Spannung baute sich in mir auf und meine Lider flatterten vor Lust. Ich wollte ihn. Unbedingt. Aber meine Angst stand mir im Weg. Was, wenn Dimitri hereinkommen und uns erwischen würde?

Doch langsam merkte ich, wie sich etwas veränderte. Als er mich weiterstreichelte und ein paar Küsse auf meiner Halsbeuge verteilte, merkte ich, dass ich ein Problem hatte. Die Angst erwischt zu werden, löste mit einem Mal einen noch größeren Kick in mir aus. Also ließ ich geschehen, dass er ein Bein von mir zurück auf den Boden ließ, um mir die Sporthose mitsamt Unterwäsche auf einer Seite auszuziehen und mich dann anschließend wieder hochzuheben.

Gerade als Tayfun seine Hose ein Stück hinunterzog, stieß er auf einmal zwischen zwei Küssen hervor: »Fuck, ich habe kein Kondom hier.«

Verzweifelt lehnte ich mein Kopf gegen die Wand hinter mir. Warum gerade jetzt? Das durfte nicht sein Ernst sein. »Auch nicht in deiner Tasche?«, fragte ich schwach.

Er schüttelte den Kopf, aber setzte dann an: »Dimi hat sicher welche ... «

»Auf gar keinen Fall!«, entgegnete ich ensetzt, was er mit einem Grinsen zur Kenntnis nahm.

Der Vorsatz, an dem ich bisher immer festgehalten hatte, war mir aber inzwischen egal. »Ich ... habe noch nie ohne Kondom mit jemandem geschlafen«, erwiderte ich zögerlich. »Aber wenn du willst ... ich nehme die Pille.«

»Und ich habe mich erst testen lassen. Bei mir ist alles gut«, sagte er leise, also nickte ich zustimmend.

Es dauerte keine Sekunde und er war in mir. Ausfüllend und doch längst nicht genug, ließ er mich lauter aufstöhnen, als mir lieb war. Jedes Mal, wenn er wieder in mich eindrang, stieß er mich fast schon schmerzhaft gegen die Wand, sodass es einen dumpfen Laut gab. Ihn ohne Kondom zu spüren, fühlte sich anders an, noch intensiver und ich bereute es keine Sekunde.

Schon komisch, wie man, wenn man erst mal in der Lust gefangen war, nichts mehr auf die Gefahr gab, erwischt zu werden oder zu laut zu sein. Einzig und allein die Leidenschaft und der Genuss zählte. Alles andere blendete ich völlig aus. Stattdessen gab ich mich Tayfun vollends hin, schloss die Augen und spürte das lustvolle Ziehen in meinem Unterleib.

Es dauerte nicht lange, bis wir beide gleichzeitig kamen. Heftig keuchend und unsere Haut klebte vom Schweiß aneinander. Wir rangen nach Luft und ich rutschte langsam mit zitternden Knien zurück auf den Boden.

Schnell richtete ich meine Klamotten und zog meine Hotpants wieder an, während Tayfun mit einem zufriedenen Grinsen auch seine Shorts hochzog.

»Du überraschst mich immer wieder«, sagte er mit rauer Stimme und streichelte meine Wange.

»Ich bin selbst von mir überrascht. Was machst du nur mit mir?«, murmelte ich erschöpft und lehnte mich kurz gegen seine Brust.

»Komm, lass uns jetzt duschen gehen.«

Tayfun nahm mich an der Hand und ich folgte ihm zur Tür, die zu meiner Verwunderung nur angelehnt war.

»Hatte Dimitri die vorhin nicht geschlossen?«, fragte ich beunruhigt.

»Keine Ahnung, anscheinend nicht richtig. Aber es wäre uns doch aufgefallen, wenn jemand hereingeplatzt wäre, oder nicht?«, beschwichtigte er mich.

»Ja, hoffentlich«, antwortete ich leise.

Wenig später stiegen wir die Treppe zu Dimitris Wohnung wieder nach oben. Direkt neben dem Fitnessraum gab es noch ein kleines Bad, in dem wir uns geduscht und umgezogen hatten.

Endlich fühlte ich mich wieder frisch, auch wenn mein gesamter Körper ausgelaugt war. Meine Haare wellten sich leicht feucht über die Schultern, wie immer, wenn ich sie im Sommer an der Luft trocknen ließ. Tayfun klingelte und Dimitri öffnete uns kurz darauf die Tür.

»Hat es dir gefallen?«, wollte er wissen, als wir nach ihm ins Wohnzimmer gingen. Sein breiter Rücken nahm fast mein gesamtes Sichtfeld ein. Kurz war ich versucht, zu überlegen, was genau er damit meinte, aber dann ermahnte ich mich dazu, mir nichts einzubilden.

»Ja, es war der Hammer«, erwiderte ich und war froh, dass er meine roten Wangen nicht sehen konnte, weil ich nicht nur an das Training, sondern auch an den Sex danach denken musste.

Tayfun tauschte wissende Blicke mit mir, was nicht unbedingt zu meiner Beruhigung beitrug.

»Meine Tür steht dir immer offen, falls du nochmal Bock hast«, warf Dimitri über die Schulter ein.

»Ist gut, Dimi«, erwiderte Tayfun mit dunkler Stimme. Wenn ich es mir nicht einbildete, schien ihm Dimitris Umgang mit mir schon wieder ein bisschen zu missfallen. Oder aber ich bildete mir diese Spannungen zwischen den beiden wirklich nur ein.

Als wir zurück zu Dimitris Sofa kamen, fand ich dort Leila vor. Mit einem angezogenen Bein und den Rücken an ein Kissen gelehnt, chillte sie auf dem grauen Stoffsofa und nippte an einer Cola.

»Oh, hey!«, begrüßte ich sie überrascht.

»Dalia!«, erwiderte sie meine Begrüßung lächelnd und streckte ihre Faust aus, damit ich mit meiner dagegen tippte. Das Gleiche wiederholte sie bei Tayfun. »Da seid ihr ja endlich.«

»Ich wusste gar nicht, dass du kommst.« Erfreut nahm ich neben ihr Platz.

»Die Frage ist, wann bin ich mal nicht hier?« Belustigt fuhr sie sich durch ihre dunklen Locken. »Ich chille ziemlich oft hier, weißt du? Bei mir zuhause ist es nicht so schön. Dimi hält mich aber ganz gut aus.« Auch wenn es sich irgendwie deprimierend anhörte, klang sie nicht wirklich traurig darüber.

»Manchmal nervt sie, aber ich wüsste auch nicht, was ich ohne sie machen würde.« Dimitri strubbelte ausgelassen über Leilas Haare, woraufhin sie sich gespielt verärgert unter ihm hinwegwand.

»Meine Haare sind trotzdem tabu«, ermahnte sie ihn.

»Ich entscheide, was tabu ist«, erwiderte er grinsend und fragte dann an mich gewandt. »Willst du denn was trinken?«

»Gerne auch eine Cola«, erwiderte ich.

Kurz darauf kam Dimitri mit einer eisgekühlten Colaflasche zurück, öffnete sie mit einem Zischen und reichte sie mir. Mit einem »Danke« nahm ich sie entgegen und trank einen Schluck. Trotz der Dusche war mir immer noch unglaublich warm. Die Cola kam genau richtig.

»Tayfun und ich verziehen uns nochmal draußen auf die Terrasse«, erklärte er daraufhin.

»Bin gleich wieder zurück«, bestätigte Tayfun mir und die beiden verschwanden durch die Terrassentür.

»Seit wann bist du hier?«, wollte ich von Leila wissen.

Sie überlegte kurz. »Viertelstunde etwa. Also auch noch nicht so lange. Wie lässt es sich bei Dimi trainieren?«

»Es hat wirklich Spaß gemacht! Er hat praktisch alles, was man braucht und die Einrichtung ist auch toll. Allein schon der Spruch verleiht dem Raum etwas Besonderes«, schwärmte ich.

»Klar fährst du auf den Spruch ab. Den hat ja auch Tayfun geschrieben.« Leila stupste mich an.

»Wirklich?« Es hätte mir eigentlich klar sein können. Tayfun hatte wirklich ein Auge dafür, was gut aussah.

»Am liebsten würde ich öfters dort trainieren«, fantasierte ich vor mich hin, woraufhin Leilas Mundwinkel amüsiert zuckten.

»Dimi hat dir das bestimmt angeboten.«

»Ja«, antwortete ich verlegen. »Aber ich gebe ja regelmäßig Kurse in meinem Fitnessstudio, dann bin ich sowieso dort vor Ort und trainiere anschließend noch.«

»Okay.« Sie hob ihre Schultern.

»Was ist mit dir?«, fragte ich.

»Ich begleite Dimi manchmal mit ins Kickboxen«, erklärte sie. »Er trifft sich da manchmal mit ein paar Freunden zum Training. Aber wirklich gut bin ich nicht.«

»Ist doch trotzdem cool«, meinte ich. Wahrscheinlich schwang etwas Bewunderung mit, denn an Kampfsport traute ich mich nicht heran. Es passte aber zu Leilas taffer Art.

»Falls ich doch mal Lust auf Kraftsport habe, komme ich entweder mal bei deinem Kurs vorbei oder wir verabreden uns hier, wenn du willst«, warf sie ein.

»Klar, sehr gerne«, sagte ich lächelnd und freute mich insgeheim, dass meine Sympathie für sie anscheinend wirklich auf Gegenseitigkeit beruhte.

»Dann gib mal dein Handy«, forderte Leila mich auf. Sie tippte kurz darauf herum und reichte es mir dann wieder. Auf dem Display erkannte ich ihre eingetragene Handynummer.

»Melde dich dann. Oder auch einfach so mal.« Sie zwinkerte mir zu.

»Mache ich«, versprach ich und ein positives Gefühl durchströmte mich. Wie eine leise Ahnung, dass wir gerade erst am Anfang von etwas Vielversprechendem standen.

Während Leila etwas sagte, blickte ich nach draußen auf die Terrasse und sah Tayfun und Dimitri voreinander stehen. Die beiden schienen etwas zu bereden. Tayfuns Körperhaltung wirkte etwas angespannt und auch wenn ich nicht hören konnte, über was sie sprachen, gefiel mir das Bild aus irgendeinem Grund nicht.

»Dalia?«, hakte Leila nach und riss mich aus meinen Gedanken.

Ich drehte ihr den Kopf wieder zu. »Wiederhole das nochmal, Leila. Sorry, ich war gerade kurz mit den Gedanken woanders«, entschuldigte ich mich und ärgerte mich gleichzeitig über mich selbst.

Erstens, weil es Leila gegenüber unhöflich war, nicht richtig zuzuhören und ich es andersherum ja auch erwartete. Und zweitens war es Tayfun gegenüber unfair, weil ich klargemacht hatte, dass ich ihm vertraute und nicht mehr so skeptisch sein wollte. Ich sollte endlich aufhören, den Teufel an die Wand zu malen, nur weil ich meinte, irgendwelche Spannungen zwischen den beiden zu bemerken. Wahrscheinlich war es einfach ihre Art, miteinander umzugehen. Also verbannte ich die leisen Zweifel in die hinterste Ecke meines Gedächtnisses.

Ich merkte, wie ich unbewusst das Etikett meiner Flasche abkratzte und stoppte mich dabei. Stattdessen schlürfte ich weiter an meiner Cola. Dabei konzentrierte ich mich voll und ganz auf Leila.

»Shopping-Trip morgen Nachmittag nach meiner Arbeit?«, wiederholte sie ihre Frage erwartungsvoll.

»Habe ich seit über einem halben Jahr nicht mehr ge-macht«, fiel mir auf. »Also gerne! Ein paar neue Oberteile habe ich mal wieder nötig.«

»Abgemacht.« Sie grinste, was ich mit einem Strahlen erwiderte.

Hatte ich vor ein paar Tagen noch das Gefühl, mein Leben würde aus den Fugen geraten, so kam nun die Erkenntnis, dass sich scheinbar alles wieder fügte. Mein Leben lief wie-der mehr nach meinen Vorstellungen. Endlich lebte ich dank Tayfun richtig. Und wenn mich nicht alles täuschte, war ich wohl langsam im Begriff, Freundschaft mit Leila zu schließen. Eigentlich konnte es gar nicht besser laufen, oder? Vielleicht – ja, vielleicht wurde am Ende ja doch alles gut.

KAPITEL 15

- EIN STÜCK MEINER WELT -

Erschöpft ließ ich mich mit meinen ganzen Tüten aufs Bett fallen. Ich hatte vergessen, wie anstrengend Shoppen sein konnte. Trotzdem stahl sich ein Lächeln auf mein Gesicht. Mit Leila war es das wert gewesen. Unwillkürlich dachte ich daran, wie wir lachend durch die sonnigen Gassen gestreift waren. Mit aufgesetzten Sonnenbrillen und Eiskaffee in der Hand. Wir gaben uns gegenseitig Styleberatung und zeigten uns unsere Lieblingsgeschäfte. Keine unnötigen Diskussionen oder nervigen Kommentare. Es war losgelöster als mit Nadine.

Als unsere Wege sich trennten, hatte ich für einen Moment darüber nachgedacht, auf Leilas Nachfrage noch mit zu Dimitri zu gehen, um etwas mehr Zeit mit ihr zu verbringen, doch dann wollte ich mich nicht aufzwängen. Außerdem war ich mir nicht sicher, ob Tayfun es komisch finden würde, wenn ich plötzlich ununterbrochen bei seinen Freunden abhing.

Stattdessen hatte ich mich entschieden, heimzugehen. Eine gute Entscheidung, da ich auf beinahe wegdöste. Tayfun musste heute bis in die Nacht arbeiten, deswegen konnten wir uns nicht sehen. Er hatte wie vorausgesagt vor einigen Tagen einen neuen Job im Club seines Bekannten bekommen. Gleichzeitig zeigte es mir, dass ich mir weniger

Gedanken um ihn und seine Zukunft machen musste. Er sorgte schon alleine dafür, dass alles wie geplant lief.

Mit schweren Gliedern zog ich mir meine Schuhe von den Füßen, um mich richtig ins Bett legen zu können. Wenigstens für eine Weile wollte ich mich ausruhen, bevor ich mir die Pläne für die nächsten Kursstunden überlegte. Es war bereits früher Abend, aber vielleicht konnte ich damit zumindest schon mal anfangen.

Doch zuerst bettete ich meinen Kopf auf dem weichen Kissen und schloss für einen Moment die Augen. Die Position war so gemütlich, dass ich mich gar nicht mehr bewegen wollte und immer schläfriger wurde. Ich hätte nicht gedacht, so fertig zu sein, aber ohne es zu merken, driftete ich ab und musste vermutlich innerhalb kürzester Zeit eingeschlafen sein.

Mitten in der Nacht schreckte ich hoch. Es war stockdunkel draußen und ein leichter Schweißfilm bedeckte meine Haut. Keine Ahnung, ob es an meinem wirren Traum lag oder daran, dass es in meinen Klamotten, die ich immer noch trug, zu warm war. Ich tastete nach meinem Handy, um nach der Uhrzeit zu sehen. Drei Uhr morgens. So viel zum Thema »kurz ausruhen«.

Frustriert schälte ich mich aus meinem Top und den Hotpants und schlurfte noch etwas benommen ins Badezimmer, wo ich mir zumindest die Zähne putzte und mich abschminkte. Um mich nicht mehr so klebrig zu fühlen, wusch ich mich schnell mit kaltem Wasser und kämmte nochmal meine Haare durch.

Komischerweise fühlte ich mich etwas unruhig, konnte aber nicht sagen, warum. *Ich sollte einfach weiterschlafen*, dachte ich, während ich die Tür zu meinem Zimmer wieder schloss, mir ein frisches T-Shirt überzog und zurück ins Bett stieg. Aber gerade war ich zu wach, um einfach einzuschlafen und damit die verbleibenden Stunden bis zum Morgen zu überbrücken.

Erneut sah ich auf mein Handy. Drei Uhr Fünfzehn. Eine Nachricht ging ein und der helle Ton erschreckte mich etwas. Hastig schaltete ich auf lautlos um.

Komm nach unten.

Tayfun? War er hier? Mein Herzschlag beschleunigte sich und ich schlug sofort die Bettdecke zurück. Leise tappte ich mit meinem Handy in der Hand die Treppe hinunter zur Eingangstür. Erneut leuchtete mein Handy auf.

Öffnest du mir die Tür?

War das wirklich sein Ernst? Verwunderung, aber auch leichte Aufregung kribbelte in mir. Die Fliesen fühlten sich kalt unter meinen nackten Füßen an, als ich die Tür erreichte. Ich bemühte mich, den Schlüssel, der am Haken neben der Tür hing, zu nehmen und ihn geräuschlos ins Schloss zu stecken. Langsam und mit zittrigen Fingern drehte ich ihn zweimal um und drückte die Klinke vorsichtig hinunter, um die Tür zu öffnen. Währenddessen schien etwas in meinem Magen Saltos zu springen.

Eine schwarze Gestalt mit Kapuze erschien im Türspalt. An seiner Körperhaltung erkannte ich zweifellos, dass es Tayfun war. Seine Erscheinung beruhigte mich, auch wenn meine Aufregung dadurch nicht abnahm. Er war noch nie hier bei mir zuhause gewesen.

»Komm rein«, flüsterte ich ihm leise entgegen. »Wir reden oben.«

Wortlos folgte er mir die Treppen hinauf. Etwas lauter, als mir lieb war, aber meine Eltern schienen zum Glück tief und fest zu schlafen. Erst als ich meine Zimmertür hinter uns geschlossen hatte, konnte ich wieder aufatmen.

»Was machst du hier?«, fragte ich leise, ohne jedoch meine Freude darüber zu verbergen.

»Ich wollte dich sehen«, brummte er und sein Blick fiel auf meine nackten Beine, die durch das lange T-Shirt kaum bedeckt wurden. »Komme gerade von der Arbeit.«

»Sorry für die blöde Begrüßung. Ich hatte Angst, meine Eltern zu wecken. Wäre als erstes Aufeinandertreffen nicht so günstig gewesen.«

Ich schmunzelte und machte einen Schritt auf ihn zu, um mich an ihn zu schmiegen. Sein Pulli roch nach Zigarettenrauch und ich musste mich erst daran gewöhnen, ihn hier in meinem Zimmer zu haben. Er schien nicht wirklich in die Umgebung reinzupassen, die noch mein altes Leben widerspiegelte.

Doch all das schien Tayfun gar nicht zu bemerken. Seine Augen ruhten auf mir und er zog mich dichter zu sich.

»Da hast du recht«, ging er auf meine vorige Aussage ein. »Aber hat man dir nicht sowieso beigebracht, dunklen Gestalten, die mitten in der Nacht vor deiner Haustür stehen, besser nicht zu öffnen?«

»Weißt du, man hat mir schon von vielen Dingen abgeraten. Aber das hat mich in letzter Zeit nie davon abgehalten, es doch zu tun«, erwiderte ich und blickte selbstbewusst zurück.

Ich fragte mich, ob mich mein lauter Herzschlag trotzdem verriet. Tayfun strich mir in einer federleichten Berührung eine Haarsträhne aus meiner Stirn.

»Oh Dalia, du bist längst nicht mehr so unschuldig, wie du mal warst.« Seine Stimme hatte einen rauen Klang angenommen. Ich spürte, wie meine Knie weich wurden und seine Nähe mir mehr und mehr den Atem raubte.

»War das nicht genau das, was du wolltest?«, hauchte ich.

»Ja. Und trotzdem gibt es noch so einige Dinge, die ich mit dir anstellen will.« Sein Finger fuhr nun langsam über meine Lippen, teilte sie und ließ ein Ziehen in meiner Mitte entstehen. Doch dann zog er den Finger wieder weg.

Nur der Mond, der leicht durchs Fenster schien, spendete etwas Licht, ansonsten war es finster um uns herum. Ich wusste nicht mal mehr, was mich daran gehindert hatte, das Licht anzuschalten. Jetzt führte es dazu, dass ich Tayfun kaum richtig erkennen, geschweige denn irgendetwas in seinem Gesichtsausdruck lesen konnte.

Als nächstes spürte ich, wie er mich sanft, aber bestimmt an den Schultern auf meine Knie drückte. Ich wusste, was er wollte und auch wenn ich es natürlich nicht zum ersten Mal tat, war es das erste Mal, dass ich dabei so dermaßen aufgeregt war. Langsam knöpfte ich seine Jeans auf, rieb über die Wölbung direkt vor mir und zog sie dann mitsamt seinen Boxershorts hinunter.

Kurz hielt ich inne und befeuchtete meine Lippen, bevor ich sie um ihn schloss und ihn mit allem, was ich geben konnte, verwöhnte.

»Das habe ich mir schon so lange vorgestellt«, sagte Tayfun leicht stöhnend.

Obwohl er in meine Haare griff und sich an mich presste, gefiel es mir, zur Abwechslung auch mal das Gefühl zu haben, ich hätte ihn in der Hand und nicht andersherum. In mir machte sich ebenfalls Erregung breit, weswegen ich sehnsüchtig meine Beine zusammenpresste und ihn weiter aus meinem Mund und wieder hineingleiten ließ.

Als ich irgendwann spürte, dass er bereits kurz vorm

Kommen war, zog er sich jedoch plötzlich aus meinem Mund zurück, dirigierte mich nach oben und drückte mich nach hinten auf mein Bett. Außer Atem über diese unerwartete Wendung brauchte ich eine Weile, um wieder klarzukommen und rückte ein Stück nach oben, um meinen Kopf aufs Kissen zu betten.

Im nächsten Moment entledigte er sich mit schnellen Bewegungen seines Kapuzenpullis und widmete sich danach wieder mir. Tayfun schien es gerade nicht schnell genug gehen zu können. Er riss mir den Slip von den Beinen, legte sich über mich und drang in einer Bewegung in mich ein, sodass ich aufkeuchen musste.

»Shh. Du willst doch nicht, dass deine Eltern dich hören, oder?«, raunte er direkt an meinem Ohr. Die Art und Weise, wie er mit mir sprach, ließ noch mehr Hitze in meinen Unterleib schießen. Es war, als würden wir etwas Verbotenes tun und das machte das Ganze noch reizvoller.

Meine gesamte Müdigkeit war verschwunden. Ich streckte mich seinen Bewegungen entgegen, versuchte, das langsame Tempo, mit dem er mich quälte, zu beschleunigen, doch anscheinend war es genau das, was er wollte.

Mal berührte er mich sanfter und manchmal packte er fester zu, aber jede Stelle meiner Haut, an der seine Finger vorbeiwanderten, schien in Flammen aufzugehen. Hitze durchströmte unsere gesamten Körper, aber es fühlte sich gut an, fast zu verbrennen. Gerade bestand ich nur aus seinen Berührungen. Mein Stöhnen wurde lauter, aber entweder konnte ich es gerade nicht kontrollieren, oder ich dachte nicht darüber nach, was es für Konsequenzen haben könnte.

Auf einmal legte sich Tayfuns Hand auf meinen Mund und er presste jeden einzelnen Finger fest auf meine Lippen, um meine Laute zu ersticken. Seine Dominanz machte mich so an, dass ich mich ihm entgegenbog und unter seiner starken Hand stumm stöhnte, weil ich fast dabei war, den Verstand zu verlieren.

Aber nicht nur mich machte es an. Auch Tayfun schien nun kurz vor seinem Abschluss zu sein. Er wurde unnachgiebiger, schneller und trieb uns beide unaufhaltsam weiter. Ich konnte nicht mehr nachdenken, aber genau hier, genau jetzt, beförderte er mich geradewegs in den verdammten Himmel. Mein heiserer Schrei war unter seiner Hand nur als gedämpfter Ton zu hören.

Zitternd kamen wir zur Ruhe. Unsere Haut strahlte immer noch eine unglaubliche Hitze aus, aber ich wollte ihn trotzdem direkt bei mir haben. Nicht nur, um die Verschlungenheit unserer Körper zu spüren, sondern auch unserer Seelen. Mein Herz klopfte immer noch viel zu stark in der Brust. Ich war Tayfun dankbar, dass er mich gezügelt hatte und ich trotz allem unter seiner Hand hatte loslassen können.

»Du mochtest die Vorstellung, dass wir es tun, während deine Eltern hier im Haus sind«, sagte er leise und zog mich mit einem Arm noch näher zu sich heran.

»Und du wusstest das«, gab ich mit einem leichten Lächeln zurück.

»Ich weiß so einiges über dich«, flüsterte Tayfun nahe an meinem Ohr, während er mit rauen Fingerspitzen Linien über meine empfindliche Haut zog und mich erschaudern ließ.

In seinen Armen fühlte ich mich sicher. Er war hier bei mir und heute Nacht würde er nirgendwo anders mehr hingehen. Langsam wurden meine Lider schwer und es dauerte nicht lange, bis ich in tiefen Schlaf fiel.

»Dalia!« Eine Stimme tönte von weit her in mein Ohr. Ich vergrub meinen Kopf etwas tiefer ins Kissen, um sie auszublenden und in Ruhe weiterschlafen zu können. Doch leider kam die Stimme näher.

»Dalia!« Im nächsten Moment wurde laut eine Tür aufgerissen. Das Geräusch ließ mich endgültig aus dem Schlaf hochschrecken.

»Es ist Sonntagmorgen, Dalia. Wir wollten doch zusammen frühstücken«, tadelte mich meine Mutter, die im Türrahmen meines Zimmers erschien.

Ich stöhnte auf. Warum machte sie so einen Aufstand deswegen? Doch das war nicht mal das Schlimmste daran. Denn die Gesichtsfarbe meiner Mutter nahm plötzlich einen bleichen Ton an, bevor sie hochrot wurde.

»D-du hast Besuch?«, stammelte sie.

Ich zog die Augenbrauen zusammen, um sie fragend anzusehen, bis mir Tayfuns nächtlicher Besuch einfiel und mir ganz anders wurde. Er hatte die ganze Nacht hier verbracht und alleine der Gedanke daran, dass sie uns gehört haben könnte, ließ mir die Röte ins Gesicht schießen.

Stumm warf ich einen Seitenblick neben mich, als müsste ich mich vergewissern, dass er wirklich noch hier war. Aber es änderte nichts an der Tatsache. Tayfun lag auf dem Bauch, sein Gesicht zur Seite gedreht und halb mit seinem Arm verdeckt, um die Helligkeit vor seinen Augen abzuschirmen. Scheinbar checkte er gerade weniger als ich, was los war.

Meine Mutter rang immer noch um Fassung. »Na gut, wenn das so ist ... Dann erwarte ich euch eben beide in zehn Minuten unten beim Frühstück.«

Schon war sie davongerauscht, um so schnell es ging der unangenehmen Situation zu entkommen. Für mich war es nicht weniger peinlich. Was ein Glück lagen wir nicht obendrein noch nackt im Bett, sondern trugen wenigstens wieder T-Shirts.

Stöhnend ließ ich mich zurück in die Kissen fallen und sah Tayfun an, der seine Augen nur einen Spalt breit geöffnet hatte. »Es tut mir leid!«

Ein Grinsen stahl sich auf sein Gesicht. »Kann nicht sagen, dass ich ausgeschlafen bin, aber es gibt Schlimmeres. Hab sowieso Hunger.«

»Du willst wirklich mitfrühstücken?«, fragte ich erstaunt.

»Klang so, als würde mir keine andere Wahl bleiben, oder?« Er kratzte sich am Bart.

»Ja.« Ich zuckte mit den Schultern. »Aber ich entschuldige mich jetzt schon mal für alles, was meine Eltern eventuell sagen werden.«

»So schlimm?« Amüsiert sah Tayfun mich an, während er gelassen aufstand und in seine Jeans schlüpfte. »Du hast vergessen, dass es mir egal ist, was Eltern oder andere von mir halten.«

»Ich wünschte, mir wäre es auch egal«, gab ich zurück. »Ich gebe mein Bestes.«

»Mach dir nicht so viele Gedanken.« Tayfun machte ein paar Schritte hinter mich und seine Lippen berührten meinen Nacken, was mich seltsamerweise etwas beruhigte. Ich rechnete es ihm hoch an, dass er überhaupt zum Essen blieb, obwohl er wusste, was meine Eltern dank Nadine von ihm dachten. Beim Ausatmen seufzte ich schließlich auf.

»Du hast recht. Lass es uns hinter uns bringen.«

Wenige Minuten später fanden wir uns noch etwas verschlafen im Esszimmer ein. Trotz dem, was ich mir vorgenommen hatte, war ich ein bisschen aufgeregt. Ich war unsicher, wie meine Eltern auf Tayfun reagieren würden, egal wie oft ich mir etwas anderes einredete.

Das Frühstück wurde draußen auf der Terrasse angerichtet, also gingen wir durch die Tür ins Freie. Für einen späten

Morgen war es selbst im Schatten schon relativ warm, wie ich feststellte. Vermutlich würde es ein sehr heißer Tag werden.

Meine Eltern empfingen uns am Tisch. Sie saßen nebeneinander und deuteten auf die Stühle gegenüber von ihnen, nachdem sie uns einen guten Morgen gewünscht hatten. Die Stimmung war etwas kühl, aber ich merkte, wie meine Eltern versuchten, es sich nicht anmerken zu lassen. Immerhin wollten sie sich Mühe geben.

Tayfun stellte sich vor und meine Eltern boten ihm, nachdem sie auch ihre Namen genannt hatten, schließlich das »Du« an. Während ich aufmerksam begann, mein Brötchen zu schmieren, holte Tayfun raschelnd eine Zigarette und ein Feuerzeug hervor und fragte: »Darf ich?«

Meine Eltern wechselten kurz Blicke. Doch ich wusste genau, dass sie es immer tolerierten, wenn Thomas zu Besuch war und während des Essens rauchte.

»Selbstverständlich«, antwortete mein Vater mit einem Nicken und schob ihm einen Aschenbecher hin.

Tayfun zündete sich gemächlich die Kippe an und nahm einen Zug, während ihm wohl bewusst war, wie sehr er gerade von allen Seiten gemustert wurde. Doch ihm schien die seltsame Stimmung nicht unangenehm zu sein und er atmete selbstbewusst mit leicht geöffnetem Mund den Rauch aus. Wahrscheinlich hing ich geradezu an seinen Lippen, aber ich bewunderte seine Lässigkeit. Außerdem hatte ich keine Lust, mich für die Situation von vorhin zu erklären.

Mein Vater nahm sich ein Brötchen aus dem Korb und als meine Mutter ebenfalls dorthin griff, hielt sie inne und fragte mich: »Dalia, möchtest du lieber das Körnerbrötchen oder das mit Kürbiskernen? Mir ist es egal, ich nehme das andere.«

Leicht verdrehte ich die Augen. Ihre Bemutterung konnte ich jetzt nicht gebrauchen.

»Mir auch egal«, erwiderte ich.

»Du musst aber etwas essen. Du bist in letzter Zeit dünner geworden«, bemerkte sie besorgt.

»Natürlich Mama, ich kann ja auch endlich wieder Sport machen«, erklärte ich ihr und versuchte, meine aufkommende Genervtheit zu überspielen. »Außerdem hatte ich vor, etwas zu essen.«

Tayfun neben mir grinste, bevor er weiter den Rauch inhalierte. Sicherlich bemerkte er, was in mir vorging. »Dalia isst doch genug. Sie macht uns öfter Essen«, erzählte er.

Meine Eltern sahen verwundert auf. »Das hört sich ja schon ganz nach Gewohnheit an. Wie lange seid ihr denn schon zusammen?«

Etwas peinlich berührt sah ich Tayfun an und wir schwiegen. Unfähig, eine vernünftige Antwort darauf zu geben.

Verwundert hakte meine Mutter nach: »Ich dachte ... also ich bin davon ausgegangen, ihr wärt ein Paar, wegen dem, was ich gehört habe. Seid ihr denn überhaupt zusammen?«

Oh nein ... Nicht wieder die Frage, die beide von uns bisher weder angesprochen, noch geklärt hatten. Wir blickten uns kurz an und ich war heilfroh, dass Tayfun das Wort ergriff, bevor ich es tun musste.

»Schätze schon«, sagte er gedehnt.

Auch wenn es mir bisher egal gewesen war, als was wir uns definierten, machte mein Herz einen kleinen Hüpfer bei seiner Antwort. Zufrieden schnappte ich mir eines der übrig gebliebenen Brötchen und fing an, es mit Frischkäse zu bestreichen.

»Du schätzt schon?« Zweifelnd, aber auch gleichzeitig prüfend, beobachtete meine Mutter jede seiner Bewegungen. Dass er dabei so ruhig blieb, konnte ich immer noch nicht verstehen.

»Bin nicht so der Typ für Labels. Ich finde, man muss nicht alles festlegen. Deswegen haben wir nie darüber geredet«, meinte er schulterzuckend und drückte den Zigarettenstummel im Aschenbecher aus, bevor er sich als letztes aus dem Brötchenkorb bediente.

»Aha«, mischte sich jetzt auch mein Vater ein, nachdem er fertig gekaut hatte. »Naja, wir dachten eigentlich, du stellst dich uns zumindest mal persönlich vor. Stattdessen gehen wir morgens in Dalias Zimmer, um sie zu wecken und erschrecken uns, weil wir plötzlich einen fremden Mann in ihrem Bett vorfinden.«

Es klang fast schon beiläufig, aber ich hörte klar den Vorwurf heraus.

»Ich hätte mir auch ein schöneres erstes Aufeinandertreffen vorstellen können. Aber vielleicht lag es auch einfach daran, dass ihr mal klopfen solltet, bevor ihr in mein Zimmer spaziert«, erwiderte ich leicht patzig und schob mir das letzte Stück meiner Hälfte in den Mund.

»Trotzdem ist das keine feine Art. Schließlich ist das mein Haus. Ich will zumindest wissen, wen du zu dir einlädst«, warf mein Vater etwas energischer ein.

Ich war froh, dass meine Mutter ihm eine Hand auf den Arm legte, um ihn vermutlich etwas zu zügeln.

Auch Tayfun blieb überraschend gelassen, während er sein Brötchen mit Putenbrust belegte. »Ich bin nach der Arbeit spontan vorbeigekommen. Es war schon etwas zu spät, um sich vernünftig vorzustellen.«

»Was arbeitest du denn?«, wollte meine Mutter nun wissen.

»Ich bin Barkeeper im Club von einem Kollegen. Wenn's mal brennt, helfe ich aber auch beim Einlass mit«, erklärte er und nahm einen Bissen.

Deutlich sah ich die Fragen in den Gesichtern meiner

Eltern aufleuchten. War das alles? Kein Studium oder etwas in ihren Augen Anständiges?

»Ich finde das cool. Ist mal was anderes«, verteidigte ich Tayfun.

»Okay«, ergriff mein Vater wieder das Wort und überging meinen Kommentar. »Und hast du abgesehen davon langfristig irgendetwas im Auge, was du erreichen möchtest?«

Eine der wichtigsten Fragen, die man beantworten musste, um bei meinem Vater zu bestehen. Es war abzusehen, dass sie früher oder später kommen musste.

»Darüber habe ich mir ehrlich gesagt bis vor Kurzem noch nie Gedanken gemacht«, antwortete Tayfun ihm unbeeindruckt.

»Warum?«

Oh Gott, bitte erzähl meinen Eltern jetzt nicht von deiner Vergangenheit, bat ich inständig. Egal, was ich darüber dachte, meine Eltern würden es nie verstehen. Doch Tayfun wusste anscheinend selbst, wie weit er gehen konnte und was er lieber für sich behielt. Schließlich hatte er seine Vergangenheit vor mir zunächst auch lieber verborgen gehalten.

»Hatte andere Sorgen«, fiel seine zurückhaltende Antwort aus. Zum Glück bohrte mein Vater nicht weiter nach, auch wenn sie natürlich bei Weitem nicht zu seiner Zufriedenstellung war.

Abgesehen davon war das Aufeinandertreffen überraschenderweise wirklich in Ordnung. Ich hatte es mir viel schlimmer vorgestellt. Die kritischen Fragen störten Tayfun nicht und ich mochte es, dass er sich null bei meinen Eltern einschleimte oder sich verstellte, um ihnen zu gefallen. Jetzt wussten meine Eltern wenigstens, wer er war. Definitiv nicht so übel, wie Nadine ihn beschrieben hatte.

Natürlich war mir aufgefallen, wie kritisch sie sein Halstattoo beäugt hatten und ihr Blick auch auf das Tattoo seines Handrückens gefallen war. Bei vielen Antworten hatte meine Mutter oder mein Vater zumindest die Augenbrauen zusammengezogen oder nachdenklich geschaut. Das hatte ich bereits erwartet. Trotzdem war es besser gewesen, als ich gedacht hatte.

»So ... « Langsam stand ich auf. »Danke für das Essen. Wir haben noch etwas vor, deswegen müssen wir langsam los.«

Tayfun verabschiedete sich, folgte mir und wir brachten unsere Teller zurück ins Esszimmer.

»Hast du es überlebt?«, fragte ich ihn lächelnd, als wir wieder alleine oben in meinem Zimmer waren.

»Klar. Mögen werden sie mich mit Sicherheit nicht, aber damit kann ich wohl leben. Gerade so.« Er grinste, setzte sich auf mein Bett und lehnte sich gegen seine überkreuzten Arme an die Wand. »Was haben wir denn so Wichtiges vor?«

»Ich ... Das war nur ein Vorwand«, erklärte ich verunsichert. »Wenn du noch etwas anderes vorhattest, ist das natürlich okay.«

»Heute Abend muss ich arbeiten, aber bis zum Nachmittag habe ich Zeit. Also zeig mir zur Abwechslung mal deine Welt. Etwas, was dir Spaß macht.« Abwartend sah er mich an, während ich kurz nachdachte.

»Es gibt da etwas, aber ich weiß nicht, ob es was für dich ist«, überlegte ich laut.

»Zeig es mir einfach«, entschied er.

Eine halbe Stunde später erreichten wir Thors Koppel.

»Ich wusste gar nicht, dass du reitest. Hast du nie erzählt«, bemerkte Tayfun. Leichte Verwunderung schwang in seiner Stimme mit, obwohl das eines der Dinge war, die man bei ihm wirklich schwer erreichte.

»Du weißt eben auch nicht alles über mich«, neckte ich ihn und schlang meine Arme um seine Hüfte, bis wir schließlich zum Gatter kamen.

»Das erklärt jedenfalls einiges«, sagte er zweideutig und grinste, was mich verlegen zur Seite schauen ließ.

»Warte hier, ich hole ihn kurz raus.«

Der Boden staubte bereits unter meinen Füßen, als ich über den Platz zu Thor lief. Gerade knabberte er sich gegenseitig mit Annikas Pferd. *Tja*, dachte ich schmunzelnd, im Gegensatz zu den beiden würden Annika und ich wohl keine Freunde mehr werden.

Als mein Wallach mich bemerkte, stoppte er und drehte seinen Kopf erwartungsvoll in meine Richtung. Ich legte ihm das Halfter an, tätschelte seinen Hals und er trottete brav neben mir zu Tayfun zurück, während ich über seinen Schopf strubbelte.

»Dein eigenes Pferd also?« Tayfun schüttelte immer noch beeindruckt den Kopf.

Ich band den Strick um die Holzstange am Anbindeplatz neben der Koppel und nickte stolz.

»Meine Eltern haben ihn mir zum achtzehnten Geburtstag gekauft. Es war das schönste Geschenk, das ich jemals bekommen habe. Ich reite schon seit fast zehn Jahren, aber hätte nie gedacht, dass ich mal ein eigenes Pferd bekommen würde«, geriet ich ins Schwärmen.

Schnell stockte ich schuldbewusst, weil mir auffiel, wie gut ich es im Gegensatz zu Tayfun gehabt hatte.

»Dalia«, ermahnte er mich, »nur weil ich eine scheiß Jugend hatte, heißt das nicht, dass du nicht von deiner erzählen darfst. Wie heißt er?«

»Thor«, sagte ich lächelnd und beobachtete, wie er auf das Pferd zuging.

Vorsichtig, aber ohne Angst, legte er die Hand auf seine Stirn. Mein Wallach beäugte den Unbekannten zuerst misstrauisch und blies laut Luft durch die Nüstern aus, aber dann schien er sich mit ihm zu arrangieren.

»Er mag dich«, stellte ich zufrieden fest und streichelte über Thors Flanke.

»Das siehst du?«, fragte Tayfun spöttisch.

»Natürlich«, meinte ich vollkommen ernst und entlockte ihm damit ein Grinsen.

Ich putzte Thor und befreite sein Fell vom angetrockneten Schmutz, weil er es wieder mal nicht hatte sein lassen können, sich im Schlamm zu wälzen. Währenddessen hockte Tayfun sich auf die Anbindestange daneben und stützte sich mit den Armen ab, um Halt zu haben.

»Wie oft reitest du denn?«

»Eigentlich immer, wenn ich Zeit habe. Also manchmal, wenn es nicht geht, wird er auch von jemand anderem bewegt, aber ansonsten komme ich schon vier Mal die Woche her«, überlegte ich.

Wir hörten einen Motor brummen und ein Mini fuhr auf den kleinen, unbefestigten Parkplatz neben der Koppel.

»Oh nein«, brachte ich hervor, als ich das Auto wiedererkannte.

»Was?«, wollte Tayfun wissen.

»Nadines Freundin«, kündigte ich seufzend an. »Wir haben ein schlechtes Timing, so wie es aussieht. Lass uns zusehen, dass wir schnell von hier wegkommen.«

Annika schritt in ihrem herausgeputzten Reitoutfit mit glänzenden Stiefeln zum Anbindeplatz, um ihr Putzzeug dort abzulegen, als sie uns erblickte. Ihre Augen blieben an Tayfun haften und verengten sich verächtlich.

»Was macht der denn hier?«, zischte Annika. »So jemand wie er ist hier nicht erwünscht.«

»Als wärst du hier erwünscht. Ich nehme mit, wen ich will. Es ist dein Problem, wenn dir das nicht passt«, gab ich zurück. Auch ich gab mir keine Mühe mehr, meine Abneigung zu verbergen.

»Nein, ich will nicht, dass du jemand Fremden mitnimmst, der nicht zur Koppel gehört. Der klaut mir nachher meinen Sattel.« Diese Aussage schien sie vermutlich wirklich ernst zu meinen, woraufhin ich nur sarkastisch auflachen konnte.

»Was willst du machen?«

Ich baute mich vor ihr auf, weswegen Annika ins Stottern geriet. »Ich ... ich werde den anderen von der Koppel erzählen, dass ... «

»Was? Glaub mir, ich verstehe mich gut mit allen hier. Wenn so ein neues Püppchen wie du ankommt und meint, ihnen irgendwelche Lügen auftischen zu müssen, kann ich dir garantieren, sie werden nicht dir, sondern mir glauben. Dann kannst du dir direkt einen neuen Platz suchen. Wäre sowieso besser für alle.«

Triumphierend sah ich sie an, weil ich merkte, dass ich bei der ganzen Sache die Oberhand hatte. Ich schüchterte sie wohl ein. Das zu merken, fühlte sich gut an. Schließlich war sie diejenige gewesen, die respektlose Sachen äußerte.

Dann band ich Thor los und bedeutete Tayfun, mitzukommen. Er hatte das Schauspiel die ganze Zeit über schmunzelnd beobachtet und rutschte nun von der Stange hinunter, um mir zu folgen.

Ohne die sprachlose Annika weiter zu beachten, lief ich mit Thor an ihr vorbei und rempelte sie leicht an, weil sie keine Anstalten machte, zur Seite zu gehen. Tayfun schenkte ihr einen der finstersten Blicke, die ich je an ihm gesehen hatte. In diesem Moment fand ich es gar nicht mehr so abwegig, dass sie sich direkt einen neuen Stellplatz für ihr Pferd suchte.

Nebeneinander liefen wir in Richtung des angrenzenden Waldes. »Du kannst dich wirklich verteidigen«, stellte Tayfun fest und zog einen Mundwinkel nach oben. »Und nicht nur dich, sondern auch mich.«

»Vielleicht«, sagte ich geschmeichelt von seinen Worten.

»Aber du musst noch lernen, Dimitri Kontra zu geben, wenn dir etwas nicht gefällt.«

Er griff nach meinem Kinn und sah mir so tief in die Augen, dass ich meinen Blick abwenden musste.

»Ich weiß«, murmelte ich. »Ich wünschte, mir würde es nicht so schwer fallen.«

»Lernst du noch«, beschwichtigte er mich.

Der Wald hatte uns inzwischen umhüllt und die Bäume schluckten das grelle Sonnenlicht.

»Mit Leila verstehe ich mich jedenfalls gut. Wir waren gestern zusammen shoppen«, erzählte ich, um vom Thema Dimitri abzulenken. Bei dem Gedanken an den tollen Mittag, den ich mit ihr gehabt hatte, stieg wieder Freude in mir auf.

»Schön.« Tayfun nickte langsam, als würde er nachdenken, bevor er weitersprach. »Mit Leila kann man Spaß haben, auch wenn sie schwierig sein kann. Sie passt auf jeden Fall besser zu dir als diese Nadine.«

»Nadine habe ich im Fitnessstudio wiedergesehen«, fiel mir ein. »War sehr komisch nach der Aktion in der Bar, aber wir haben uns größtenteils einfach ignoriert. Ich bin irgendwie erleichtert, dass es jetzt so gekommen ist.«

»Ja, sei froh. Du bist nicht wie sie. Ist auch gut so.« Tayfun vergrub die Hände in seinen Hosentaschen und blickte geradeaus.

Leicht lächelte ich, bis mir einfiel, was er über Leila gesagt hatte. »Warum findest du Leila schwierig?«

»Keine Ahnung.« Er machte ein paar Schritte lang Pause. »Sie hat manchmal so ihre Launen. Kann sein, dass es besser geworden ist, aber früher war sie ziemlich abgefuckt. Hat manchmal auch kranke Sachen gebracht.«

»Was denn?«, bohrte ich nach. Vielleicht stand es mir nicht zu, Tayfun so über sie auszufragen, aber ich hatte genug von bösen Überraschungen. Ich wollte wissen, ob ich bei ihr aufpassen musste.

»Lass es dir von ihr erzählen. Ist teilweise ziemlich persönliches Zeug. Aber wie gesagt, das war früher. Inzwischen ist auch sie erwachsen geworden.« Er schien seine Worte genau abzuwägen und auch wenn mich die Antwort nicht vollends zufriedenstellte, konnte ich verstehen, dass er nicht alles ausplaudern wollte.

Ich fragte mich, ob es auch damit zu tun hatte, dass die beiden über die platonische Ebene der Freundschaft hinausgegangen waren. Trotzdem: Solange mir Leila keinen Grund dazu gab, skeptisch ihr gegenüber zu sein, wollte ich ihr ohne Vorurteile begegnen. Vielleicht wollte auch sie die Vergangenheit ruhen lassen und mit den Problemen, die sie begleitet hatten, abschließen.

Nachdem wir längere Zeit die kurvigen Wege entlanggelaufen waren, kamen wir meinem Ziel immer näher. Mir fiel auf, dass sich die Bäume lichteten. Immer öfters fielen Sonnenstrahlen durch die sonst so dichten Baumkronen und warfen helle Lichtflecken auf uns.

Schließlich bog ich nach links ab und führte Thor und Tayfun auf eine Lichtung unter freiem Himmel, an der sich seitlich ein kleiner Bach entlangschlängelte. Die Wiese lag mitten in der Sonne und wirkte dadurch fast golden.

»Nicht schlecht«, kam es von Tayfun, der sich einmal um sich herumdrehte und den Anblick in sich aufnahm.

»Ist wahrscheinlich normal nicht so dein Ding, aber schön ist es für eine Pause trotzdem. Bevor wir uns hinsetzen, will ich Thor noch eine kleine Abkühlung im Bach gönnen.«

Wir zogen unsere Schuhe aus und Tayfun folgte mir, als ich mein Pferd vorsichtig die letzten Schritte hinein ins Flussbett führte, bis das geschmeidige, klare Wasser seine Fesseln und Hufen umspielte. Thor schien die Abkühlung sichtlich zu genießen und schnaubte sanft auf.

Dann begann er plötzlich, mit seinem Vorderhuf im Wasser zu scharren und ihn auf den Untergrund aufzustampfen. Das eiskalte Wasser spritzte herum und traf unsere Haut. Ich zuckte zusammen und lachte auf. Thor hatte anscheinend großen Spaß daran, es erneut zu tun, sodass die vielen Wassertröpfchen nun auch Tayfun trafen.

Er watete zu mir hinüber, griff um meine Oberschenkel herum und hob mich hoch, um mich aus dem Bach zu tragen. Als erstes dachte ich, er wollte mich in das Wasser hineinschmeißen und protestierte lachend, doch er legte mich auf das Gras neben dem Bach ab.

Auf dem Weg hatte ich den Strick zu Thors Halfter verloren, also griff ich nach ihm und zog daran, damit Thor das Wasser verließ. Er trottete hinaus und blieb ganz in unserer Nähe stehen. Dort beschnupperte er den Boden und begann dann die Grashalme abzurupfen und zu fressen. Er würde nicht einfach weglaufen, vor allem nicht, wenn sich um ihn herum die saftigste Wiese überhaupt befand. Also ließ ich den Strick los und machte es mir gemütlich

Tayfun ließ sich neben mir nieder, machte Musik auf seinem Handy an und ließ den Moment gleich viel bedeutungsvoller erscheinen. *Miss Missing you* von *Fall Out Boy* spielte und ließ mich lächeln, weil gleichzeitig alles so leicht erschien. Seine nassen Haarsträhnen schimmerten und als er mich ebenfalls ansah, zogen seine Augen mich vollends in ihren Bann. Das einfallende Sonnenlicht betonte die dichten, dunklen Wimpern und die Iriden hatten die Farbe von goldenem Zimt angenommen.

»Ich liebe dich«, brachte ich hervor, ohne darüber nachzudenken. Es war genau das, was ich in diesem Moment fühlte. Vielleicht war es zu früh für solche Bekundungen, aber ich wusste nicht, wie ich es sonst ausdrücken sollte. Vielleicht meinte ich es auch genau so. So wie er hatte mich noch keiner fühlen lassen.

»Ich liebe dich auch«, antwortete Tayfun jedoch zu meiner Überraschung und lehnte sich vor, um seine Lippen auf meine zu drücken, während ich mir wie die glücklichste Frau auf der Welt vorkam.

Diesen Sommertag würde ich für immer in Erinnerung behalten. Es war einer dieser Tage, an denen einfach alles gut war. An denen es schon fast zu perfekt war. So perfekt, dass man fast das Gefühl bekam, es würde nicht lange anhalten können. Doch davon wollte ich mich nicht aus der Ruhe bringen lassen. Denn es würde anhalten, oder?

KAPITEL 16

- UNTER MEINER HAUT -

Du bist dir sicher?

Ich las Tayfuns eingegangene Nachricht auf meinem Handy und spürte die inzwischen fast schon vertraute aufkeimende Aufregung bei dem Gedanken daran, was wir vorhatten.

Ja. Ich vertraue dir.

Ich sendete die eingetippten Worte ab und schlüpfte in meine Sneaker. Wenn es sich richtig anfühlte, machte es keinen Sinn, es anzuzweifeln. Seit er mir gestern gesagt hatte, dass er mich auch liebte, schwebte ich endgültig auf Wolke Sieben. Meine Eltern würden mich womöglich endgültig für verrückt erklären, wenn sie wüssten, was wir tun würden. Nur zu gut, dass sie es erst mal nicht erfuhren. Genau wie all die anderen Dinge, die ich seit Tayfun schon erlebt und vorher nicht für möglich gehalten hatte.

Bevor ich ging, wollte ich trotzdem nochmal kurz mit ihnen reden. Gestern hatte sich nicht mehr die Gelegenheit ergeben, weil meine Eltern nicht zuhause waren, als ich heimgekommen war. Aber ich wollte zumindest wissen, was sie nun von Tayfun hielten. Jetzt, nachdem sie ihn kennengelernt hatten und sich ein eigenes Bild schaffen konnten. Sicherlich wäre er nicht ihre erste Wahl, aber so einen schlechten Eindruck konnte er nicht gemacht haben.

»Ich gehe zu Tayfun«, rief ich aus dem Flur, weil mir klar war, sie würden dann herkommen. Schließlich wollten auch sie immer loswerden, was sie dachten.

Nicht lange und beide erschienen im Türrahmen. Mein Vater sah mich missmutig an und fragte kopfschüttelnd: »Meinst du das wirklich ernst mit diesem Typen oder willst du uns aus irgendeinem Grund eins auswischen?«

»Wie meinst du das?«, fragte ich mit einem unguten Gefühl.

»Ach, Dalia. Die Tattoos und der ganze Kram, das ist doch echt schlimm. Kannst du dir nicht jemand Gescheiten suchen? Mit einem vernünftigen Abschluss oder zumindest einer vielversprechenden Zukunft? Der dir etwas bieten kann?« Meine Mutter hatte ihre jammernde Stimme aufgelegt, die mich allein mit ihrem Klang schon fast zur Weißglut trieb – unabhängig davon, dass ihre Worte mich wirklich trafen. Wie hatte ich wirklich so naiv sein können, zu denken, es würde anders sein?

»Ich suche meine Freunde nicht nach ihrem Abschluss aus. Das sagt doch nichts über den Charakter oder die Intelligenz von jemanden aus«, entgegnete ich eisig und verschränkte die Arme vor der Brust.

»Das kann doch nicht wirklich dein Ernst sein. Hast du ihm mal zugehört? Der Kerl hat keinerlei Zukunftspläne!«, echauffierte sich mein Vater und machte alles nur noch schlimmer. »Was denken denn die Leute, wenn sie euch zusammen sehen? So einer kann dich doch niemals glücklich machen. Du hast Köpfchen, Dalia, du hast so viel drauf. Und er wirkt wie ein Assi, dem alles egal ist. Einer, der seine Nase in kriminelle Geschäfte steckt und nicht gut für dich ist. Er wird dir das Herz brechen und du siehst das nicht.«

»Und dann fragt ihr euch ernsthaft, warum ich ihn nicht hierher eingeladen habe? Ich wusste schon vorher, was für ein Schwachsinn dabei herauskommt. Er hatte nie eine Chance gehabt. Von Anfang an nicht«, rief ich aufgebracht und getroffen gleichzeitig.

Trotzdem schmeckte diese Erkenntnis bitter. Denn immer noch hatte ein kleiner Teil von mir gehofft, sie würden ihn akzeptieren. Ein zugegebenermaßen idiotischer Teil, wie ich nun feststellen musste. Es hätte mir klar sein müssen.

»Bei euch ist nur jemand etwas wert, der in euer Schema passt. Der etwas studiert hat, was ihr für wichtig haltet. Nicht der Mensch an sich. Ihr kennt ihn kein Stück«, sagte ich etwas leiser und meine Stimme zitterte verräterisch.

Er hatte sich geändert. Er hatte sich wirklich geändert. Er war nicht mehr das, was er früher mal war. Aber all das konnte ich meinen Eltern nicht sagen. Die Enttäuschung darüber, wie sie sich verhielten und Tayfun schlecht machten, verletzte mich mehr, als ich gedacht hätte.

»Wir wollen nur das Beste für dich, Schatz. Und wir wollen dich davor bewahren, dass du Fehler begehst, unter denen du früher oder später leiden wirst«, warf meine Mutter mit einem verständnisvollen und beruhigenden Gesicht ein.

Sie legte ihre Hand auf meinen Arm, doch ich zuckte wütend zurück. Jegliche Berührung war gerade unerträglich.

»Wie oft noch? Ihr könnt mich nicht vor allem beschützen! Lasst mich meine Fehler selbst machen.«

Unbeeindruckt schüttelte mein Vater den Kopf. »Da liegst du falsch, Dalia. Wenn du es nicht siehst, muss es dir eben jemand sagen. Du verhältst dich wie ein pubertierender Teenager.«

Wie bitte? War es nicht verständlich, dass ich mich aufregte, wenn meine Eltern so über mich bestimmen wollten? Wenn sie meinen Freund nicht tolerierten, obwohl sie keinen Grund dazu hatten? Ich atmete durch und mit einem Mal verpuffte mein Ärger. Denn es gab eine Lösung, wie ich mir das in Zukunft ersparen konnte.

»Dann ist es wohl am besten, wenn ich ausziehe. Es ist sowieso schon lange überfällig. Ich halte es bei euch echt nicht mehr aus«, entgegnete ich ruhiger.

Das war nicht nur so dahingesagt. Ich meinte es todernst. Es war endgültig an der Zeit. Wäre ich vor ein paar Monaten nicht körperlich und psychisch so am Ende gewesen, würde ich jetzt vermutlich schon gar nicht mehr bei ihnen wohnen. Dadurch war es nur aufgeschoben worden. Aber diese Unterhaltung gerade hatte das Fass endgültig zum Überlaufen gebracht.

»Lass uns nochmal in Ruhe darüber reden, Dalia. Du bist gerade aufgebracht und sagst Dinge, die du gar nicht so meinst. Wir haben dir doch schon angeboten, die obere Etage zu renovieren und es zu deiner eigenen Wohnung zu machen«, versuchte meine Mutter mich zu beschwichtigen.

Fast hätte ich aufgelacht. Was eine praktische Lösung. So hatten sie weiterhin Einfluss auf mich und ich würde nie unabhängig werden können. Ich beugte mich zu ihr vor, damit sie jedes einzelne Wort, was ich sagte, genau hören konnte.

»Verstehst du es wirklich nicht oder willst du es einfach nicht verstehen? Ich will endlich Abstand zu euch, weil ich sonst das Gefühl habe, meinen Verstand zu verlieren.«

Dann drehte ich mich um und ließ meine Eltern zurück. Im Gehen griff ich nach meiner Tasche und ließ die Haustür ins Schloss fallen.

Eine eigene Wohnung. Das hörte sich wirklich zu gut an. Von jetzt an würde ich es wirklich in die Hand nehmen. Denn dieses Theater bei uns zuhause gab es schon viel zu lange. Angespart hatte ich bei Weitem genug und wenn ich die Kurse, die ich gab, weiterhin regelmäßig durchzog und eventuell noch einen zweiten Job dazunahm, würde es schon passen. Im Gegenzug dazu hätte ich meine Ruhe und würde ein langersehntes neues Stück Freiheit und Unabhängigkeit dazugewinnen.

Gedankenverloren setzte ich mich in die Bahn und surfte spaßeshalber auf meinem Handy nach Angeboten innerhalb Kölns. Die Traumwohnungen waren natürlich alle zu teuer für mich, aber es gab auch durchaus bezahlbare Anzeigen, die ihren Charme hatten. Schnell geriet ich ins Träumen und richtete in Gedanken bereits die schicken kleinen Wohnungen nach meinen Vorstellungen ein.

Dann war ich an meiner Zielhaltestelle angekommen und steckte mein Handy weg. Die Wohnungssuche würde warten müssen. Das war aber nicht weiter schlimm. Durch das Durcheinander eben hatte ich vollkommen aus den Augen verloren, weswegen ich ursprünglich aufgeregt war.

Eilig lief ich die letzten Meter in den Hinterhof des Gebäudekomplexes, in dem Tayfun wohnte. Den Weg zu ihm kannte ich inzwischen in- und auswendig, auch wenn ich an zwei Händen abzählen konnte, wie oft ich bisher dagewesen war.

Mit leicht bebenden Fingern drückte ich auf die Klingel und wartete bis das Summen der Haustür ertönte. Hatte ich eben noch meine Nervosität vergessen, so war sie nun sogar präsenter als davor. Denn mit der Tatsache, dass ich nun angekommen war, rückte, was wir vorhatten, in greifbare Nähe.

Mit jedem Stockwerk, das ich weiter nach oben fuhr, floss neben der leisen Angst, die ich empfand, auch Euphorie in meine Glieder und vermischte sich zu einem anregenden Cocktail in meinem Innern. Es war unvernünftig und es gab so viele Arten, wie es schief gehen konnte. Aber ich war bereit, das Risiko einzugehen.

»Dalia.« Tayfun begrüßte mich an der Tür, legte seine Hand in meinen Nacken und zog mich in einen besitzergreifenden Kuss. Sein vertrauter Atem hüllte mich ein. Er schmeckte nach würzigem Zimt. Es gab nichts, was ich mehr liebte.

»Ich bin aufgeregt«, hauchte ich ihm entgegen.

»Du weißt, ich mache das nicht zum ersten Mal«, erwiderte er lässig.

»Ja. Hätte ich Bedenken, würde ich es auch nicht tun wollen«, erklärte ich. »Aber gegen die Aufregung kann ich trotzdem nichts tun.«

»Aufregung ist etwas Gutes«, sagte Tayfun beiläufig, während er die Tür hinter mir schloss. »Lässt alles wie im Rausch erscheinen. Eine Art natürlicher Rausch, wenn du so willst.«

Ich begleitete ihn zum Tisch, während ich über die Bedeutung seiner Worte nachdachte. »Hast du das manchmal auch noch?«, fragte ich interessiert.

»Klar«, erwiderte er.

Was für Tayfun scheinbar selbstverständlich war, konnte ich mir bei ihm gar nicht so vorstellen. Interessiert musterte ich ihn. »Zum Beispiel?«

»Gefällt dir sicherlich nicht«, sagte er zögerlich.

»Egal, sag es trotzdem«, forderte ich.

»Beim Sprayen. Bei Schlägereien. Alles, was einem eben auch Adrenalin gibt. Ist ja sozusagen eine extreme Form davon. Aber mit dir fühle ich es auch manchmal«, fügte er hinzu, was mich unwillkürlich lächeln ließ.

Wenn er nur wüsste, dass es mir in seiner Anwesenheit fast immer so ging …

»Und dieser Rausch fühlt sich genauso an, wie wenn du high bist?«, wollte ich wissen.

»Anders.« Er überlegte kurz. »Das kann man jemandem schwer erklären, der es noch nicht selbst erlebt hat. Wenn man high ist, ist das leider ein krasses Gefühl, das man ohne Drogen nur schwer bekommt. Deswegen bleiben ja so viele drauf hängen. Körper und Gehirn gewöhnen sich daran und du willst dieses Gefühl immer wieder bekommen. Ohne ist es dann einfach nicht mehr dasselbe.«

»Die Vorstellung ist mir irgendwie unheimlich«, gab ich zu. Trotzdem fand ich es interessant, so offen mit ihm darüber zu reden. Es eröffnete mir auch mal andere Sichtweisen darauf.

»Probiere es am besten nie aus«, sagte Tayfun leise.

»Was ist mit dem Gras, das du rauchst?«, fragte ich weiter.

»Sucht und Gewohnheit, schätze ich.« Er zog die Augenbrauen leicht zusammen. »Wenn du so früh damit anfängst und es dich deine ganze Jugend begleitet, ist es scheiße schwer, damit aufzuhören. Habe aber ehrlich gesagt nicht mal drüber nachgedacht. Es bringt mich einfach immer noch viel zu gut runter. Anders als die anderen Drogen, die einen pushen.«

Ich nickte, während ich versuchte, seine Worte aufzunehmen und zu verarbeiten. Denn Drogen waren für mich immer so etwas Böses gewesen, fern von meiner Welt, dass ich mich nie so recht damit auseinandergesetzt hatte. Dass es für so viele schon so jung zum Alltag dazugehörte, um Probleme zu verdrängen und eine gute Zeit zu erleben, war schwer für mich zu begreifen.

Schon immer hatte es diese andere Welt gegeben. Direkt neben mir. Die Frage war nur, ob es gut war, dass ich nie etwas davon mitbekommen hatte oder ob es besser gewesen wäre, zu wissen, dass da noch etwas anderes außerhalb meiner Blase existierte.

Mein Blick wanderte nun zu dem kleinen Beistelltisch neben dem Bett, den Tayfun freigeräumt und stattdessen die Utensilien, die er benötigte, ausgebreitet hatte. Entgegen all meiner anfänglichen Erwartungen und Bedenken hatte ich mich umentschieden und wollte tatsächlich, dass er mich tätowierte. Ja, ein Tattoo. Von ihm. Und ich wusste nicht mal, welches Motiv er sich für mich ausgedacht hatte. Ich war womöglich wirklich verrückt geworden.

»Angst vor den Schmerzen?«, wechselte er das Thema und sah mich fragend an.

»Nicht so«, erwiderte ich. »Ich hoffe einfach, es hält sich in Grenzen.«

»Ich werde vorsichtig sein.« Er grinste und deutete auffordernd auf das Bett. »Leg dich hin und zieh dein Kleid aus.«

Seine Worte erregten mich mehr, als sie es sollten. Mit kribbelnder Haut gehorchte ich ihm und ließ mich auf der weichen Matratze nieder. Jetzt ging es los. Meine Nervosität wuchs wieder etwas, aber gleichzeitig war ich gespannt, wie es werden würde. Ich entledigte mich meines Kleides und deutete fragend auf meinen Slip.

»Anlassen oder ausziehen?«

Tayfuns Augen flackerten bei meiner Frage kurz auf. »Eigentlich ausziehen. Aber da ich mich konzentrieren muss und auch so an die Stelle herankomme, zieh ihn nur ein Stück herunter.«

Lächelnd legte ich mich auf den Rücken und überspielte die leichte Unsicherheit vor dem, was mich erwartete. »Wie kann ich mich ablenken?«

»Mit Musik. Konzentrier dich einfach auf sie«, erklärte er mir und strich mit seinen Fingern meine entblößte Haut entlang.

Er schaltete seine kleine Musikanlage an und ich atmete aus und ließ meinen Kopf zurückfallen. »Dann zeig mal, was du drauf hast.«

Tayfun zog sich schwarze Latexhandschuhe über und nahm die Flasche mit Alkohol vom Nachtschrank. Er tröpfelte etwas davon auf ein Papiertuch und rieb damit mehrmals sanft über die eine Seite meines freigelegten Beckens. Danach füllte er etwas aus dem Fläschen mit Tinte in einen kleinen Plastikbehälter und packte eine sterile Tattoonadel aus. Vorsichtig tunkte er sie in die Tinte hinein und legte seine Finger auf die Haut über meinem Bund, um sie zu spannen.

Ich zwang mich, so regelmäßig wie möglich mit geschlossenen Augen zu atmen. Währenddessen konnte ich nur erahnen, dass er langsam die Nadel auf meine Haut senkte. Kurzzeitig kitzelte es und dann spürte ich, wie sie mit einem schwachen Brennen meine Hautoberfläche durchdrang. Der punktuelle Schmerz nahm leicht zu, sodass ich ein bisschen die Zähne zusammenbeißen musste. Jedes Mal, wenn Tayfun mit dem Tuch darüberwischte und die Nadel erneut in den Behälter mit Tusche eintunkte, atmete ich durch.

»Alles okay?«, hörte ich ihn konzentriert fragen.

»Alles super«, antwortete ich möglichst gelassen.

War es komisch, dass nach einer Weile das stetige Brennen fast schon angenehm für mich war? Ich starrte an die Decke, konzentrierte mich gleichzeitig auf den Schmerz und die Musik und genoss die dunkle, tiefe Atmosphäre, die das Lied *Drugs* von *Eden* erzeugte. Die emotionale Stimme des Sängers vermischte sich mit einem pulsierenden, fast schon wirren elektronischen Beat und sorgte für eine innere Aufruhr, die mir irgendwie gefiel.

Vorsichtig stützte ich mich auf meine Unterarme, um mich aufzurichten und etwas sehen zu können. Tayfun war über mich gebeugt und in das Tätowieren vertieft, er realisierte zunächst gar nicht, dass ich ihn beobachtete. Seine Muskeln am Unterarm spannten sich jedes Mal an, wenn er die Nadel neu in meine Haut stach. Der unbewegte, versunkene Ausdruck, der sich auf seinem Gesicht abzeichnete, zeigte, mit welcher Sorgfalt er vorging.

Irgendwann trafen seine dunklen Augen meine und die Intensität seines Blickes nahm mich wieder mal gefangen. Er legte die Nadel beiseite und wischte ein letztes Mal die überschüssige Tinte von meiner Haut.

»Es ist fertig. Schau es dir an.«

Mit einem aufgeregten Ziehen im Bauch setzte ich mich auf, um mein neues Tattoo zu betrachten. Erleichtert und zugleich glücklich stellte ich fest, dass das Tattoo saubere und gerade Linien aufwies. Tayfun hatte sich zu seinem eigenen Tattoo am Knöchel um Längen verbessert. Zwar sah ich es nur kopfüber, aber das Motiv, etwas größer als eine Zwei-Euro-Münze, konnte ich trotzdem deutlich erkennen. Es waren die minimalistischen Umrisse, die eine Blüte von der Seite zeigten.

»Eine Dahlie, oder?«, fragte ich leise.

»Ja«, gab Tayfun mit rauer Stimme zurück.

»Sie ist wunderschön«, hauchte ich überwältigt.

Wie gelang es ihm, freihändig und nur mit einer einfachen Nadel ein Tattoo aus dem Nichts zu erschaffen, das beinahe so aussah, als hätte man es sich im Studio stechen lassen? Es war zwar relativ einfach gehalten, aber dafür war nichts verwackelt, verschwommen oder unsymmetrisch. Die Tinte glänzte tiefschwarz und würde womöglich in der nächsten Zeit noch etwas blasser werden. Fast hätte ich liebevoll mit dem Finger darübergestrichen, besann mich dann aber doch eines Besseren. Es sollte lieber erst abheilen.

»Danke!« Ergriffen und mit einer verrückten Freude in mir schlang ich meine Arme um Tayfun und zog ihn zu mir, um meine Lippen auf seine zu pressen. Ich lächelte in unseren Kuss hinein. Andere Männer schenkten ihren Freundinnen Schmuck. Er schenkte mir ein Tattoo.

Schweigend lag Tayfun neben mir im Bett und zog an einem Joint, dessen gleißende Spitze für einen Moment heller wurde und leise knisterte. Normalerweise rauchte er nie drinnen, aber gerade schien er auf seine eigenen Regeln nichts zu geben.

Den Joint zwischen Daumen und Zeigefinger und den anderen Arm um mich gelegt, ließ er mit einem gleichmäßigen Atemzug den dichten Rauch zwischen seinen Lippen austreten, der die Umgebung vernebelte. Die Luft war erfüllt von dem süßlichen Geruch des verbrannten Tabak-Marihuana-Gemisches. Ich lag auf der zerwühlten Bettdecke, über die wir uns vorhin gewälzt hatten und trug nur meine zartrosane Spitzenunterwäsche.

Vom offenstehenden Fenster wehte ein kühler Wind herüber, der die Haare an meinen Armen dazu brachte, sich aufzustellen und leichte Gänsehaut verursachte. Der Himmel schien sich zusammenzuziehen und war inzwischen wolkenverhangen. Immer noch spürte ich den Hauch eines Brennens auf meiner frisch tätowierten Haut.

Hier mit Tayfun zu liegen, fühlte sich wie ein Zustand zwischen Zeitlosigkeit und Unendlichkeit an. Es gab nichts außer uns. Nichts, was uns störte, aufhielt oder einschränkte. So könnte es ewig sein. War es aber natürlich nicht, denn das schrille Klingeln der Tür ließ mich plötzlich hochschrecken.

»Wer ist das denn?«, fragte ich verwirrt.

»Bleib liegen, ich schaue nach«, erklärte Tayfun und sprang auf. Er trug ebenfalls nur eine Hose, machte sich aber nicht die Mühe, im Gehen ein T-Shirt überzuziehen.

Kurz nachdem er im Flur verschwunden war und ich das Geräusch der Tür hörte, ertönte seine distanzierte Stimme.

»Was machst du denn hier?« Er klang wenig begeistert von demjenigen, der vor der Tür stand.

»Wir haben noch was zu klären, Bruder«, erklang nun die andere Stimme, die ich zweifellos direkt als Dimitris erkannte.

»Dalia ist hier. Ich kann jetzt nicht«, hielt Tayfun dagegen.

»Fünf Minuten«, entschied Dimitri ruhig, aber mit fester Stimme. Es schien so, als würde er ihm keine andere Wahl lassen.

Ich hörte nur Schritte und zog hektisch die Bettdecke über meinen halbnackten Körper. Schnell hob ich mein in sich verheddertes Kleid vom Boden auf und drehte es richtig herum. Ich wollte nicht, dass Dimitri mich so sah. Also entledigte ich mich der Bettdecke und zog es in einer raschen Bewegung über meinen Kopf – zu spät.

»Wen haben wir denn da?« Dimitris Stimme hatte wieder seinen üblichen amüsierten Klang angenommen, als er neben dem Bett erschien und so gut es ging seine muskelbepackten Arme verschränkte.

»Bleib ruhig so, ist ein schöner Anblick.«

Die Röte schoss mir in die Wangen, als ich es schnell über den Rest meines Körper zog und glatt strich.

»Bestimmt nicht«, schaffte ich es immerhin zu erwidern, doch es war mir trotzdem unfassbar unangenehm.

»Dimi ... «, sagte Tayfun drohend. Seine Warnung erleichterte mich etwas, denn Dimitri hob tatsächlich die Hände und ging einen Schritt zurück.

»Schauen ist ja wohl erlaubt«, brachte er leicht grinsend zu seiner Verteidigung an und wieder hatte ich das Gefühl, er nahm die ganze Situation gar nicht ernst.

»Dalia, wir gehen mal eben nach draußen. Ich komme gleich wieder«, erklärte Tayfun an mich gerichtet.

Der Joint in seiner Hand brannte weiter, bevor er erneut einen Zug nahm. Ich war mir nicht sicher, ob sein finsterer Blick an Dimitris Auftreten eben lag oder an ihrem bevorstehenden Gespräch. Ich nickte nur und wandte mich ab. So schnell war der schöne Moment von vorhin zerstört.

»Was bist du denn so unentspannt? Früher haben wir uns doch auch schon die Frauen geteilt«, hörte ich Dimitri auf dem Weg nach draußen sagen und klopfte Tayfun auf den Rücken.

»Früher. Für Dalia wird das niemals gelten«, knurrte der.

Seine Antwort sollte mich eigentlich zufriedenstellen, aber trotzdem fühlte ich einen kurzen Stich in meiner Brust. Aber nicht nur deswegen. Ich hatte einfach ein seltsames Gefühl. Auch wenn ich dieser inneren Unruhe nicht trauen wollte, konnte ich nichts gegen die aufkommenden Bauchschmerzen tun.

Mir war klar, dass es mich nichts anging und ich Tayfun vertrauen sollte. Das tat ich auch, aber Dimitri traute ich immer noch nicht. Ich konnte mir nicht vorstellen, dass meine Wahrnehmung derart getrübt war. Zumindest musste ich mich davon vergewissern. Die beiden standen draußen auf dem Balkon und hatten die Tür zugezogen. Vielleicht, wenn ich ganz still sein würde, könnte ich ein paar Gesprächsfetzen aufschnappen. Angestrengt versuchte ich zuzuhören, konnte jedoch nur dumpfe Stimmen hören. Keine Wörter oder Sätze, die Sinn ergaben.

Vorsichtig stand ich vom Bett auf und lief hinüber in die offene Küche, neben der sich direkt die Wand nach außen zum Balkon befand. Mein Herz klopfte so laut, dass ich Angst hatte, man könnte es selbst von draußen hören. Es kam mir vor, als würde ich etwas Verbotenes tun. Etwas ganz und gar Falsches. Vielleicht war das auch der Fall, aber ich musste es einfach wissen. Ich musste wissen, ob ich es mir nur einbildete. Mit meinem Ohr ging ich nah an die Wand heran, hielt den Atem an und lauschte.

»Du schuldest mir noch etwas nach der letzten Aktion, die du gebracht hast«, sagte einer der beiden entschieden. Dimitri.

»Ist schon ewig her, Dimi. Ich bin da endgültig raus«, erwiderte Tayfun gedämpft. Er schien aufgewühlt zu sein, gab sich jedoch alle Mühe, leise zu reden.

Es beruhigte mich trotzdem für einen Moment, da Tayfun ihm genau das sagte, was er auch mir versprochen hatte.

»Du weißt, dass ich dich in der Hand habe. Ich kann es auffliegen lassen.«

Die Drohung schwang nun so deutlich in Dimitris Stimme mit, dass es mir kalt den Rücken hinunterlief. Meine Handflächen wurden ganz schwitzig. Doch ich versuchte weiterhin mucksmäuschenstill zu sein, um nichts zu verpassen. Jetzt erst recht.

»Ich schwöre dir, wenn du das tust ... «, zischte Tayfun verärgert. »Was ist dein Problem? Was willst du von mir?«

»Mein Problem? Ich habe kein Problem«, erwiderte Dimitri unbeeindruckt und ich bekam beinahe den Eindruck, das Ganze machte ihm Spaß, als er erneut die Stimme hob. »Aber ich will etwas von dir. Im Gegenzug tue ich schließlich auch etwas für dich. Wenn du wirklich ausgestiegen bist, okay. Aber dann werde es endlich los.«

»Werde ich. Ich habe keine Lust mehr auf den Scheiß«, stieß Tayfun aus.

Mein Herz flatterte vor lauter Aufregung. Was zur Hölle meinte Dimitri damit, er könnte es auffliegen lassen? Hatte ich mich vielleicht nur verhört? Aber warum bereitete mir der Gedanke so Kopfschmerzen? Was hatte das alles zu bedeuten?

Ein Rascheln ertönte und ich fuhr von der Wand zurück. Fuck, das letzte, was ich wollte, war, dass die beiden mich dabei erwischten, wie ich versuchte, sie zu belauschen. Fieberhaft überlegte ich, wie ich mich jetzt verhalten sollte.

Während ich Kreise durch den Raum lief, musste ich mich dazu zwingen, mein hämmerndes Herz zu beruhigen, aber es gelang mir kaum. Aus irgendeinem Grund nahm mich das Gespräch mit. Mein Herz zog sich immer wieder zusammen und das Atmen fiel mir zunehmend schwerer. *Oh nein. Eine Panikattacke konnte ich jetzt gar nicht gebrauchen.*

Hals über Kopf tat ich das einzige, was mir einfiel, um es zu verhindern. Statt meinen Zustand zu überspielen oder Tayfun zu konfrontieren, entfloh ich der Situation. Wie schon mehrmals zuvor, eilte ich kopflos zurück in den Flur, schnappte meine Tasche vom Bett und verließ einfach seine Wohnung.

Erst als die Tür hinter mir ins Schloss fiel, merkte ich, wie ich mich nach und nach beruhigte. Trotzdem war alles in mir aufgewühlt. Ich fühlte mich wie ein Feigling, wusste aber gleichzeitig nicht, was ich denken sollte. Was ich von all dem halten sollte.

Was war das eben gewesen? Was lief hier ab? Was verbarg Tayfun vor mir? Ich dachte, er hätte diesen Scheiß hinter sich gelassen. Wenn ich seinen Worten vorhin Glauben schenkte, hatte er das auch. Ich sollte ihm glauben. Ich sollte umdrehen und zurück zu ihm. Er hatte mir schließlich alles erzählt. Aber warum verdammt wurde ich dann dieses Gefühl nicht los, dass etwas ganz und gar nicht stimmte?

KAPITEL 17

- RUHE VOR DEM STURM -

Zwei Anrufe in Abwesenheit und eine Nachricht von Tayfun seit gestern.

Was soll das Dalia? Was ist los?

Kurz war ich versucht zu antworten, doch dann biss ich mir auf die Lippe und knallte mein Handy etwas zu fest mit dem Bildschirm nach unten auf den Tisch.

Der gestrige Nachmittag war so schön gewesen. Wie hatte er so abgefuckt enden können? Hatte ich nicht vielleicht doch überreagiert? Irgendetwas in die Situation hineininterpretiert und missverstanden? Im Nachhinein kam mir dieses Gespräch so unwirklich vor. Fast schon, als hätte ich es mir eingebildet.

Sollte ich Tayfun nicht die Chance geben, mir zu erklären, was losgewesen war? Vielleicht konnte er alles auflösen und wir würden darüber lachen, weil ich mir so viel darauf eingebildet hatte. Doch wenn ich weiter hier rumsaß, würde ich noch verrückt werden. So viel war sicher.

Leila, hast du vielleicht Zeit? Ich müsste dringend mal mit dir reden.

Ohne weiter zu überlegen schickte ich die Nachricht an sie ab. Es war das erste, was mir einfiel. Vielleicht konnte Leila mir in dieser Sache irgendwie weiterhelfen. Ich wollte es zumindest versuchen. Schließlich kannte sie Tayfun schon länger als ich. Ihre Antwort kam fast augenblicklich.

Klar! Und wenn's etwas Wichtiges ist, sowieso.

Wir vereinbarten, uns in einer Stunde in einem Café in der Kölner Innenstadt zu treffen. Zur ausgemachten Zeit saß ich an einem der Tische im Außenbereich und wartete auf Leila. Bisher fehlte noch jede Spur von ihr, aber ich ging davon aus, sie würde jeden Moment kommen.

Wenige Minuten später sah ich sie in meine Richtung schlendern. In dem engen Rock im Leo-Look und der schwarzen, kurzärmligen Off-Shoulder Bluse machte sie wieder mal eine richtig gute Figur. Ich winkte ihr zu und ihr Gesicht leuchtete auf, als sie mich entdeckte. Selbstbewusst lief sie zu meinem Tisch und ich bemerkte, wie einige der Leute an den umliegenden Tischen ihr nachsahen.

»Hey«, begrüßte ich sie mit einem freudigen Lächeln.

»Na, du.« Leila lächelte ebenfalls überschwänglich, drückte mir je einen Kuss auf beide Wangen und ließ sich gegenüber von mir auf dem Stuhl nieder.

Sie schob ihre Sonnenbrille aus dem Gesicht in ihre Haare und sah mich erwartungsvoll an. »Herzschmerz?«

Mein Lächeln fiel in sich zusammen. Unglücklich zuckte ich mit den Schultern und suchte nach den richtigen Worten.

Sie seufzte missmutig auf. »Was hat er gemacht?«

»Nichts ... Eigentlich«, erwiderte ich verunsichert.

Der Kellner erschien und wir bestellten unsere Getränke. Als er sich wieder von uns entfernte, fuhr ich fort.

»Aber ich habe zugegebenermaßen nicht ganz unfreiwillig ein Gespräch von Tayfun und Dimitri mitbekommen, von dem ich nicht weiß, was ich halten soll. Es ist komisch.«

Skeptisch zog Leila ihre geschwungenen, dunklen Augenbrauen zusammen. »Um was ging es denn?«

In Gedanken rekonstruierte ich das Gespräch und versuchte es dann zusammenzufassen. »Dimitri meinte, Tayfun würde ihm noch etwas schulden und wollte, dass er etwas für ihn tut. Er meinte, ansonsten würde er es auffliegen lassen. Und als Tayfun ihm gesagt hat, er will damit nichts mehr zu tun haben, wollte Dimitri, dass er es loswird.«

»Was loswird?«, fragte Leila irritiert.

Ich knabberte auf meiner Unterlippe herum. »Gute Frage. Haben sie nicht gesagt.«

»Seltsam«, antwortete sie anscheinend genauso ahnungslos wie ich und legte den Kopf schief. »Hast du ihn nicht drauf angesprochen?«

Ich vergrub meinen Kopf in den Händen. »Nein. Ich bin einfach gegangen. Das ist so eine Unart von mir, wenn ich überfordert bin.«

»Ach, ist doch dein gutes Recht.« Unbeeindruckt zuckte sie mit den Schultern. »Keine Ahnung, was die da wieder aushecken.«

»Ich habe gehofft, du wüsstest darüber Bescheid«, erwiderte ich und versuchte mir nicht anmerken zu lassen, wie sehr es mich frustrierte.

»Nein, da muss ich dich enttäuschen. Wie gesagt, ich bin in diesen Dingen komplett außen vor. Aber ich kann Dimi mal fragen«, schlug Leila vor und wedelte auffordernd mit ihrem Handy.

Ich überlegte kurz und nickte unschlüssig, woraufhin sie ohne zu zögern eine Nachricht eingab. Ihre Finger flogen geübt über den Bildschirm und ein leiser Ton signalisierte mir, dass sie sie abgeschickt hatte.

Die Bedienung tauchte wieder auf und stellte den Latte Macchiato vor mir ab. Gerade als ich mich bedanken wollte, fluchte Leila plötzlich etwas lauter: »Das gibt's doch nicht!«

Der junge Kellner, der gerade im Begriff war, den Cappuccino vor ihr abzustellen, zuckte zusammen und verschüttete etwas von dem heißen Getränk über dem Tisch.

»Entschuldigung«, stammelte er sofort, »ich mache dir einen Neuen.«

Leila griff jedoch nach seinem Arm, woraufhin er sie überrascht ansah. »Alles gut. War doch meine Schuld«, beruhigte sie ihn und lächelte versöhnlich. »Das passt schon so. Ist ja kaum was verschüttet.«

»Na gut.« Der Typ erlangte langsam seine Fassung wieder. »Kann ich trotzdem noch irgendetwas für dich tun?«

In aller Seelenruhe schüttete sie sich etwas Zucker in ihren Kaffee, während nicht nur der Kellner, sondern auch ich sie abwartend anstarrten.

»Deine Nummer vielleicht«, sagte sie schließlich und sah ihn auffordernd an.

Nachdem er einige Sekunden etwas überrumpelt gewirkt hatte, zückte er eilig seinen Kugelschreiber und einen Zettel und notierte seine Telefonnummer, die Leila amüsiert entgegennahm.

»Die Rechnung geht übrigens auf mich. Ich lade euch ein«, erklärte er und rang sich ein Lächeln ab, bevor er unseren Tisch wieder verließ.

»Oh Gott, was war das denn?« Unfreiwillig musste ich losprusten.

»Was denn?«, verteidigte Leila sich grinsend. »Der war doch nett. Ist zur Abwechslung mal kein Arschloch wie die Männer, die ich sonst date.«

»Der war so fasziniert von dir. Du hast ihn total eingeschüchtert«, meinte ich und versuchte mich wieder einzukriegen.

»Ja! Das nenne ich mal süß«, erwiderte sie zufrieden.

Erstaunt stellte ich fest, wie mühelos sie mich zum Lachen gebracht hatte, obwohl ich bis eben noch ganz und gar nicht gut gelaunt gewesen war. Vielleicht war das alles ja doch nicht so schlimm.

»Achso«, fiel ihr dann ein und sie streckte mir ihr Handy hin. »Das war übrigens der Grund für das Missgeschick eben. Dimi will nichts sagen. Das hat mich aufgeregt.«

Halt dich da raus.

Ich las seine Antwort und schüttelte deprimiert den Kopf. So würde ich nichts herausbekommen. »Vielleicht sollte ich wirklich einfach mit Tayfun reden?«, überlegte ich.

»Halte ich auch für eine gute Lösung«, warf Leila ein. »Es wirkt doch, als wäre er so anständig geworden, wie es für ihn nur geht. Er wird schon keinen Scheiß mehr machen. Das kann ich für Dimi leider nicht behaupten. Und Dimi kann schon überzeugend sein, wenn er will. Aber du solltest ihm auf jeden Fall die Chance geben, es dir zu erklären.«

»Du hast recht«, seufzte ich. »Ich kann nur hoffen, dass sich das alles schnell wieder auflöst. Ich will keine Geheimnisse mehr.«

»Dann schreib ihn an, um dich mit ihm zu treffen. Jetzt!«, forderte Leila nachdrücklich und schlürfte ihren Cappuccino.

Motiviert durch ihre Worte fragte ich Tayfun wirklich nach einem Treffen im Anschluss an dieses. Meine Mundwinkel hoben sich wieder. So schnell konnte es gehen. Und es gefiel mir, wie sie mir weiterhalf. Was hätte Nadine mir wohl in dieser Situation geraten? Wahrscheinlich nichts, was mich zufriedengestellt hätte. Stattdessen kam es mir so vor, als sagte Leila auf der einen Seite klar ihre Meinung und auf der anderen Seite ermutigte sie mich zu dem, was ich selbst insgeheim wirklich wollte.

»Danke, dass du mich überredet hast.«

»Gerne. Wir sollten in nächster Zeit öfters was machen«, erklärte sie mir zwischen zwei Schlucken.

»Okay«, stimmte ich ihr zu und lächelte in mich hinein, während ich meine Tasse an die Lippen hob.

Ich saß auf der breiten Steinmauer, von der aus ich auf das Rheinboulevard hinabsehen konnte und genoss den einzigartigen Ausblick, der sich mir bot. Das Wasser des Rheins lag friedlich vor mir und schimmerte beruhigend in der Sonne. Rechts von mir überragte die Hohenzollernbrücke mit ihren imposanten Fachwerkbögen den breiten Fluss bis hinüber auf die andere Seite, wo die zwei hohen Türme des Doms bis hinauf in den Himmel reichten. Genau diese Stelle in Köln liebte ich so sehr, weil sie mir immer etwas Ruhe schenkte. Auch wenn es ein typischer Touristenspot war, so gab es doch Zeiten, an denen man ihn nur für sich hatte.

Während ich in meinen Gedanken versunken war und das Bild auf mich wirken ließ, gesellte sich jemand zu mir. Ich musste mich nicht umdrehen, um zu wissen, dass es Tayfun war. Fast geräuschlos hockte er sich neben mich auf den Stein und ich spürte seine Finger an meinem Kinn, als er nach meinem Gesicht griff, um es zu sich zu drehen.

Widerwillig ließ ich es geschehen, auch wenn ein verräterisches Kribbeln in mir einsetzte, sobald ich in seine dunklen Augen sah. Doch seine verspannte Miene verriet mir, dass er sich Sorgen gemacht hatte.

»Wenn du ein Problem hast, rede mit mir. Geh nicht

einfach so.« Tayfuns eindringliche Stimme hatte eine Rauheit angenommen, die mir unter die Haut ging.

Ich konnte seinem Blick nicht entkommen, da er mein Kinn unnachgiebig festhielt, also senkte ich meine Augen zu Boden und schluckte.

»Ich war überfordert«, erwiderte ich leise.

»Warum überfordert? Was ist los?«, wollte er wissen und ließ mich los, um seine Position zu verändern.

»Du kannst dir bestimmt denken, dass ich etwas von eurem Gespräch mitbekommen habe«, sagte ich und verschränkte unbewusst die Arme.

»Muss sicher komisch für dich geklungen haben«, gab Tayfun zu und musterte mich, um etwas aus meinem Gesichtsausdruck lesen zu können.

»Mehr als nur komisch. Extrem beunruhigend«, erwiderte ich ehrlich. Es tat gut, es anzusprechen. Vermutlich hätte ich es einfach direkt machen sollen.

»Kann ich verstehen, aber ist nur was Persönliches zwischen Dimi und mir«, versuchte er mir klarzumachen.

»Und was? Worum geht es?«, hakte ich ungeduldig nach.

»Es geht um etwas aus der Vergangenheit, was Dimi immer noch aufwühlen will, aber es ist gelaufen und ich will damit nichts zu tun haben. Aber es ist besser, wenn du es nicht weißt. Vertrau mir. Da will ich dich nicht mitreinziehen. Und selbst will ich auch nicht mehr in Dimis Geschäfte mitreingezogen werden«, erklärte Tayfun ernsthaft.

War das wirklich die Wahrheit? In seinem Gesicht suchte ich nach einer Lüge, aber er wirkte absolut ehrlich. Ich wollte ihm so gerne glauben, aber leise Zweifel meldeten sich in meinem Inneren.

»Droht er dir?«, fragte ich skeptisch weiter. Zumindest hatte Dimitri gestern so geklungen, als würde er es absolut ernst meinen. Als wäre nicht mit ihm zu spaßen.

»Ach was, nein. Alles easy. Glaub mir.« Er hob seinen Mundwinkel leicht an und rückte ein Stück näher an mich.

»Ich weiß nicht. Das klang für mich aber ganz anders«, beharrte ich auf meiner Meinung, obwohl ich inzwischen verwirrt war, was ich nun denken sollte. Hatte ich es womöglich nur so interpretiert, weil Dimitri mir sowieso nicht geheuer war?

»Meinst du nicht, ich kann Dimi etwas besser einschätzen als du? Er ist schon seit zehn Jahren ein Freund von mir«, meinte Tayfun entschlossen.

»Schon, aber ... «, setzte ich halbherzig an.

Ungeduldig unterbrach er mich und fuhr über seinen Bart. »Dalia, du hast doch gesagt, du vertraust mir, oder?«

Zaghaft nickte ich.

»Dann tu es auch. Bitte.« Er strich mir eine Haarsträhne aus dem Gesicht, ließ seine Hand weiter über meine Schulter wandern und umfasste schließlich meine Hüfte.

Vielleicht war es wirklich besser, wenn er mich damit nicht belastete, überlegte ich. Vollends war ich nicht überzeugt, aber ich wollte ihm glauben. Aus welchem Grund sollte er lügen? Er wollte doch einen Neuanfang. Außerdem wirkte es nicht so, als sei er eingeschüchtert von Dimitri.

Irgendwie war ich selbst schuld. Ich hätte die beiden einfach nicht belauschen sollen. Kamen Gespräche einem nicht immer geheimnisvoller und schlimmer vor, wenn man ihnen unerlaubt und heimlich lauschte? Wenn man Dinge, die gesagt wurden, missinterpretierte, weil einem schlicht und einfach der Zusammenhang fehlte? Vielleicht war das eine Lektion für mich und ich sollte in Zukunft einfach mehr Vertrauen haben und Tayfun nicht hintergehen.

»Tut es noch weh?«, riss Tayfun mich ins Hier und Jetzt zurück und fuhr mit dem Daumen direkt unter meine

Jeans über die Stelle, an der er mich gestern tätowiert hatte. Schmerzen spürte ich keine mehr, aber seine Berührung direkt unter meinem Hosenbund ließ mich kurz die Augen schließen und das empfindliche Ziehen genießen.

»Nein«, erwiderte ich und lächelte sanft. »Und es ist wirklich schön geworden.«

»Du bereust es nicht?«

Heftig schüttelte ich den Kopf. »Warum sollte ich?«

Er zuckte mit den Schultern und eine kurze Stille entstand zwischen uns.

»Das gefällt mir«, murmelte Tayfun schließlich und sein verlangender Blick traf mich.

»Was?«, wollte ich wissen.

»Dass du mein Tattoo auf deiner Haut trägst. Der Gedanke gefällt mir.« Seine Worte ließen wieder die ganzen Schmetterlinge in meinem Bauch erwachen, die seit gestern Nachmittag stillgestanden hatten. Ein Lächeln breitete sich auf meinem Gesicht aus.

Ich sah, wie er aus den vorderen Taschen seines schwarzen Pullis zwei Dosen Energy hervorholte, von denen er mir fragend eine reichte. »Hast du Lust?«

Ich nahm sie entgegen und während Tayfun seine zischend öffnete, war ich diesmal diejenige, die leise Musik auf dem Handy anstellte. *Monsters* von *Hazlett* spielte seine beruhigenden Klänge und ich nahm einen Schluck aus der noch leicht gekühlten Dose. Der prickelnde Geschmack von Açai-Beere machte sich auf meiner Zunge breit und erfrischte mich.

Wir setzten uns still in eine gemütlichere Position. Ich zog mein Bein an und stützte mich darauf ab, während Tayfun sich neben mir zurücklehnte und seine Beine von der Kante hinunterbaumeln ließ.

Nachdenklich sahen wir auf den Rhein und hingen für eine Weile schweigend unseren Gedanken nach. Es war schön zu beobachten, wie die Kölner Skyline vor uns langsam durch die untergehende Sonne an Licht verlor und sich immer intensiver mit ihren dunklen Umrissen vom lila werdenden Himmel abzeichnete.

Ich warf einen Blick zu Tayfun. Ob ihn etwas beschäftigte? Normalerweise wirkte er nie so nachdenklich. Oder genoss er ebenso wie ich die Leichtigkeit dieses Moments?

In dem Augenblick wandte auch er seinen Kopf zu mir und ich erkannte entspannte Züge in seinem Gesicht. Ich sollte endlich aufhören, so beunruhigt zu sein. Schon legte Tayfun seine Lippen, die zur Abwechslung so fruchtig wie der Energydrink schmeckten, auf meine und brachte mein Gedankenkarussell zum Verstummen. Sanft strichen seine Finger meinen Hals entlang und ließen mich erschaudern, während sein Bart leicht an meinem Kinn kratzte.

Es war erst einen Tag her gewesen, seit ich das letzte Mal seine Nähe gespürt hatte und trotzdem hatte ich es so vermisst. Alles. Ihn, seine Küsse und seinen Duft. Sein Versprechen, dass alles gut war, solange wir zusammen waren. Nur wir beide, gegen den Rest der Welt.

KAPITEL 18

- DIE WAHRHEIT -

Meine Arme fühlten sich schwer wie Blei an. Vor allem, als ich mich nach dem Küchenschrank streckte, in dem sich das Proteinpulver befand, merkte ich deutlich, wie sehr ich sie soeben beim Sport beansprucht hatte. Aber mich jedes Mal aufs Neue zu fordern und an die Grenzen zu bringen, machte mir so viel Spaß, dass ich nicht hatte aufhören können. Jetzt konnte ich wirklich einen kalten Shake vertragen.

»Was ist das denn?« Ich hörte meine Mutter, die kurz nach mir in die Küche gelaufen war, nach Luft schnappen und als ich ihrem Blick folgte, sah ich, dass er auf mein Tattoo gefallen war.

Durch den Griff nach dem Proteinpulver war ein Streifen Haut freigelegt worden, sodass die zierlichen schwarzen Linien der Blüte zum Vorschein gekommen waren. Es war nicht beabsichtigt, denn ich musste mich selbst erst daran gewöhnen, sein Tattoo nun auf und unter meiner Haut zu tragen. Kurz überlegte ich, ob ich ihr eine Lüge auftischen sollte. Irgendetwas, um sie zu beruhigen, auch wenn mir nicht einfiel was. Doch dann entschied ich mich für die Wahrheit. Ich wollte nicht das Gefühl haben, lügen zu müssen, wenn es um Tayfun ging.

Also zuckte ich nur mit den Schultern. »Tayfun hat es mir gestochen.«

»Wie bitte?« Geschockt riss sie die Augen auf, doch ich ignorierte ihre Frage. So eine ähnliche Reaktion hatte ich erwartet.

Schnell mixte ich mir meinen Shake und ging nach oben in mein Zimmer. Dort setzte ich mich aufs Bett und hatte endlich meine Ruhe. Jetzt noch duschen und dann würde ich endlich Tayfun wiedersehen, dachte ich freudig. Es war fast drei Tage her, dass ich ihn zum letzten Mal gesehen hatte. Er war anscheinend durch Arbeit und andere Dinge beschäftigt gewesen, aber auch ich hatte wenig Zeit gehabt. Unter anderem durch den Sport und einem weiteren Treffen mit Leila.

Aber auch, weil ich die ein oder andere Sache bezüglich meines Studiums zu regeln hatte, das bald wieder auf mich wartete. Ich war gespannt darauf, wie anders mein Leben in nur wenigen Monaten aussehen würde. Endlich mein Studium weiterführen, in die erste eigene Wohnung ziehen und nicht zuletzt die Beziehung mit Tayfun. All das waren große Veränderungen für mich. Vor allem, wenn ich rückblickend die letzten Monate betrachtete, in denen so viele Sachen notgedrungen stillgestanden hatten.

Aber ich hatte es geschafft. Bis auf ein paar wenige schwache Momente, die ich ab und zu noch hatte – ein irrationaler Anflug von Angst, der mich für den Bruchteil einer Sekunde in manchen Situationen überkam oder die leicht depressive Stimmung, in die es mich versetzte, wenn ich über den Vorfall und alles was danach kam, nachdachte – ging es mir wirklich wieder gut.

Ich konnte stolz auf mich sein, dieses Kapitel bald endgültig hinter mir lassen zu können. Für all das würde der Auszug stehen, mit dem ich mich immer intensiver beschäftigte. Ein Neuanfang.

Nach dem Duschen zog ich mir gerade einen kurzen hellblauen Rock aus Chiffon und ein weißes, spitzenverziertes

Top an, als es an der Tür klopfte. Ich seufzte und kämmte durch meine langsam trocknenden Haare. »Ja?«

Meine Mutter kam herein.

»Du siehst schön aus.« Sie bemühte sich um ein Lächeln.

»Danke. Was willst du?«, fragte ich skeptisch und drehte mich vom Spiegel weg ihr zu.

Vorsichtig ließ sie sich auf meinem Bett nieder. »Mit dir reden. Über alles.«

»Was gibt es noch zu reden? Ich ziehe aus und ihr braucht euch nicht mehr um mich zu kümmern. Im Gegenzug könnt ihr mich nicht mehr daran hindern, mein Leben so zu leben, wie ich es will. Hat doch Vorteile für alle«, erwiderte ich leicht schnippisch.

Kurz flackerte etwas im Blick meiner Mutter auf, das aussah wie Schmerz und ich bereute, meine Worte so hart gewählt zu haben. Aber hatte es denn meine Eltern interessiert, wie sehr sie mich verletzt hatten, als es um Tayfun ging?

»Du denkst, das ist es, was wir wollen?«, fragte meine Mutter leise. »Dich daran hindern, dein Leben zu leben? Nicht für dich sorgen wollen? Dann kennst du uns aber schlecht.«

»Und ihr kennt mich nicht mehr«, entgegnete ich ruhig. »Ich habe mich seit der Sache nun mal geändert. Aber ihr wollt das scheinbar nicht akzeptieren und jede meiner Entscheidungen ist in euren Augen eine Fehlentscheidung. Das fühlt sich scheiße an.«

»Vielleicht sind wir etwas übervorsichtig geworden. Aber wir wollen doch nur, dass es dir gut geht. Du weißt gar nicht, was wir für eine Angst um dich hatten und immer noch haben, sobald du mal länger weg bist.« Sie schloss für einen Moment die Augen und schluckte.

»Glaubt ihr, ich hatte selbst keine Angst? Aber das liegt jetzt hinter mir und ihr solltet es auch hinter euch lassen. Mir geht es endlich gut und Tayfun spielt dabei auch eine Rolle. Wenn ihr das alles endlich annehmen würdet, würde es doch gar kein Problem geben«, versuchte ich ihr deutlich zu machen.

Sie schwieg, bevor sie ansetzte: »Ich verstehe, was du mir sagen willst und ich wünschte, wir könnten das. Aber uns wird es nie egal sein, was du aus dir machst. Und dafür werden wir uns nie entschuldigen.«

»Was hat das damit zu tun, was ich aus mir mache? Seid doch froh darüber, dass ich glücklich bin. Habt ihr schon mal darüber nachgedacht, vielleicht auch mal euren Horizont zu erweitern? Es gibt nicht nur die eine Lösung, den einen Weg. Da ist sehr viel dazwischen und nicht alles, was in euren Augen ungenügend zu sein scheint, ist es tatsächlich auch.«

Wieso konnten sie mich nicht einfach verstehen? Mich unterstützen? Dann würden wir diese Diskussion hier nie führen.

Aufgebracht fuhr sie sich über das Gesicht. »Du verstehst uns falsch. Wir sind doch froh. Aber wir sehen etwas in ihm, was uns nicht gefällt. Und wir haben Angst, dass er dich entweder auf die schiefe Bahn bringt, dein Herz brechen wird oder sogar beides.«

Immer die gleiche Leier. Sie meinte es wirklich ernst, stellte ich kopfschüttelnd fest. Inzwischen interessierte es mich nicht mal mehr. Bald würde ich hier raus sein.

»Dann ist das Gespräch jetzt beendet«, sagte ich trocken und wandte mich wieder dem Spiegel zu. Dadurch beobachtete ich, wie sie gedankenversunken in die Ecke starrte und nach einer Weile wirklich aufstand und zur Tür lief. Kurz darauf wurde sie geöffnet und geschlossen. Ich war wieder alleine.

Doch das war mir egal. Eben hatte ich ganz ruhig versucht, ihr meine Sichtweise zu erklären. Mehr konnte ich auch nicht tun. Es lag an meinen Eltern, es langsam mal zu verstehen. Oder auch nicht. Kopfschüttelnd warf ich ein paar Dinge in meine Tasche, antwortete Leila auf eine Nachricht und machte mich dann mit einem erwartungsvollen Lächeln auf den Weg zu Tayfun.

»Hast du mich vermisst?«, murmelte er zwischen zwei Küssen, die wir uns in seinem Wohnungsflur gaben und presste sich an mich.

»Natürlich«, erklärte ich atemlos.

»Was gab es denn so Wichtiges, dass du mich nicht sehen konntest?«, fragte ich scherzhaft, als ich mich wieder gefasst hatte.

»Paar organisatorische Sachen wegen dem Job«, sagte er knapp. »Nichts, worüber ich jetzt reden will.«

»Über was willst du denn reden?«, neckte ich ihn.

»Ich will jetzt gar nicht reden«, raunte Tayfun, während er meinen Hals küsste und mit fordernden Händen unter meinen luftigen Rock griff, um mich mit seiner Leidenschaft um den Verstand zu bringen.

Die Aussicht, gleich überall von ihm berührt zu werden, verursachte ein heftiges Kribbeln in meiner Mitte und ich war gerade im Begriff, mich fallen zu lassen, da schrillte mein Handy laut. Verwundert hielt ich inne, was Tayfun nicht zu gefallen schien.

»Dalia, scheiß jetzt aufs Handy«, versuchte er mich zu überreden und legte seine Lippen erneut fest auf meine. »Darum kanst du dich auch noch später kümmern.«

Doch irgendetwas sagte mir, dass es wichtig war. Weil ich meinen Kopf gerade nicht abschalten konnte, machte ich mich entschieden von ihm los.

»Ich bin gleich zurück, dann machen wir da weiter, wo wir aufgehört haben«, versprach ich.

»Mach schnell.« Tayfun wirkte nicht gerade begeistert.

Ich hastete zu meiner Tasche und kramte nach meinem immer noch klingelnden Telefon. Bevor ich annahm, sah ich eine unbekannte Kölner Nummer auf dem Display. Immer noch verwundert meldete ich mich mit meinem Namen und als ich hörte, wer am anderen Ende der Leitung war, begann mein Herz schlagartig schneller zu klopfen.

»Alles okay?« Fast schon besorgt musterte Tayfun mich, als ich schließlich nach einigen Minuten aufgelegt hatte und zu ihm zurückkehrte.

Vielleicht war ich etwas blasser geworden oder er erkannte an meinem Gesichtsausdruck, dass mich etwas beschäftigte. Aber es war komisch. Fast bewegungsunfähig stand ich da.

»Ich ... wurde gerade benachrichtigt, dass mein Portemonnaie gefunden wurde«, erzählte ich langsam und war erst nach und nach in der Lage zu begreifen, was das bedeutete.

»Du hast dein Portemonnaie verloren?«, fragte Tayfun irritiert. »Hast du gar nicht erzählt.«

»Nein ... ja. Also vor einem halben Jahr, als ich ausgeraubt wurde. Ich hätte nie damit gerechnet, dass es nochmal gefunden wird. Ich weiß nicht warum, aber es fühlt sich irgendwie seltsam an«, erwiderte ich verwirrt und umschlang meinen Körper mit den Armen.

»Aber ist das nicht gut?«, hakte er unruhig nach.

»Keine Ahnung, ich dachte gerade, ich hätte damit abgeschlossen und dadurch fühlt es sich wieder an, als würde es aufgewühlt werden«, versuchte ich mich zu erklären, aber meine Stimme war verdächtig kratzig geworden.

Tayfun nahm meine Hand und zog mich mit zum Bett, damit ich mich setzte, aber ich wollte nicht. In seinem Blick flackerte inzwischen echte Sorge auf.

Ich räusperte mich. Um ihm zu zeigen, dass er sich keine Gedanken um meinen Zustand machen musste, fuhr ich fort: »Bis auf das Geld ist alles noch drin. Ausweise, gesperrte Karten und so weiter. Und rate mal, wo es gefunden wurde. In einem Mülleimer mitten in der Stadt. Derjenige muss es da einfach so entsorgt haben. Aber warum erst jetzt? Die Mülleimer werden doch sicher täglich geleert. Das muss erst neulich gewesen sein. Warum erst nach so langer Zeit?«, fragte ich mich laut.

Das alles ergab doch keinen Sinn. Meine Stimme klang nervös und etwas zu schrill. Ich hasste es, wenn sie diesen Klang annahm. Außerdem schien ich Tayfun damit anzustecken. Denn plötzlich schien auch er nervös und normalerweise war er nicht so leicht aus der Ruhe zu bringen.

»Vielleicht weil nach der langen Zeit eigentlich niemand mehr danach sucht?«, mutmaßte er leise.

»Dann hat derjenige falsch gedacht, weil ein Obdachloser es gefunden hat und so nett war, es zur Polizei zu bringen. Das Geld hat aber davor schon gefehlt, meinte er. Er hat es nicht rausgenommen.«

»Und gibt es vielleicht irgendeinen Hinweis?«, fragte Tayfun weiter, woraufhin ich den Kopf schüttelte.

»Anscheinend wurde niemand dabei beobachtet, wie er es reingeworfen hat.«

»Hat es wenigstens irgendetwas Gutes für dich, dass es gefunden wurde?«, wollte er wissen.

Einen Moment überlegte ich und versuchte meine Finger zu kontrollieren, die beinahe zu zittern anfingen. Gott, was war mit mir los?

»In dem Fach mit dem Kleingeld habe ich damals vorübergehend eine Kette aufbewahrt, die ich bis dahin eigentlich jeden Tag getragen habe und die mir viel bedeutet hat.

Nicht weil sie teuer war, denn das war sie nicht, aber sie war für mich immer etwas Besonderes. An dem Tag hatte ich sie während dem Sport ausgezogen und nachher vergessen wieder anzulegen. Der Polizist erwähnte, dass sie anscheinend auch noch da ist.«

»Wirst du sie wieder tragen oder löst sie jetzt schlechte Erinnerungen bei dir aus?«

»Wahrscheinlich werde ich sie wieder tragen.« Ich bemühte mich um ein Lächeln und bei dem Gedanken an die schmale goldene Kette mit dem filigranen kleinen Engelsflügel als Anhänger gelang es mir sogar einigermaßen. Sie war immer eine Art Schutzengel für mich gewesen. War es ein Zufall, dass mir etwas genau an dem Tag passiert war, an dem ich sie nicht getragen hatte?

»Der Engelsflügel passt sicher perfekt zu dir«, bestärkte Tayfun mich nun.

Einen Moment lang hielt ich inne, denn an diesem Satz irritierte mich irgendetwas, auch wenn ich nicht sofort darauf kam, was. Eine Weile brauchte ich, um zu verstehen, aber dann erschien es umso klarer. Ich hatte ihm nie gesagt, wie die Kette aussah. Woher sollte er es wissen?

Der Augenblick, in dem er sah, wie ich vor ihm meine Fassung verlor, schien auch er seinen Fehler zu begreifen. Vielleicht hätte er sich noch herausreden können und ich hätte ihm geglaubt. Ein weiteres Mal. Aber noch nie stand Tayfun etwas so deutlich ins Gesicht geschrieben. Die Überraschung, der Schock und die Reue in seinem Blick, als er mich geradewegs ansah und merkte, dass er sich verraten hatte. Es gab kein Zurück mehr. Auch nicht für mich.

Meine Eingeweide zogen sich krampfhaft zusammen und die Welt blieb für einen Moment stehen. Der Moment, in dem ich verstand. In dem sich Puzzleteil für Puzzleteil in meinem Kopf zusammensetzte und alle Luft aus meinen Lungen weichen ließ.

Das konnte nicht wahr sein. Das durfte nicht wahr sein. Das durfte einfach nicht wahr sein! Nicht er. Nein, nicht er. Kalter Schweiß brach auf meinem Körper aus und ich zwang mich mit aller Kraft, meinen pochenden Herzschlag zu beruhigen. Ohne Erfolg. Jetzt konnte mir nichts mehr helfen.

Tayfun stand starr vor mir, mied meinen Blick, aber die Schuld war ihm so deutlich anzusehen, dass ich nicht mal mehr daran zweifeln konnte.

»Sag mir, dass das nicht wahr ist. Was ist das für ein scheiß krankes Spiel, Tayfun?« Mit zitternden Händen fuhr ich aufgebracht durch meine Haare. Meine Stimme wackelte gefährlich, doch ich hörte sie nur weit weg, so laut hämmerte mir das Herz in der Brust.

Ausweichend schaute Tayfun zu Boden, doch seine Brust bebte ebenso wie meine. »Hör zu, ich habe damals einen wirklich schlimmen Fehler gemacht«, setzte er an, doch ich unterbrach ihn.

»Ich will keine verdammten Entschuldigungen hören. Warst du es?« Meine Stimme überschlug sich, doch ich hatte keinerlei Kontrolle mehr über sie. In meinem Hals brannte es schmerzhaft, aber ich konnte nicht schlucken. Ich wollte – nein, ich musste es aus seinem Mund hören.

Tayfun schwieg nur. Aber manchmal war ein Schweigen Antwort genug.

»Du wusstest die ganze Zeit über, wer ich bin. Du wusstest es und hast trotzdem kein Wort gesagt. Ich habe dir vertraut«, flüsterte ich fassungslos. Meine Kopf dröhnte, weil ich überfordert mit allem war. Tränen stiegen mir in die Augen und benetzten mein Gesicht.

»Hast du das alles geplant? Dachtest du, so könntest du deine Schuld wieder begleichen? War es das, was ich die ganze Zeit für dich war?«, rief ich schluchzend.

Das hier war die ungeschönte Wahrheit. Nie hätte ich gedacht, dass sie so schlimm sein würde. So schrecklich und hässlich und Tayfun war ein Teil davon. Er war mittendrin. Er war es. Er war es die ganze Zeit gewesen.

»Ich bin da hineingeraten. Ich wollte niemals, dass es so kommt. So wie ich früher war, bin ich nicht mehr. Du musst mir glauben, Dalia. Das war einfach ein großer Fehler damals. Ich schwöre, ich habe mich seitdem geändert.«

Seine Stimme, die mich sonst beflügelte, machte mir nun Angst, denn auch er war lauter geworden. Mein Herz pochte so schnell, es drohte zu zerbersten. Trotzdem konnte ich nicht weg. Wie angewurzelt stand ich da und konnte mich nicht bewegen.

»Einen Fehler nennst du das? Das ist doch kein Fehler, das ist ... Wer bist du überhaupt?«, japste ich, um meine Atmung zu beruhigen.

»Ich habe dir nichts vorgespielt. Du weißt, wer ich bin«, rief Tayfun und sein Blick durchbohrte mich. Er wirkte so bedrohlich auf mich, dass ich zurückzuckte.

»Ich habe keine Ahnung.« Nichts. Nichts wusste ich mehr. Nur, dass sich alles absolut falsch anfühlte. Dass nichts mehr so war, wie es mal gewesen war.

»Willst du mich jetzt anzeigen, oder was?« Tayfuns Stimme drang erneut zu mir durch und sein gleichgültiger, unbeteiligter Klang gab mir den Todesstoß.

»Keine Ahnung.« Meine Antwort glich nicht mal mehr einem Wispern. Was verdammt sollte man machen, wenn man so etwas herausfand? Wie sollte man darauf vorbereitet sein? Niemals im Leben hätte ich so etwas für möglich gehalten. Niemals. Das letzte, was ich von Tayfun sah, war sein schmerzvolles Gesicht. Der angespannte Kiefer, die funkelnden schwarzen Augen und seine aufeinandergepressten Lippen. Ich hatte keine Ahnung, wer er war.

Mit keuchender Atmung stürmte ich davon, ließ seine Wohnung zurück, ließ ihn zurück, ließ alles, was wir hatten zurück. Ich bekam kaum mit, wie ich die vielen Stufen heruntereilte, stolperte, fast fiel und schließlich ins Freie fand. Alles war verschwommen vor Schmerz. Blind vor Tränen, die mir heiß die Wange hinunterliefen, rannte ich durch die Gassen, ignorierte die Menschen um mich herum, die mich ansprachen. Ich bekam nicht mal mit, was sie sagten. In meinen Ohren rauschte es nur.

Alle hatten recht mit ihm, hämmerte es durch meinen Kopf. Er war es, er hatte mir das angetan. Ich hatte ihm vertraut. Wie zur Hölle hatte ich nur so bescheuert sein können?

Meine Eltern fanden mich schließlich zusammengekauert auf dem Boden im Badezimmer liegen, wo ich kraftlos zusammengebrochen war. Weinend und schwer atmend. Ich hatte keinerlei Zeitgefühl mehr, ich hatte keine Ahnung, wie viel Zeit seitdem vergangen war. Mir war alles egal. Die einzige Stimme, die ich ununterbrochen hörte, war:

Tayfun war es.

Ich hatte ihm vertraut.

Er hatte mir das angetan.

CINNAMON KISS

verse 1:
until i see you again
taste you on my tongue
i dream of your face in the night
take my breath away
let me come alive
touch me until i lose my mind

refrain:
your cinnamon kiss takes me to heaven
breathe out the smoke and lock my lips
your cinnamon kiss drags me through hell
pain in my lungs, after all
i will keep your cinnamon kiss
like a tattoo
in the back of my mind

verse 2:
you're not what i should want
but you love the hunt
watch me and light up a cigarette
it's like infinity
losing yourself in me
show me the darkest side of you

refrain:
your cinnamon kiss takes me to heaven
breathe out the smoke and lock my lips
your cinnamon kiss drags me through hell
pain in my lungs, after all
i will keep your cinnamon kiss
like a tattoo
in the back of my mind

bridge:
your secret is out
i'm breaking right now
it was us against the world
how could you let me down?
i knew you were dangerous
but i thought you were perfect
now i'm lying on the floor
broken

refrain:
your cinnamon kiss takes me to heaven
breathe out the smoke and lock my lips
your cinnamon kiss drags me through hell
pain in my lungs, after all
i will keep your cinnamon kiss
like your tattoos
in the back of my mind

DANKSAGUNG

Danke, dass ihr *Us against the world* gelesen habt. Ich hoffe, euch konnte die Geschichte genau in den Rausch mitziehen, den Dalia mit Tayfun auch erlebt hat. Es ist schön, wenn ihr ihre gemeinsame Zeit genauso empfunden habt wie ich: wild, frei, intensiv, aufwühlend und spannend.

Denkt daran: Das Ende ist noch kein Ende. Habt ihr mit so etwas gerechnet? Oder lässt es euch aufgewühlt zurück? Wenn ihr die Schlüsselstellen nachlest, werdet ihr merken, dass es kleine Hinweise darauf gab. Ich weiß, es bleiben viele Fragen offen. Aber keine Angst, die Geschichte ist schließlich noch nicht zuende erzählt!

Im zweiten Teil dürft ihr euch daher auch auf Tayfuns Perspektive gefasst machen. Kann er euch vielleicht zurückgewinnen?

An dieser Stelle ein riesiges DANKE an alle, die mich unterstützt haben.

Danke an Kristin und meinen Mann, die seit dem Entstehungsprozess dieses Buch mitverfolgen, ehrlich kritisieren, loben und mir dabei geholfen haben, dass die Storyline logisch und nachvollziehbar bleibt.

Und wo wir schon dabei sind: Ich danke meinem Mann dafür, dass er so verrückte Dinge mitmacht, wie Fotomodel für mein Cover zu werden und sich dafür sogar Tattoos aufmalen lässt. Wer findet, die würden ihm super stehen?

Danke an meine Mama, die mir in allem so gleich ist. Es bedeutet mir viel, dass du so ein großer Fan meiner Bücher bist und alles, was ich dir zum Lesen gebe, innerhalb kürzester Zeit verschlingst.

Danke an Nadine. Du bist so viel mehr als eine Testleserin geworden! Danke für deine tollen Vorschläge und den wertvollen Austausch mit dir über alles Mögliche. Ich bin froh, dich gefunden zu haben.

Danke an Petra, dafür, dass du mich immer bekräftigt hast und so begeistert von meiner Geschichte warst. Das hat mich unglaublich motiviert.

Danke an meine anderen Testleserinnen Marina, Melanie und Lea für ihre Meinungen und Verbesserungen zu meinen Texten, die sich harmonisch ergänzt haben.

Danke an meine Schreibgruppe, die Word Witches und die Bookstagram-Gruppe, durch die ich tolle neue Leute kennengelernt habe. Das ist viel wert.

Und zuletzt das wichtigste *Danke*: an euch! An alle Leser dort draußen, die Dalias und Tayfuns Geschichte lesen und Spaß daran hatten, in ihre Welt einzutauchen. Es würde mich riesig freuen, wenn ihr mir eine Rezension oder Bewertung hinterlasst und dabei helft, das Buch bekannter werden zu lassen. Das würde mir viel bedeuten.

Auf Instagram findet ihr mich unter: Alisha.reed_

Eure *Alisha Reed*

TRIGGERWARNUNG

(ACHTUNG: SPOILER)

Us against the world kann folgende Trigger enthalten:

Angststörung, Substanzmissbrauch, Gewaltdarstellung